Alard von Kittlitz
Kismet

Alard von Kittlitz

KISMET

Roman

PIPER

Mehr über unsere Autorinnen, Autoren und Bücher:
www.piper.de/literatur

Von Alard von Kittlitz liegt im Piper Verlag vor:
Sonder

Inhalte fremder Webseiten, auf die in diesem Buch (etwa durch Links) hingewiesen wird, macht sich der Verlag nicht zu eigen. Eine Haftung dafür übernimmt der Verlag nicht.
Wir behalten uns eine Nutzung des Werks für Text und Data Mining im Sinne von §44b UrhG vor.

Unser Versprechen für mehr Nachhaltigkeit
• Klimaneutrales Produkt
• FSC®-zertifiziertes Papier
• Hergestellt in Europa

FSC www.fsc.org MIX Papier | Fördert gute Waldnutzung FSC® C014496

ISBN 978-3-492-07206-9

Gesetzt aus der Calluna
Satz: Tobias Wantzen, Bremen
Druck und Bindung: GGP Media GmbH, Pößneck
Printed in Germany

Für Cleo

Aber den Hektor band ein widriges Schicksal zu bleiben
draußen vor Ilios' Burg und vor dem Skäischen Tore

Ilias, 22. Gesang

I

Johanna erwachte zur Dämmerung. Jemand, hatte sie geträumt, rief sie. Leise, ohne Helena zu wecken, kroch sie aus dem Zelt, pflückte ein Handtuch von der Wäscheleine und lief über die Nadeln des Pinienwäldchens hinunter zum Strand, der noch ganz grau und verlassen lag. Fröstelnd zog sich Johanna aus, sie watete in das kaum bewegte Wasser und schwamm hinaus, bis sie die Sonne im Nacken spürte. Sie drehte sich um und sah das große Gestirn glitzernd über die Baumwipfel steigen. Das schattige Land darunter wirkte unbesiedelt, verheißungsvoll, als sei Johanna der erste Mensch, der es je wahrnahm, als würde sie, zurückgeschwommen, eine neue Welt betreten.

Helena war wach, als Johanna wieder am Zelt anlangte. Die beiden Freundinnen beschlossen, zum Frühstück noch einmal in ein Café zu fahren über der Bucht, ein paar Kilometer die Serpentinen der Küstenstraße hinauf. Sie setzten sich auf den Roller, dessen Sitz von der Morgensonne schon ganz heiß gebacken war, und knatterten im Geruch von Salz, Asphalt und Benzin am heraufblitzenden Meer entlang. Johanna wollte Helena, an der sie sich festhielt, über den Fahrtwind etwas zurufen – dass sie bleiben, nicht abreisen wolle –, aber sie biss sich auf die Zunge, sie behielt diesen Wunsch für sich. Später stopften die Freundinnen ihre Kleider in die Rucksäcke, sie rollten schweigend ihr Zelt zusammen, gaben den Rollerschlüssel an der Rezeption des Campingplatzes ab und stiegen in den Bus zum Bahnhof.

Sie erreichten Venedig am späten Nachmittag. Lange rollte die Bahn über einen Damm, rechts und links glänzte die Lagune fett und windstill. Am Gleis von Santa Lucia wartete bereits Momo, er führte sie aus dem Bahnhof durch die brütend schwüle Hitze des Vorplatzes zu einem wartenden Wassertaxi. Auf der Fahrt zu der Ferienwohnung, die einer Münchner Tante von Helena gehörte, setzte Johanna sich auf das Vordeck in den flackernden Fahrtwind, um Momo und Helena hinten miteinander allein zu lassen. Die Sonne stand weiß im dunstigen Himmel, darunter zogen die Türme, Kuppeln und Dächer der berühmten Stadt vorbei, diese ganzen spitzigen Bögen, alles wies, fand Johanna, beinahe verzweifelt nach oben, fort vielleicht vom vielen Wasser, das die Stadt verschlingen wollte. Und überall an den Ufern die Menschen, Durcheinander, Abertausend tastende Schritte, ein enormes Gedränge, das sich bis auf den von Booten übersäten Kanal fortsetzte, das Gewirr der Stimmen und Sprachen übertönt nur vom Dröhnen des Motors, dem rhythmischen Klatschen des Wassers gegen den Bug. Alles schien wie wuselnde Kulisse, simuliert, niemand gehörte hierher, Johanna zumindest begriff überhaupt nicht mehr, was sie hier sollte.

Bei der sogenannten Ferienwohnung der Tante handelte es sich, wie Johanna bald begriff, tatsächlich um einen kleinen siebenhundert Jahre alten Palazzo unweit des Canal Grande. Das Boot hielt an einem schmalen Steg, über den man durch ein rostiges Eisentor und einen feuchten, tunnelartigen Gang auf den Innenhof des Gebäudes gelangte. In dessen Mitte wuchsen aus gewaltigen irdenen Töpfen riesige Farne, wodurch das bröckelnde Ensemble aus Backstein und Marmor nur noch ruinöser wirkte – als sei alles bereits überwuchert von archaischer Botanik, lange vergessen und nun wiederentdeckt. Während Momo und Helena schnatternd eine Freitreppe hochstiegen, die über gotische Bögen hinauf in das Obergeschoss führte, blieb Johanna lange und fast bestürzt in diesem Innenhof stehen, dessen klein dimensionierte, verfallende Pracht sie anrührte, vor der sie sich, verschwitzt in ihren Running-Shorts und mit dem Rucksack auf dem Rücken, eigenartig taktlos fühlte, fast so, als betrachtete der Hof sie erstaunt zurück: einst waren doch Fürsten und Prinzessinnen im hohen Mantel durch das Portal hereingetreten, das gedankenlose Lächeln im Gesicht.

Die Haushälterin wies Johanna ihr Zimmer, es war dunkel, sauber, ganz einfach eingerichtet, der Boden aus bemalten Fliesen, ein uralt anmutendes riesiges Bett, ein knarrender Schrank, schwere Balken unter der Decke. Der Blick aus dem schießschartenschmalen Fenster ging auf einen stillen Kanal und hohe, verlassen wirkende Häuser gegenüber. Schwalben schossen zirpend über das Wasser. Johanna räumte ihre Kleider in den Schrank, nahm sich eins der steif gewaschenen Handtücher vom Bettende und ging ins Bad. Sie duschte lange und heiß, wusch sich das Salz aus den Haaren und den letzten Sand vom Körper, bis der kleine Raum in Dampf gehüllt war und Tropfen am beschlagenen Spiegel herabrannen. Im Zimmer setzte sie sich auf ihr Bett, stöpselte ihr Handy ein und ging erstmals durch die vielen Mails, die in den vergangenen Wochen eingegangen waren. Die Nachrichten – Werbung, Rechnungen, Newsletter, Universitätskorrespondenz, Einladungen – irritierten sie in ihrem aufdringlichen Ton, in ihrem um künftige Zeit heischenden Inhalt; das kalte Interface, das Rumgewische auf dem Bildschirm, die Gedanken an die Rückkehr, die Wohnung, den Semesterbeginn, alles beengte sie. Ihr war heiß, sie rauchte aus dem Fenster in die schwüle Dämmerung hinaus, was nicht half. Endlich verließ sie ihr Zimmer und fand Momo und Helena im Salon dämmernd, auf Sofas liegend, in rotes und blaues Licht getaucht durch die Buntglasfenster, während sich über ihnen an der hohen Decke träge ein Ventilator drehte.

Es war Helena gewesen, die einige Monate zuvor, am Abend der kleinen Feier zu Johannas dreiundzwanzigstem Geburtstag, den Wunsch nach einem gemeinsamen Urlaub ausgesprochen hatte, aus Sehnsucht, hatte Johanna vermutet, nach jener verblassenden Intimität und Nähe, die sie miteinander zu Beginn der Studienzeit in Berlin gekannt hatten, bevor Helena aus der geteilten Wohnung aus- und mit Momo zusammengezogen war. Johanna hatte vorgeschlagen, Zelten zu gehen: beide hatten das noch nie gemacht, es klang nach kleinem Abenteuer und Verschwisterungsgelegenheit. Das Vorhaben hatte darin bestanden, ohne fixes Ziel an der südwestlichen Küste Italiens umherzudriften, bevor man in Venedig Momo treffen würde, um mit ihm noch für zwei letzte Ferientage die Biennale zu besuchen, zu der Johanna noch nie gereist war.

Gleich am Anfang der Reise aber waren die Freundinnen auf einem Campingplatz bei Maiori gelandet, der im Grunde nur aus einem weitläufigen, sanft bewaldeten Gelände über dem Meer bestand und auf dem man sein Zelt in derart großem Abstand zu den anderen Gästen aufschlagen konnte, dass man sich beinahe alleine fühlte. Johanna und Helena waren in der Abenddämmerung angelangt, hatten ihr rotes Iglu mithilfe des älteren Signore, der das Anwesen verwaltete, auf dem von Baumnadeln gepolsterten Boden aufgestellt und waren, das Knarren der duftenden Pinien im Nachtwind über sich, eingeschlafen. Am ersten Morgen waren sie schon vor dem Frühstück im weichen Meer geschwommen, um sich am Strand von der Sonne trocknen zu lassen, die funkelnden Tropfen auf der noch ungebräunten Haut, vollkommen alleine an dem kleinen, kiesigen Ufer, und auf dem Weg zum Zelt zurück hatten sie in wenigen, sogleich einverstandenen Worten besprochen, nicht weiterzureisen, sondern zu bleiben.

In den Tagen bei Maiori hatten beide viel gelesen, viel geschlafen, Strand und Campingplatz nur selten verlassen, bloß zum Essen waren sie auf dem gemieteten Roller in die umliegenden Städtchen und Dörfer gefahren, meist fort von Küste und Touristen ins Hinterland, um sich an den Plastiktischen kleiner Restaurants niederzulassen, im Schatten der Mauern, eine blendende Piazza, ein bröckelndes Kirchlein vor sich. Abends hatten die Freundinnen auf Klappstühlen in der um sich greifenden Dunkelheit des Campingplatzes gesessen und Wein getrunken, eine Kerze zwischen sich, oder waren manchmal in der leisen Brise hinunter an den Strand gelaufen, hatten sich in den Kies gesetzt und auf das dunkle Meer geblickt, über das weiß gekrönt die Wogen rollten, geredet, oft auch geschwiegen.

Und Johanna war nach einer anfänglichen, diffusen Angst vor der großen Dunkelheit der Nächte und der Ungeschütztheit des Zeltes in eine innere Zeitlosigkeit gesunken, und jeder Tag wäre ihr wie derselbe erschienen, und jede Nacht wie die vorhergegangene – wenn in ihr nicht, was sie vor Helena verschwieg, um es in seiner anfänglichen Zartheit nicht zu vertreiben, von Tag zu Tag jenes Gefühl einer Ahnung gewachsen wäre, das sie auch vor der zersetzenden Kraft des eigenen Denkens zu beschützen trachtete, indem sie es gewissermaßen nur aus den Augenwinkeln beobachtete – als ein Geheimnis auch vor sich selbst. Sie meinte, dass ihr hier, oder bald jedenfalls, etwas ganz Entscheidendes, etwas ausgesprochen Bedeutsames geschehen oder begegnen würde. Diese inhaltlich sehr unbestimmte Erwartung steigerte sich in ihrer Intensität, bis sie sich sogar in ihre Träume schlich, in denen Johanna sich stets an einer Schwelle zu befinden schien, ganz in der Nähe von etwas Unbestimmtem, Verheißenem. Worin dieses Ereignis bestehen, was es ergeben könnte, war ihr vollkommen unklar, aber sie beobachtete ihr leises, nicht unangenehmes Verrücktgewordensein mit Erstaunen und einer zärtlichen, zunehmenden Gespanntheit. Sie fühlte sich, dachte sie irgendwann, als stünde ihr nach langer, anstrengender Reise nun endlich der Eintritt in eine eigentlichere Existenz bevor.

Und auch deswegen war Johanna ungern nach Venedig gekommen: Es war bis zum Ende des Zelturlaubs nichts geschehen. Nichts, niemand war in ihr Dasein getreten, und hier nun, inmitten der Lautstärke und Menschenmassen, der Uneigentlichkeit einer Museumsstadt, würde sich das Gefühl wohl schnell verflüchtigen. Vielleicht, dachte Johanna, während sie mit Momo und Helena zum Abendessen aus der Wohnung ging, hätte sie wirklich noch länger warten, vielleicht alleine noch in Maiori bleiben müssen. Weit wahrscheinlicher ja aber war der ganze seltsame

Zustand nur vorübergehende Gestörtheit gewesen, gegenstandslos, albern, Gespinst.

Als die drei am folgenden Vormittag zum Festspielgelände liefen, wirkte die Stadt auf Johanna weiter unecht. Calle Paradiso, Calle Dolera, dieses Labyrinthine, und am großen Kanal alles unter greller Sonne, Wasser, Boote, Türmchen, Zinnen suchten vergeblich Halt in diesem leeren blauen Himmel. Von überall Licht, Flirren, die Welt blendete. Einmal, vor vielen Jahren, als kleines Mädchen noch war Johanna mit ihren Eltern hier gewesen, für ein paar Tage nur, einzig in Erinnerung geblieben war ihr der Flug der Tauben vor den Kolonnaden am Markusplatz und ein Bild von ihrer Mutter, wie sie Blumen ablegte in einer Kirche, am Grab des Komponisten Monteverdi. Nichts von dem, was Johanna sah, schien diese Vergangenheit zu berühren.

Zwischen den Pavillons der Biennale wurde es ihr bald zu heiß. Die Kleider klebten ihr am Leib, und die vielen Leute, die sich unter den Bäumen von Gebäude zu Gebäude schoben, strengten sie an. Alles war so furchtbar eng. Die eigene Empfindlichkeit ärgerte sie, aber schon nach dem zweiten Pavillon wollte sie eigentlich nicht mehr, stattdessen stellte sie abermals verunsichert fest, dass sie mit dieser sogenannten Welt der zeitgenössischen Kunst, die so bedeutend tat, so glamourös erschien, die ihrer Freundin Helena so viel sagte, nicht viel anfangen konnte. Sie kam sich immer dumm vor vor den Arbeiten, sie konnte nicht erkennen, was daran gut oder schlecht sein sollte, worauf sie sich bezogen, sie fühlte sich mit dieser Hilflosigkeit alleine und hatte zugleich den Eindruck, dass ohnehin kaum einer der Besucher hergekommen war, um sich Kunstwerke anzusehen, man betrachtete doch weit eher einander.

Vor dem deutschen Pavillon begegneten Momo, Helena und Johanna unerwartet einem ganzen Tross von alten Klassenkameraden aus der Internatszeit, dem »Dukaten-Set«, wie Helena diesen Zirkel bisweilen spöttisch genannt hatte. Es waren, stellte Johanna, die sich endgültig überfordert abseitshielt, ja wirklich dieselben zehn, zwölf Leute, die immer noch, fünf Jahre nach dem Abitur, miteinander rumhingen, sich immer noch gleich kleideten, nichts schien sich verändert zu haben, bloß dass man nun todernst darüber sprach, welcher Pavillon keineswegs verpasst werden dürfe, was kürzlich Thema auf der Party des Galeristen Zwirner gewesen sei, wie lang im Voraus man im Hotel Bauer reservieren müsse, um in den guten Wochen ein anständiges Zimmer zu bekommen. Johanna begriff, dass diese alten Weggefährten, von denen einige bedeutende Vermögen erben sollten, sich schon im erfolgreichen Identifizieren und Aneignen großbürgerlicher Investitionsobjekte übten, wozu natürlich auch die Kunstwerke gehörten, auch wenn die diesen Leuten zu Schulzeiten noch absolut nichts bedeutet zu haben schienen.

Helena und Momo unterhielten sich freundlich mit ihnen, Johanna blieb still und beobachtete halb fasziniert, halb verärgert, wie alle in dieser Versammlung so taten, als seien sie Momo stets wohlgesonnen gewesen, wahrscheinlich also war ihnen sein Erfolg inzwischen zugetragen worden. Johanna erinnerte noch sehr genau, wie gekränkt dieselbe Gruppe damals, in der Zwölften, reagiert hatte, als Helena, die Königin der Stufe, ausgerechnet mit diesem ruhigen Ägypter von der Büchner, der Stadtschule, zusammengekommen war, und wie Helena sich in der Folge von ihnen gelöst hatte. Als Johanna unter den lachend schnatternden Köpfen den fast kahl gewordenen Karl von Todtleben erkannte, haute sie ab, bevor der sie sehen konnte, und eine Welle von Scham und Wut durchfuhr sie.

Sie verließ das Festivalgelände allein und lief zurück in die Wohnung. Auf ihrem Zimmer versuchte sie zu lesen, aber ihre Gedanken wanderten immer wieder fort von den Seiten und zurück zu den heimlich sie taxierenden Blicken der ehemaligen Mitschüler, zur Heimreise nach Berlin. Sie fühlte sich von allem, durch alles lächerlich in ihrer vermeintlichen Ruhe gestört, sie ahnte bereits die Wiederkehr jener latenten Verwirrung über den eigenen Stand in der Welt, der sie am Meer offenbar hatte entkommen können, während sie in Berlin darüber höchstens deswegen nicht in existenzielle Beunruhigung geriet, weil die meisten ihrer Freunde unter ähnlichen Zuständen zu leiden schienen. Fast alle lebten über dieser Nacht aus Haltlosigkeit, der man systematisch, konzentriert, konzertiert zu widerstehen versuchte durch Vinyasa, Netflix, Tinder, Tanzstudio, Stabi, HIIT, Drinks, *Berghain,* Biennale-Trip. Es gab, hörte Johanna sich erschrocken denken, wirklich nichts, worauf sie sich in Berlin freute. Sie schaute sich in ihrem Zimmer um und fragte sich plötzlich, ob Helena den gemeinsamen Urlaub nicht womöglich aus Sorge um sie, Johanna, vorgeschlagen haben könnte: ein Retreat.

Am frühen Abend liefen Johanna, Momo und Helena zu einer Bar nahe der Giardini und unterhielten sich, gemeinsam lachend, über die alten Mitschüler, denen sie am Vormittag begegnet waren. Es war angenehmer geworden in der Stadt, eine Brise war aufgekommen, die Luft lau, das Licht der sinkenden Sonne lag nachglühend auf den ockerfarbenen Ziegeldächern, und die Mondsichel schwebte durchsichtig im tiefbabyblauen Himmel über ihnen. Johanna folgte Helena und Momo über kleine Brücken und durch stille, fensterlose Gässchen, in denen die Stadt beinahe verlassen wirkte, und endlich begann sie, deren Schönheit zu erkennen, und fühlte sich darüber beinahe erleichtert. An einem von weiß blühendem Jasmin duftenden, menschenleeren Plätzchen setzten sie sich mit dem Rücken zum Kanal auf eine kleine Mauer, um sich einen Joint zu teilen, als Momo auf das Plakat an einem bröckelnden Palazzo wies.

»David Sakadjian. Das ist doch dieser Maler, von dem du erzählt hattest, Helena. Der den silbernen Löwen gekriegt hat?«

»Ach genau! Das ist ja hier! Ja, das wollte ich mir wirklich gern anschauen. Das hat sogar noch auf. Sollen wir reingehen?«

Die viel besprochene Serie von drei Gemälden, Teil der internationalen Ausstellung, hieß *»I know I am august«*. Sie wurde in einem fensterlosen Kellergewölbe gezeigt. Außer einer schweigend auf ihr Telefon starrenden Aufsicht befand sich niemand in dem Raum, als Helena, Momo und Johanna eintraten.

»Das wirkt hier so seltsam grenzenlos«, flüsterte Momo. »Wo sind die Wände?«

»Der hat alles mit so einem speziellen Schwarz gestrichen, das das Licht schluckt«, antwortete Helena. »Deswegen kann man die Wände kaum sehen. Sogar den Boden hat er damit bemalt.«

»Deswegen schweben die Bilder so. Und wie hat er das hingekriegt, dass die Grashalme so leuchten vor dem Schwarz?«

»Ich hab gelesen, dass er die Farbpigmente selbst hergestellt hat, gemeinsam mit so einem alten Ikonenmaler in Athen«, sagte Helena. »Vielleicht sind die Farben deswegen so intensiv. Und der Goldgrund verstärkt den Effekt sicherlich.«

»Wie Heiligenscheine wirken diese Goldflächen fast.«

»Das ist schon krass, was der draufhat. Ich glaube, die Beleuchtung changiert hier leicht. Vielleicht soll das Licht so was wie Kerzenschein simulieren. Und die Halme sind in etwa so groß wie ein Mensch. Das erzeugt immer diesen seltsam lebendigen Effekt. Wir übertragen da was.«

»Und weißt du, worum es geht?«

»Nicht wirklich. Der redet nicht über seine eigenen Arbeiten. Ich weiß wenig über ihn. Aber ein schöner Mann übrigens. Nicht viel älter als wir, glaube ich.«

»Schön ist er auch noch«, sagte Momo, verschränkte die Arme und trat ein paar Schritte zurück, um das Triptychon ganz auf sich wirken zu lassen. »Ich finde das immer ein bisschen albern, wenn die so ein Geheimnis um sich machen. Und ein bisschen altmodisch kommen mir diese Grashalme schon auch vor, dieser technische Perfektionismus. Die sind mir zu hübsch.«

Helena stellte sich neben ihn, hakte sich bei ihm unter und betrachtete mit ihm gemeinsam die drei Bilder. »Ich verstehe schon, was du meinst. Der begreift sich als Maler, glaube ich. Das sind schon irgendwie strenge Gemälde. Aber er trifft damit auch einen Nerv. Die Serie hat jedenfalls die Bank of America Collection gekauft.« Sie trat abermals ein paar Schritte zurück und ließ den Blick über die Malereien wandern. »Wisst ihr zufällig«, fragte sie, »was der Titel bedeutet? Was heißt *august*?«

»Erhaben«, sagte Johanna, die bis dahin nichts zu dem Gespräch beigetragen hatte, die weiter wie gebannt vor den Malereien stand und in die, wie durch ein geborstenes Wehr, machtvoll die seltsame Ahnung der vergangenen Wochen zurückströmte, um in den Bildern endlich ihr Pendant zu finden. Wegen dieser Bilder bin ich hierhergekommen, fühlte Johanna, dieser Raum hat mich gerufen.

11

Ein paar Tage später, zurück in ihrer kleinen Wohnung am Südstern, wanderten Johannas Gedanken noch immer ständig zurück zu den Bildern des Armeniers und der außerordentlichen Erfahrung, die sie bei deren Betrachtung gemacht hatte. Ein paar Male in ihrem Leben hatte sie schon erlebt, dass Kunst sie hinreißen, überwältigen konnte. Bachs Chaconne etwa, gespielt vom Geiger Gidon Kremer, in einer Kirche bei Den Haag, sie hatte neben ihrer Mutter in der ersten Reihe sitzen und dem Violinisten in das ekstatisch verzerrte Gesicht schauen können. Oder die erste Lektüre der Glasglocke, zu Beginn des Studiums, in einem Rutsch auf dem Plastikhocker einer Buchhandlung, dabei das Gefühl, einer verschwisterten Seele so nahekommen zu dürfen, dass sie fast schon sie zu berühren vermeinte. Und ein Besuch in Paris, im vergangenen Winter, bei dem sie in der Dämmerung, fröstelnd, im Grunde nur zum Aufwärmen und Zeittotschlagen vor einem Treffen mit ihrer Freundin Nele, in das Musée de Cluny getreten war, und dort so lange vor der letzten, rätselhaften Tapisserie der Dame mit dem Einhorn gestanden hatte, bis das Museum schloss und man sie gebeten hatte, nun zu gehen. Nie aber hatte Johanna etwas Menschengemachtes mit solcher Kraft transportiert wie die Porträts der Grashalme von diesem David Sakadjian, und niemals hätte sie erwartet, dass überhaupt und dann ausgerechnet durch zeitgenössische Malerei ein Ventil sich finden würde für die rastlos in ihr rotierende, eigenartige Energie der italienischen Ferien.

Endlich und nur widerwillig, weil sie fürchtete, die Arbeit effektlos auf ihrem Computerbildschirm reproduziert zu sehen, ging Johanna doch ins Netz, um mehr darüber zu erfahren. Sie googelte den Titel und erfuhr, dass es sich offenbar um ein Zitat handelte aus einem amerikanischen Gedicht, aus »Song of Myself« von Walt Whitman:

I know I am solid and sound,
To me the converging objects of the universe
perpetually flow,
All are written to me, and I must get what
the writing means.
I know I am deathless,
I know this orbit of mine cannot be swept
by a carpenter's compass,
I know I shall not pass like a child's carlacue
cut with a burnt stick at night.
I know I am august

»Ich weiß, ich bin kerngesund und fest«, übersetzte sich Johanna, was sie las, »In mir fließen unaufhörlich alle Dinge des Weltalls zusammen, Alle sind an mich geschrieben, und ich muss die Schrift entziffern. Ich weiß, dass ich totlos bin.« Für die nächsten zwei Zeilen reichte ihr Englisch nicht mehr aus, sie fand im Netz eine deutsche Übersetzung: »Ich weiß, meine Kreisbahn kann nicht von eines Zimmermanns Zirkel umspannt werden; Ich weiß, dass ich nicht verlöschen werde wie eines Kindes Feuerreif, der nachts mit glühendem Stock durch die Luft geschlagen wird. Ich weiß, dass ich erhaben bin.«

Johanna, die kaum Lyrik las und von Whitman bislang keine Zeile gekannt hatte, scrollte an den Anfang des langen Gedichts, versank darin, flog zunehmend aufgeregt über die Verse, durch die sich eine triumphierende, berstende Lebendigkeit zu ringeln schien wie eine schillernde Korallenschlange. Als Johanna an das Ende gelangt war, befand sie sich erneut ganz in der Verfassung, in die sie bei der Betrachtung der Grashalm-Bilder des Armeniers geraten war, aufgewühlt, übervoll mit zielloser Kraft, sie fand sich wie bezeichnet in einem namenlosen Kern ihres Wesens, zu dem sie aus eigener Anstrengung kaum je Zugang fand.

Aus einer Art von Ratlosigkeit verließ sie ihre Wohnung, um völlig gegen jede Gewohnheit alleine einen Drink zu nehmen. Sie lief eine ganze Weile durch die noch warme Berliner Spätsommernacht, über breite Straßen, auf denen bisweilen tief die Autos vorüberglitten, am dunklen Kanal entlang, über dessen Wasser von ferne Gelächter wehte und Musik, vorbei an den nach Staub und Sonne duftenden, verschattet aufsteigenden Bäumen und den hohen Laternen, in deren gelbem Schein Gras und verdorrter Löwenzahn aus den Brüchen des Trottoirs krochen.

Es war an diesem Sonntagabend nicht sonderlich belebt im *Würgeengel,* einer Raucherbar, in deren Schummerlicht man sich unbeobachtet fühlen konnte. Johanna fand einen Platz am breiten Tresen, bestellte einen Old Fashioned, trank alleine und wollte unbedingt alleine sein, wie hätte sie auch sprechen können über das, was in ihr vorging, über Whitman, den Urlaub, die Biennale.

Sie war, das erkannte sie plötzlich und erstaunt, etwa so,

wie einem schreckhaft bewusst werden kann, dass jemand sich unbemerkt ganz dicht neben einen gestellt hat, voller Trauer, altbekannter Trauer ja wohl, meinte sie, über den Vater. Natürlich dachte sie jeden Tag an ihn, elf Jahre nach seinem Tod noch immer, als sei er nicht längst schon fort, aber sie begriff erst jetzt, dass sich die eigenartigen Ahnungen der Urlaubstage auch übersetzen ließen in eine Sehnsucht danach, dass sich etwas lange schon Fehlendes bald wieder einstellen möge, dass sich dahinter also womöglich doch bloß die alte Wunde verborgen hatte, angefasst vielleicht durch die Strukturlosigkeit der Zelttage – das Unglück darüber, dass der Vater sie nicht kannte, sie nicht sehen konnte, dass er nicht zu helfen, zu raten, zu vergeben, zu verstehen vermochte, dass sie ohne ihn zu leben hatte und sich danach sehnte, ihm wiederzubegegnen.

Zugleich aber und in größtem Widerspruch fühlte Johanna sich gerade so satt, so glücklich wie lange nicht mehr, wollte ihr die Brust fast zerspringen von einer Art immenser Erleichterung. Denn alles, was sie so unklar gefühlt hatte, war in den beiden Arbeiten, erst in jener des Armeniers, dann in der dahinter verborgenen des amerikanischen Dichters, so erstaunlich genau bezeichnet, bezeugt und erkennbar geworden, dass sie sich abermals kaum des Eindrucks erwehren konnte, in eine schicksalhafte Verbindung getreten zu sein: Hier entlang, tiefer hinein, du bist, so sprach etwas in ihr, auf die eigentlich dir gesetzte Bahn geraten.

I know I am solid and sound,
To me the converging objects of the universe
perpetually flow,
All are written to me, and I must get what
the writing means.

Diese leis paranoide Art, der Welt zu begegnen, war Johanna im Grunde sehr vertraut. Als Kind hatte sie solche Zustände ständig erlebt, ein Gefühl, von Chiffren umgeben zu sein, von Hinweisen darauf, dass sie sich im Zentrum einer gefügten Welt befand, in der alles von verschlüsselter Bedeutung war, zu flüstern schien in einer großen, geheimnisvollen Sprache. Wenn sie sich in diesem Modus befunden hatte, war es Johanna möglich gewesen, sich gleichermaßen als Nabel der Welt wie als Staubkorn zu erleben, sie stand im Zentrum des Geschehens und war gleichzeitig, ohne Widerspruch, bloß eines von zahllosen Teilchen, die sich im kosmischen Tanz umeinanderdrehten. Es hatte einen ihr objektiv erscheinenden Zauber in der Welt gegeben.

Irgendwann aber – im Ausgang der Kindheit – hatte Johanna die Bereitschaft dazu verloren, sich auf diese Anwandlungen einzulassen, zu verführerisch waren sie ihr aus der Warte der zersetzenden, adoleszenten Reflexion auf einmal erschienen, zu haltlos, zu narkotisierend, zu verdächtig tröstlich in ihrer Wirkung – denn alles, diese Deutungsmöglichkeit war ihr im Tod des Vaters in aller Drastik begegnet, ließ sich auch gänzlich anders betrachten: als enorme Farce, die der Mensch mit faselnder Bedeutung auszukleiden suchte, um an ihrer monströsen Leere nicht zugrunde gehen zu müssen.

In Italien allerdings war Johanna – jetzt erst erkannte sie das in aller Deutlichkeit *wieder* – erneut in etwas Ähnliches hineingeraten wie diesen Kindheitsmodus, und hatte das, warum, wusste sie nicht, an sich heranlassen können ohne Vorbehalt. Sie gestand sich ein, dass die Anwandlungen sich für sie ungleich befriedigender, richtiger, wahrer angefühlt hatten als alle Formen der vermeintlich nüchterneren Nüchternheit. *I know I shall not pass like a child's carlacue cut with a burnt stick at night,* hatte sie bei Whitman gelesen, und dabei ein Bedürfnis gespürt, diese Worte zu greifen, in sie hineinzufahren wie in ein Büschel Kornblumen, sie zu halten wie ein zitterndes Tier: die Wirklichkeit der Welt als etwas nicht endgültig Ausdeutbares, als etwas noch ganz Offenes – als etwas Bemerkenswertes. Und so seltsam im Gleichschritt mit diesem Atmen der Welt fühlte sich Johanna jetzt gerade, dass sie es kaum ertragen konnte, vielmehr, kapierte sie, war sie offenbar zu leiser Betäubung hergekommen, in der Hoffnung, die unhaltbare Schönheit ihres Zustandes durch ein bis vier Cocktails herunterzuregeln. »Ich werde aber nicht verrückt«, hörte sie sich denken, »sondern es wird mir wirklich noch Großes geschehen« – und Johanna schaute sich, leise alarmiert über sich selbst, tatsächlich um, als suchte sie nach einer fremden Stimme, die das ausgesprochen hatte.

Zwei Männer hatten sich neben sie an den Tresen gestellt, um zu bestellen. Die beiden redeten miteinander angeregt auf Englisch. Einer hatte ihr den breiten Rücken zugewandt, vom anderen, dem jüngeren, schmalen, kahl rasierten, sah sie nur für einen Augenblick das dunkle Gesicht, die blitzenden Augen.

»Der hat auch sehr unangenehme Sachen geschrieben«, sagte der Schmale gerade, »wusstest du das? So rassistischer Shit, das erschreckt einen.«

»Wusste ich nicht«, sagte der Breite.

»In seinen Briefen. Das ist hart, das lässt sich nicht leugnen. Aber das Gedicht lässt sich eben auch nicht leugnen. Damit muss man leben können, mit dem Widerspruch. So wie mit Amerika selbst ja übrigens auch. So wundervoll und so schlimm.«

»Geht es in der Arbeit dann eigentlich um Amerika?«

»Ach komm. Du bist ja schon total betrunken«, lachte der Schmale.

»Wieso total betrunken?«

»Mir geht es in erster Linie natürlich darum, ein Bild zu malen. So wie Dürer eben Gras gemalt hat. Oder Anita Albus Blumen. Aber ich bin der Erste, der Heiligenscheine hineingesetzt hat. Das war meine Idee. Und das ist dann wieder das Gedicht. Wie geht das noch mal, warte ...*The saints and sages in history – but you yourself?* Wenn es Heiligkeit gibt, ist alles heilig.«

»Das ist Whitman!«, hörte Johanna sich laut sagen, plötzlich, ohne jede Distanz, und sie schaute am Rücken des Breiten vorbei hoch zu dem Schmalen, der sie mit hellwachen Augen ansah und dann mit vielen weißen Zähnen anlächelte: erstaunt, amüsiert. »Ich weiß genau, woher das ist. Und ich glaube auch, dass ich weiß, wer du bist«, sagte Johanna, denn sie glaubte, sie wusste es, und sie erschrak auf einmal vor der Unwahrscheinlichkeit, der Gewalt dieser Begegnung.

III

»Nein!«

»Doch. David Sakadjian.«

Johanna und Helena am Folgetag, morgens, auf der Choriner Straße, unterwegs zu einem Café in der Oderberger.

»Du bist gestern Abend David Sakadjian begegnet.«

»Ja.« Johanna lachte.

»Das ist doch unglaublich. Dich haben doch die Bilder in Venedig schon so weggehauen. Und dann läufst du dem ein paar Tage später ausgerechnet hier über den Weg.«

»Der war da mit seinem Galeristen aus London, Matthew.«

»Beaumont. Der ist ganz toll, die Galerie macht ganz tolle Sachen. Und was wollen die beiden hier in Berlin?«

»David lebt hier.«

»Ach ja, der David.«

Johanna lachte wieder. Helena guckte sie an. »No way!«

»Nein, keine Sorge, nicht so krass«, sagte Johanna. »Aber wir haben uns echt lang unterhalten. Bis heute morgen eigentlich, bis vorhin.«

»Und findest du den gut?«

»Ist das deine erste Frage?«

Johanna wusste allerdings selbst nicht genau, wie sie jetzt, nach der Pointe, weitererzählen sollte.

»Es ist so seltsam, weißt du«, sagte sie. »Das fing eigentlich in Italien schon an. Ich hatte da ständig das Gefühl, als würde mich irgendwas ganz Bedeutendes erwarten. Wie Eingebungen oder Vorahnungen. Ich dachte schon, mit mir stimmt was nicht. In Venedig bei den Bildern war es dann ganz intensiv.«

»In Venedig warst du sowieso sehr eigen, fand ich auch. Total in dir selbst versunken. Momo meinte, weil das für dich komisch ist, alleine mit uns zwei zusammen.«

»Das stimmt nicht.«

»Hab ich ihm auch gesagt.«

»Nein, das war, weil ich auf dem Campingplatz in diesem komischen Zustand gewesen war, und weil ein Teil von mir auch nicht wollte, dass der aufhört. Mich hat der ganze Trubel auf der Biennale so genervt. Aber dann, als wir die Bilder gesehen haben, da dachte ich – das hat sich angefühlt eher wie Wissen – also da wusste ich sozusagen, dass es in diesen Vorahnungen die ganze Zeit um diese Bilder gegangen war.«

Helena runzelte die Stirn. »Das verstehe ich, glaube ich, nicht. Also, ich kenne so was nicht.«

Johanna zögerte eine Weile, bevor sie sich zu erklären versuchte, und blickte hinauf in das dunkle Laub einer Kastanie im Weinbergspark, während sie nach den richtigen Worten suchte. »Ich glaube, dass das viel mit meinem Vater zu tun hat. Ich dachte gestern jedenfalls, dass sich der Schmerz so wieder eingeschlichen hat, in diesen komischen Eingebungen. Das ist schwer zu erklären. Aber das hat mich kurz traurig gemacht.« Über den toten Vater sprach Johanna fast nie; einmal, vor langer Zeit, im Internat noch, hatte sie das Helena auch sehr scharf erklärt, dass sie da kein Mitleid, kein Nachfragen ertragen könne, dass sie diese ganze Geschichte mit sich selbst ausmache, und sie hoffte, dass Helena, die sie bei diesen Worten aufmerksam betrachtet hatte, auch jetzt nicht auf den Gedanken kommen würde, weiter nachzufragen.

»Du glaubst ja eigentlich auch nicht an solche Sachen«, sagte Helena endlich. »An das Schicksal, meine ich. Du machst dich ja immer lustig über meine Neigungen.«

»Das stimmt nicht. Mache ich mich lustig? Wirklich?«

»Also über Astrologie rede ich mit dir jedenfalls schon lange nicht mehr, du wirst dann immer gleich so kritisch.«

»Das tut mir leid. Ich kann das halt nicht ernst nehmen.«

»Aber wie erklärst du dir dann das mit David? Das ist doch wirklich ziemlich verrückt.«

»Also, als ich verstand, dass er das wirklich ist – das war schon unglaublich.«

»Und hast du ihm das erzählt?«

»Natürlich nicht! Der denkt doch sofort, ich spinne. Nein, ich habe ihm nur gesagt, dass ich gerade in Venedig war und dass mir seine Bilder sehr gefallen haben, und dass ich deswegen auch Whitman gelesen hätte.«

»Hat ihn das erstaunt?«

»Ich glaube, es hat ihn gefreut, dass mich seine Malerei interessiert. Übrigens sind diese Grashalme so was wie Porträts, er war in Amerika unterwegs, hat da Whitman entdeckt, und er hat dann an ein paar Orten Grashalme fotografiert, ganz zufällig, und die dann nachgemalt.«

»Ah.«

»Ja, sozusagen ein Ernstnehmen des Allerunscheinbarsten, so was in der Art meinte er.« Das Bimmeln der M12, die sich gerade die Schienen auf der Veteranenstraße hochschob, unterbrach Johanna. Die beiden Freundinnen blieben stehen, ließen die Trambahn passieren, die Morgensonne glitzerte in den Scheiben der Waggons. Johanna spürte die Müdigkeit der schlaflosen Nacht in den Beinen. Sie wusste nicht genau, wie sie Helena erklären sollte, wie uneindeutig ihr die Bedeutung ihrer Begegnung rückblickend erschien. »Was diese Ahnungen angeht, weißt du … Er hat das erstaunlicherweise selbst genauso gesagt. Er hat das irgendwie verstanden. Also, er meinte so was wie: ich bin dir also angekündigt worden, aber ich selbst habe dein Erscheinen nicht erwartet.«

»Also ich finde das eine unglaubliche Geschichte.«

»Du kennst ja nicht den Rest.«

»Wie meinst du?«

»Ich bin mir halt überhaupt nicht sicher, ob ich das alles überhaupt möchte.«

»Oh«, sagte Helena. »Okay.«

Johanna zuckte mit den Schultern. »Die Begegnung hat sich so komisch entwickelt. Am Anfang ging es irre leicht mit ihm, das war fast wie Fliegen, da haben wir auch viel gelacht. Der kann sehr lustig sein, finde ich. Aber als wir dann aus dem *Würgeengel* raus sind, lag plötzlich so eine Spannung zwischen uns. Für mich war das so seltsam. Kannst du dir das vorstellen? So eine riesige Erwartung auf einmal, weil ich dachte: das muss jetzt was Wichtiges sein, bei der Vorgeschichte.«

»Ja. Verstehe ich.«

»Und es war dann lange fast wie ein Interview, wo ich erst ihn ausgefragt habe und er dann mich, als müsste man jetzt ganz schnell alles übereinander in Erfahrung bringen. Das war irgendwie wahnsinnig anstrengend und so unangenehm ernsthaft. Und klar, es war auch ziemlich aufgeladen, ich fand ihn ehrlich gesagt schon sehr anziehend. Er ist so ganz schlank und leicht, selbst fast wie ein Grashalm, mit dieser Spannung im Körper, und die Wangen haben so einen blauen Schatten, ich wollte die ganze Zeit einmal darüberstreichen, ich hatte die ganze Zeit das Gefühl, das endet hier doch sowieso im Bett. Das ist wie Luftanhalten, weißt du, was ich meine?«

»Ja.«

Johanna seufzte. »Aber es ist dann eben nichts passiert.«

»Weil dieser Galerist die ganze Zeit dabei war?«

»Nee, der ist dann abgeschwirrt, der hat schnell gecheckt, dass er jetzt nicht mehr dabei sein sollte.«

»Was war denn dann das Problem mit David?«

Johanna meinte, eine Spur Ungeduld in der Frage der Freundin gehört zu haben. Sie schwieg für ein paar Meter. »Ich hab das Gefühl, du willst, dass ich den toll finde«, sagte sie dann. »Warum eigentlich?«

»Entschuldige«, sagte Helena. »Du hast recht. Ich weiß nichts über den. Mich würde es halt freuen, wenn du dich mal verlieben würdest. Oder ich frage mich, warum du dich wehrst, wenn dir ein schöner Maler aus Armenien verheißen wird.«

Johanna lachte. »Der ist überhaupt kein Armenier übrigens. Oder der kommt jedenfalls eigentlich aus Nagorny Karabach.«

»Nagorny was?«

»Er musste mir das auch erklären, das war ein bisschen peinlich. Das ist so eine Exklave. Ein Fleck Armenien im Nachbarland Aserbaidschan. In den Achtzigern und Neunzigern haben Armenien und Aserbaidschan einen Krieg um dieses Gebiet geführt, und offenbar gibt es auch immer noch bloß so einen wackeligen Waffenstillstand, aber die Armenier haben erst mal gewonnen. Trotzdem sind Davids Eltern am Ende von diesem Krieg da weg, als er noch klein war, nach Athen, zu seinem Onkel und seiner Tante. Da ist er dann aufgewachsen. Er hat einen griechischen Pass, und er sagt, er fühle sich fast mehr als Grieche denn als Armenier.«

»Ui«, sagte Helena. »Das klingt nicht gerade nach leichter Kindheit.«

»Ja, weiß ich nicht. Kann ich nicht beurteilen.«

»Aber der hat ja voll ausgepackt bei dir.«

»Ja. Der ist, glaube ich, ein sehr privater Mensch, der hat beinahe ärgerlich gesprochen, wenn er von sich selbst erzählt hat.« Johanna zögerte kurz. »Überhaupt spricht der über sehr viel sehr kritisch. Vernichtend manchmal fast. Dass ich Jura mache, fand er übrigens auch nicht so toll.«

»Wirklich? Wieso das denn?«

»Na ja, eigentlich hat er gesagt, Jura, das sei ja interessant, aber er kann damit im engeren Sinne nichts anfangen.«

»Wieso meinst du?«

»Da war so was im Ton, in der Mimik.«

»Oder hast du den falsch verstanden vielleicht? Ihr sprecht Englisch miteinander, oder?«

»Der hat lang in London gelebt. Der hat einen ganz eigenen Akzent, aber der spricht das sicher besser als ich.«

»Immerhin hat er nach dir gefragt. Das ist ja gut. Oder war das so eine Masche?«

»Nein, das glaube ich überhaupt nicht, das hat den wirklich interessiert.« Johanna sah David plötzlich neben sich gehen, die Jannowitzbrücke im Hintergrund, wie er sie bei seinen Fragen seitlich fixierte, sein Blick auf ihr. »Was ich mache, und warum, und wo ich herkomme, und wie ich mich hier fühle, und was mich beschäftigt, der wollte das alles wissen. Das hat sich irgendwann angefühlt wie ein Bewerbungsgespräch, ich hab so eine unangenehme Angst gekriegt, was Falsches oder Dummes zu sagen, weil der selbst … Irgendwie wirkt der schon enorm selbstsicher, und so zielstrebig, und wie gesagt auch so grundsätzlich kritisch. Und es kam mir alles, was ich gesagt habe, so hohl vor. Wir sind ewig gelaufen, bis hier herauf eigentlich.«

Helena seufzte. »Und bist du jetzt direkt von dieser Begegnung zu mir gekommen oder wie?«

Johanna lachte. »Ja. Der wohnt hier um die Ecke, in der Bergstraße.«

»Wirklich? Welche Hausnummer?«

»Weiß ich gar nicht, ich hab mir nur das Haus gemerkt.«

Die beiden Freundinnen waren vor dem Café angelangt. Es gab eine kleine Schlange vor der Eingangstür, sie stellten sich an.

»Und wollt ihr euch wiedersehen? Habt ihr Nummern ausgetauscht?«, wollte Helena wissen.

»Nein.«

»Hä? Wieso das denn nicht? Noch nicht mal aus Höflichkeit?«

»Das war eigentlich ganz süß. Als wir vor seinem Haus standen, dachte ich: okay, wenn er mich jetzt reinbittet, dann geh ich mit, obwohl ich mir gar nicht so sicher war, ob wir uns überhaupt mögen. Aber der hat vor der Tür auf einmal meine Hand genommen, so ganz weich, und gesagt, dass er mich jetzt eigentlich gern fragen würde, ob ich mit hochkommen will, aber dass er in ein paar Stunden nach Kanada fliegen würde für ein halbes Jahr, und dass ihm das deswegen falsch vorkäme.«

»Kanada?«

»Ja, der hat da so ein Stipendium. Der ist jetzt erst mal einfach weg.«

»Krass. Und du bist also nicht mit hoch.«

»Lustigerweise hatte ich in dem Moment doch auf einmal richtig Lust. Und ich hätte auch fast was gesagt. Aber dann dachte ich, der will mich nur freundlich abblitzen lassen, und wenn ich jetzt insistiere, wird es endgültig unangenehm. Ich hab ihm dann nur gesagt, dass ich das einen schönen Abend gefunden hätte. Und er meinte: ›*Yes, it was very special*‹.«

»*Very special.*«

»Ja. *Very special.* Und es war komisch, als er da reinging und die Tür hinter ihm zufiel, rumms, da war ich auf einmal so traurig.«

Helena seufzte. »Mann, Johanna.«

»Aber das ging ganz schnell vorbei, nach ein paar Schritten schon. Das war alles richtig so und irgendwie insgesamt wirklich sehr schön.«

»Und jetzt ist er weg.«

»Jetzt ist er weg.«

IV

Wirklich dachte Johanna schon bald nicht mehr an die Begegnung mit dem Maler David Sakadjian zurück. Für sie hatte die Nacht mit ihm etwas Abschließendes, rückblickend auch eigenartig Befriedigendes gehabt, sie hatte das Ende der Zustände während des Italienurlaubs markiert, den Gipfel einer kuriosen Episode, der sie wenig später schon keine große Bedeutung mehr beizumessen in der Lage war, an der sie höchstens erstaunte, wie intensiv sie gespürt hatte, was sich nun so vollkommen verflüchtigt zu haben schien.

Das Wintersemester dieses Jahres 2015 begann, und im kurzfristig gefassten Beschluss, das Studium wenigstens für ein halbes Jahr einmal vollkommen ernst zu nehmen, wurde Johanna streng mit sich, arbeitete weniger im Tanzstudio, ging vor allem seltener in jene Kurse, die sie zuvor ständig besucht hatte, um zwischen den Spiegeln, der hämmernden Musik und den Kommandos der Choreografen sich selbst zu entkommen. Stattdessen verordnete sie sich probeweise und aus ihr selbst unklaren Gründen Disziplin, sie besuchte pflichtschuldig sämtliche Veranstaltungen – nur um die Uni zum eigenen Erstaunen erstmals interessant zu finden.

Johanna war nach dem Abitur zunächst nach Amsterdam gezogen, in die Heimatstadt ihrer Mutter, und hatte sich dort für ein Tanzstudium eingeschrieben, das aber schon nach einem Jahr wieder fallen gelassen, in der Erkenntnis, dass es ihr an Begabtheit und Hunger mangelte. Dann war Johanna in Berlin mit Helena zusammengezogen, hatte ein Komparatistikstudium begonnen, aber auch das lediglich für zwei Semester ertragen, bevor sie sich hatte eingestehen müssen, dass sie mit dem akademischen Zugang zur Literatur nicht warm werden wollte, dass sie diese Disziplin nicht ernsthaft beschäftigte. Jura, ihr drittes Studium, war der bleibenden Ratlosigkeit geschuldet, eine Wahl ob des durchaus schlimmen Gefühls, zu nichts berufen zu sein. Johanna hatte in den Rechtswissenschaften die Möglichkeit gesehen, absehbar keine endgültige Richtung einschlagen zu müssen, viele Optionen offenhalten, heimlich weiterhoffen zu dürfen, dass ihr unterwegs doch noch etwas Wesentlicheres begegnen würde. Dass es noch einen anderen Grund für diese Wahl geben mochte, dass nämlich auch ihr Vater Jurist gewesen war, hatte Johanna vor sich selbst nicht freimütig aussprechen wollen.

Das Lernenmüssen für die Klausuren und die Prüfungen, die ständig fehlenden Bücher in der Bibliothek, die streberhaften Gespräche der enthusiastischeren Kommilitonen über die Scheine und Noten, all das hatte sie dann zwar genervt – das Studium selbst aber war Johanna nicht sonderlich schwergefallen, sie hatte verstanden, gute Leistungen bescheinigt, bisweilen sogar Lob von den Dozenten bekommen. Der Sinn der Übung allerdings, die Heimat, in die das alles führen sollte, war weiter wolkig geblieben.

Johanna studierte bloß, um zu studieren, dem Abschluss, aber keinem Ziel entgegen, im quälenden Verdacht, an sich selbst vorbeizuleben, falsch zu gehen, etwas Entscheidendes übersehen zu haben.

In diesem fünften Semester des Studiums verschob sich Johannas Perspektive sachte. Sie hatte sich, nach einiger Beratung mit ihrem Stiefvater, einem Notar, für »Rechtsetzung und Rechtspolitik« im Schwerpunktstudium entschieden. »Da dürftest du«, hatte ihr Hans gesagt, »den elegantesten Juristen begegnen.« Johanna ahnte allmählich, was der Stiefvater mit diesem Adjektiv gemeint haben mochte. Ihr wurde bewusster, dass Vertragsschluss, Zivilprozessordnung oder Anspruchsreihenfolge, all die Rechtspraktiken, denen sie im Studium bislang begegnet war, im Grunde bloß so etwas darstellten wie letzte Verästelungen in einem weit größeren, weit interessanteren menschlichen Komplex. Die Tatsache, dass ihr Land überhaupt ein Recht kannte – dass man sich also ideell auf Prinzipien geeinigt hatte, die niemandem komplett fremd waren, und praktisch auf Instrumente zu deren Durchsetzung; – die Idee, dass sich das Recht in seinen Hauptfächern, Unterkategorien und Durchschüssen auch betrachten ließ wie ein enormes Betriebssystem der Gesellschaft, an dem Juristen und Politiker gemeinsam fortschrieben wie Programmierer; – die Vorstellung schließlich, dass die Eleganz der Juristen im Geschick liegen mochte, mit dem sie ihre eigene Rechtsauslegung unausweichlich immer wieder auf den schmalen Katalog des Grundgesetzes zurückzuführen verstanden –, diese und weitere, allmählich in Johanna aufkeimende Einsichten halfen ihr dabei, sich doch endlich ein wenig zu erwärmen für die Sache der Rechtswissenschaften. Sie kam dadurch einem klaren Berufswunsch zwar keinen Schritt näher, aber die Universität wurde immerhin, und das war ja nicht wenig, zu mehr als einer Pflichtveranstaltung, und sie fühlte sich insgesamt etwas beruhigter über die eigenen Umstände und fragte sich nun bisweilen doch, ob ihr Vater wohl aus ähnlichen Gründen Freude an dem Fach gehabt haben mochte.

Das Semester war weiter auch noch nicht sonderlich alt, als Johanna wochenends mit Momo und Helena auf einen Rave in der Uckermark fuhr, wo sie, abseits der Bässe, unter Birken und im Licht eines baumelnden Lampions, von Markus angesprochen wurde, einem Filmstudenten an der UDK, der ihr beim Tanzen zugesehen und sie schön gefunden hatte und der so lustig und gewandt mit ihr zu reden imstande war und auch noch so gut roch und schmeckte, dass Johanna mit ihm mindestens eine Affäre begann, immerhin inklusive einer gemeinsamen Reise nach Warschau und ziemlich häufiger Telefonate auch dann, wenn man sich nicht miteinander verabreden wollte. Exklusive allerdings offizieller Antrittsbesuche in den jeweiligen Freundeskreisen, denn Johanna zumindest ahnte, dass Markus, der sich als Kommunist zu bezeichnen imstande war, ihre eigenen Freunde zu unpolitisch und zu reich gefunden hätte und die ihn wiederum vielleicht einen Hauch provinziell. Was alles nichts daran änderte, dass sie sich gerne mit ihm unterhielt, gerne mit ihm kochte, gerne von ihm Filme gezeigt bekam, gerne mit ihm schlief.

Johanna hatte den Maler David Sakadjian vergessen oder dachte jedenfalls nicht mehr an ihn, bis sie eines Abends, gegen Ende des Semesters, in einer Ringvorlesung dem Vortrag einer britischen Labour-Abgeordneten lauschte, die ihren eigenen Werdegang im *International Law* beschrieb und als dessen initiierendes Ereignis einen Nachmittag in den frühen Neunzigern, an dem sie als Praktikantin einer christlichen NGO in Nagorny Karabach unvorbereitet in ein Dorf geschickt wurde, durch das kurz zuvor die Front gerollt war, und in dem ihr vor lauter Entsetzen über die qualmenden Überreste von Haus, Tier und Mensch nichts anderes hatte einfallen wollen, als alles so genau wie möglich zu dokumentieren, in der Hoffnung, dadurch irgendeiner späteren Gerechtigkeit zur Durchsetzung zu verhelfen.

Als Johanna den Namen der Exklave erwähnt hörte, raste es plötzlich in ihr. Sie sah wieder die Bilder von den Grashalmen, sie erinnerte die Gestalt im *Würgeengel,* diesen Mann neben sich, sie hörte wieder die dunkle Stimme, die nervös und bewegt Whitman zitierte:

This then is life,
Here is what has come to the surface after
so many throes and convulsions.
How curious! how real!

Und bei dem Gedanken an David packte Johanna jäh eine entsetzliche Sehnsucht nach ihm – als sei er ihr unerkannter Bruder, ihr liebster Freund, weit entfernt und jenseits des Meeres, dieses altbekannte Gefühl, als sei sie auf eine klaffende Lücke in ihrem Leben gestoßen, als hätte sie abermals jemand Zentrales verloren. Sie verließ die Vorlesung vorzeitig, lief frierend im kalten Wind zum Bahnhof, und in der S-Bahn, die sie aus Dahlem durch das dunkle, allmählich winterliche Berlin zur Yorckstraße trug, im grellen Licht des Busses dann, in den sie umstieg und durch dessen spiegelnde Scheiben sie bisweilen den nass glänzenden Asphalt, die Schattenrisse der Menschen vor leuchtenden Spätis erkennen konnte, dachte sie an das ihr so absolut unbekannte Land Nagorny Karabach, dessen Kind David war, und imaginierte eine Landschaft aus Bergen, Steppen, Wolken. In ihrer Küche klappte sie den Rechner auf, um nach Büchern über die Region und den Konflikt zu schauen, nicht ohne das Gefühl, sich lächerlich zu machen mit diesem Interesse an etwas, das sie kaum anging, auch nicht ohne den Eindruck, etwas eigenartig Übergriffiges zu tun, dermaßen in das Leben eines letztlich Fremden einblicken zu wollen. Der *message request* von Facebook, der ihr auf dem Bildschirm gleich als erstes entgegenleuchtete, traf sie derart unvorbereitet, dass sie den Rechner vor Schreck und Unwillen gleich wieder zuschlug.

»Hey, Johanna! Remember me? It's Walt, Walt Whitman. Listen, I am back in town and wanted to ask if you'd like to go for a walk sometime. David«

V

Wenige Tage später liefen sie gemeinsam durch den dampfenden Rosengarten im Humboldthain, an diesem Nachmittag hatte es die Sonne durch den ewig rauchgrauen Himmel über Berlin geschafft, der Frost auf den dunklen Gewächsen taute, die Luft, die Erde rochen frisch, klar, neu. »Du hattest mir bei unserer Begegnung von deiner Freundin erzählt, mit der du zusammen in Venedig im Pavillon warst«, sagte er. »Und du hattest erwähnt, dass die bei *Ys* arbeitet. Also habe ich die Galerie gegoogelt, und da kam eigentlich nur eine Mitarbeiterin als deine Freundin infrage, Helena, richtig? Dann habe ich deren Facebook gefunden. Und darüber deinen Account: Johanna. Jetzt weiß ich deinen ganzen Namen: Johanna Winkelmann.«

Johanna lachte und dachte, dass ihr Name schön klang aus seinem Mund, in seinem eigenartigen Englisch, und sie war wieder erstaunt. »Ich wundere mich nur, dass du noch an mich gedacht hast.«

»Wirklich? Natürlich habe ich noch an dich gedacht. Ich hab noch oft an dich gedacht«, sagte David. »Du nicht an mich?« Johanna schaute ihn von der Seite an. Er war nicht mehr kahl geschoren, er sah vielmehr aus, als sei er lange nicht beim Friseur gewesen, er trug einen Wust aus dichten schwarzen Locken auf dem Kopf und schien noch schmaler geworden zu sein, dünn, leicht vorgebeugt, in seinem schwarzen Parka, den losen Cargo-Pants und seltsam futuristischen Outdoorschuhen schaute er aus, als sei er gerade zurück von einer langen Wanderung. Von der Seite fielen ihr wieder seine schönen dunklen Wimpern auf, über den stechend blauen Augen.

»Wie war denn Kanada«, fragte Johanna, unsicher, wie sie auf seine Frage antworten sollte.

Er zögerte. »Ich bin nicht lange da gewesen«, sagte er dann. »Ich war zuletzt mehr in Spanien und Portugal.«

»Wirklich? Wieso? Durftest du das?«

Er lachte. »Wie meinst du, durfte ich das?«

»Du hattest doch dieses Stipendium«, sagte Johanna. »Die haben dir doch Geld gegeben.«

»Aber das hieß doch nicht, dass ich nicht mehr frei bin.« Er schien sie nicht zu verstehen.

»Ich meine, die wollten doch bestimmt, dass du da bleibst? Wo war das überhaupt genau?«

»Die schicken einen für dieses Stipendium auf eine einsame Insel vor Neufundland«, sagte er. »Es gibt da eine Kleinstadt mit Hafen, sonst ist die Insel eigentlich menschenleer. Es war sehr schön da. Unfassbar schön eigentlich.«

David berichtete Johanna, dass er auf der felsigen Insel gemeinsam mit ein paar anderen Künstlern in einem großen, windumtosten Haus untergebracht worden war.

»Das war ziemlich verrückt. Die haben uns da in einem privaten Flugzeug hingeflogen, von Montreal aus, so eine kleine Propellermaschine, eine *Twin Otter,* weißt du? Wie ein Idiot habe ich erst auf diesem Flug gemerkt, dass ich einen Fehler gemacht hatte. Als es da rausging. Mir fiel auf einmal wieder ein, dass ich in der Stadt immer schon besser aufgehoben gewesen bin. Ich tröstete mich dann erst mal, ich dachte, okay, ich probiere das aus. Aber wir hatten dann nur dieses gemeinsame Haus, das ich nicht mochte, und es gab außer den Studios kaum die Möglichkeit, nicht ständig aufeinanderzuhocken. Jeder hatte zum Schlafen so ein winziges, total spartanisch eingerichtetes Zimmer, so minimalistische Bullshit-Architektur, kalt, alles Beton und Holz. Man konnte da keine Zeit verbringen. Wir sollten alle gemeinsam in so einer großen Luxusküche rumsitzen abends und uns gegenseitig inspirieren und kochen oder so, das war wohl die Idee.« Er lachte. »Irgendwie so faul überlegt. Aber ich mochte die anderen nicht, und die mochten mich, glaube ich, auch nicht. Wahrscheinlich konnte niemand niemanden leiden, das ist ja oft so. Ich funktioniere in solchen Umfeldern sowieso nicht. Ich wollte da nicht rumsitzen und mit denen über die sogenannte Kunst labern müssen. Ich hasse den Shit.«

»Was war denn mit denen los?« Johanna wunderte sich über seine Schärfe.

»Ach, die waren bestimmt alle nett. Ich will nicht schlecht reden über die. Aber es gab dieses sehr dumme Wettbewerbsding. Wie auf der Kunsthochschule. Das ist eine Falle. Den Blick auf die anderen richten, sich an denen abarbeiten oder sich mit denen messen. Dann kommt man nicht weit, eigentlich klar. Und die ganze Zeit Gossip. Über Business und Kritiker und so. Connections, weißt du?«

»Nicht wirklich«, sagte Johanna. »Ich verstehe, glaube ich, diese Welt zu wenig.«

»Es gibt bei manchen die Idee, dass nicht ihre Arbeit allein entscheidend ist, sondern dass sie sich in so einer Art Konkurrenzsituation befinden, die gucken immer aufeinander. Das ist ja offensichtlich falsch, es gibt doch sehr verschiedene erfolgreiche Kunst, kein Künstler steht mit irgendwem in Konkurrenz. Man kann andere bewundern, das ist klar, aber man muss nicht gegen irgendwen gewinnen. Und dann gibt es die Idee, dass man gut vernetzt sein muss. Das ist so ein Angstdenken, man muss irgendwie auch Manager sein und sozial geschickt und so weiter. Aber das ist auch falsch. Es gibt sehr charmante Künstler, und es gibt welche, die man nie sieht. Ich glaube, solches Gerede ist immer eigentlich die Suche nach Ausreden dafür, dass einem nichts einfällt. Früher habe ich das auch ausgesprochen, ich habe gesagt, was ich denke – dass ich nicht an diesen Modus glaube, dass das Nebelkerzen sind, die einen aus der Arbeit werfen. Aber das verletzt die Leute immer, das macht denen nur noch mehr Angst.«

Er wirkte auf Johanna jetzt fast niedergeschlagen. »Was hast du dann gemacht?«, fragte sie.

»Am Anfang habe ich die meiste Zeit im Studio verbracht. Das war so ein Glaskasten, sehr abgelegen, mitten in der Natur, auch wieder nur für Architekturmagazine ausgedacht. Man konnte da nicht arbeiten, das war viel zu clean, da hatte man richtig Angst, irgendwas schmutzig zu machen oder rumzustümpern. Das ist schon ein echt schlechtes Zeichen, ein Studio, das nicht zum Arbeiten gedacht ist.« Er lachte wieder, er lachte viel, fand Johanna, und er urteilte mit solcher Gewissheit, er schien sich in allem so sicher, er schien keine Zweifel zu kennen.

»Klingt ja wirklich alles nicht so toll«, sagte sie.

»Na ja, manches war schon auch großartig.« Er sagte *Yeah but some of it was tight* – David hatte überhaupt, fand Johanna, so ein lustiges, von amerikanischem oder schwarzem Slang durchsetztes, britisch klingendes Englisch, mit runden, gezogenen Vokalen darin, eine griechische oder armenische Anleihe vielleicht. Eine komplett bastardisierte Sprache, dachte sie unwillkürlich, er benutzt sie nach seinem eigenen Geschmack. Ihr gefiel der Klang. »Manches war großartig«, sagte er. »Die hatten mir ein eigenes Auto gegeben, um zum Studio zu kommen, so einen alten *GMC Sierra,* ein roter Pick-up mit riesigem Motor. Ich hab noch nie ein Auto so gern gemocht. Das Ding roch allein schon so gut, nach altem Leder und Benzin. Mit dem bin ich rumgefahren. Und die Erde war kahl, steinig, schroff, und der Himmel immer dieses Camel-Light-Blau, die Farbe. Es gab so viel Licht da! Und in dem Licht all die Farben der Steine und der Flechten und Moose und Gräser. Es war sehr bunt. Zwischen braun und grau und schwarz und blau und grün. Und dann immer das Meer, silbern, um uns herum. Alles war eigentlich wie im Meer. Die Insel wuchs aus diesem Wasser. Und ich hatte doch auch ein paar Bekanntschaften dort. So einen kleinen Ticker aus dem Städtchen, bei dem ich Gras gekauft habe, und dessen Homies. Mit denen habe ich ein paar Tage gemalt.«

»Mit denen gemalt?«

»Sprühen meine ich. Das hab ich als Junge in Athen viel gemacht und jetzt da in Kanada wieder. Es gab so ein paar verlassene Militärbaracken, da haben wir gearbeitet. Das war schön, sehr ruhig. Ich bin von früher immer Stress gewöhnt, Cops oder Wachmänner. Aber da war das jedem egal. Die Jungs haben sich Mühe gegeben mit ihren Sachen. Die waren alle noch so jung, fünfzehn, sechzehn. Das war superinteressant, mich an das Alter zu erinnern.«

David zeigte Johanna Fotos auf seinem Handy, er wischte durch Bilder, ein paar Jungs – es waren wirklich eher Kinder, dachte Johanna – mit Sprühdosen in der Hand vor Betonfassaden, eine karge, grenzenlose Landschaft im Hintergrund.

»Und du selbst hast also auch wieder gesprüht?«, fragte sie.

»Willst du sehen?«, fragte er. »Findest du das echt interessant? Ich rede die ganze Zeit nur von mir.«

Johanna lächelte. »Ich frage dich doch.«

»Okay.« Er ging für einen Moment durch seine Aufnahmen. »Das hier«, sagte er, »in so einem alten Speisesaal, guck mal. Der hatte so eine schöne gewölbte Decke, fast wie so eine Kathedrale.« Er hielt Johanna sein Handy hin. Johanna betrachtete die Aufnahmen von einer hohen, kahlen Halle, deren eigenartig kompliziert anmutende Betondecke David in einem Petrolton gestrichen hatte, während die Wände und die stützenden Pfeiler in einem leuchtenden Ocker bemalt waren. Durch das gesplitterte Glas in den Fensteröffnungen sah man offenes Meer, einen blau blitzenden Himmel.

»Das hast du gemacht? Alleine? Das sieht riesig aus.«

Er schnalzte mit der Zunge. »Es gibt so eine geniale deutsche Firma, Wagner. Die machen Sprühgeräte, mit denen kannst du sehr schnell sehr viel Farbe verteilen. Es ging vor allem darum, so eine Maschine auf die Insel zu kriegen. Und die richtigen Farben auszusuchen.«

»Das würde ich gern mal in echt sehen«, sagte Johanna. »Das sieht toll aus, wie so eine Art antiker Tempel.«

»Ja, oder? Das fand ich auch. Ich hätte auch gerne noch Fresken an die Wände gemacht, aber ich hatte nicht wirklich die Zeit.«

Johanna zögerte. »Was hat dich denn beschäftigt?«

David verzog seltsam das Gesicht. »Das ist doch nicht interessant«, sagte er nach einer kurzen Pause.

»Wieso?«, fragte sie.

Er schüttelte den Kopf, dann dämmerte ein Lächeln auf seinen Lippen. »Es ist komisch«, sagte er. »Ich hab sogar Lust, dir davon zu erzählen. Normalerweise rede ich nicht über meine Sachen, das ist nicht klug, weißt du?«

»Ja«, sagte Johanna, »also, wenn du magst, erzähl doch mal.« Sie wollte wirklich wissen, was er gemacht hatte, sie war neugierig. »Ich kenne mich überhaupt nicht aus mit Kunst«, fügte sie hinzu, »das musst du wissen, ich habe wirklich keine Ahnung. Aber ich bewundere das schon.«

Er hob die Augenbrauen. »Bewundern?«

»Ja, wie man so was macht.«

Er schwieg und trat nach einem Steinchen, das auf dem Weg lag. Die beiden waren inzwischen auf der Brunnenstraße angelangt und wandten sich darauf Richtung Süden, Richtung Rosenthaler Platz. »Also das ist jetzt eine Geschichte, die ich dir erzähle, mehr nicht. Ich weiß nicht, ob sie stimmt. Ich mag es nicht, so über mich zu reden. Ich mag Leute, die arbeiten können. Aber das ist ganz banal.«

Jetzt musste Johanna lachen. Er lavierte so wunderlich, er redete in eigenartigen Pirouetten, sie kannte niemanden, der so sprach. »Jetzt erzähl doch mal!«, sagte sie. »Ich finde das wirklich interessant.«

»Okay«, sagte er und lächelte. »Also, was mir da einfiel und worauf ich wirklich Lust hatte, waren Landschaftsbilder. Aber das ging erst mal nicht.«

»Wieso ging das nicht?«

Er zuckte mit den Schultern. »Die Grashalme waren Natur, und ich mag sie, aber sie sind kaum noch subtil. So eine sehr direkte Anlehnung an Whitman. Die leben schon sehr von der Technik. Und wegen Venedig wollen alle jetzt mehr davon. Mehr Naturmalerei von dem jungen Armenier. Es hat mir sehr gefallen, diese Insel zu betrachten, und ich hatte große Lust, das einzufangen zu versuchen, aber ich will ungern das machen, was man von mir erwartet. So eine Masche haben.«

»Vorhersehbar sein?«

»Genau. Aber das fand ich dann auch wieder dumm. Das genaue Gegenteil des Erwarteten zu tun, ist ja auch nur eine Form von Nachahmung. Ich muss machen, was ich selbst am besten finde.«

Johanna spürte so etwas wie einen Stich in der Brust bei diesen Worten, sie wollte, dachte sie, auch so eine Freiheit haben.

»Einmal«, fuhr er fort, »war ich dann auf dem Festland, in einem riesigen Supermarkt, *Loblaw's* hieß der. Ich dachte nach über die Insel. Ich will ... Wenn ich male, dann will ich ja nicht die Insel malen, sondern ich will malen, wie es ist, die Insel zu sehen. Und das kam mir unmöglich vor, ich wusste nicht, wie das technisch geht. Aber dann gab es in dem Supermarkt eine Bastelabteilung, in der ich etwas für Kinder fand, »Paint with Stickers«. Da waren die ganzen Klassiker drin, Geburt der Venus und so weiter, und man hatte Sticker in verschiedenen Farben, mit denen man diese Bilder nachstickern sollte, verstehst du?«

»Wie Malen nach Zahlen?«

»Genau, nur mit Stickern, noch debiler eigentlich. Aber ich dachte sofort an die Sticker aus dem Obst- und Gemüseregal. Die auf Bananen kleben und so weiter. Ich habe mir in dem Markt dann ein Stickeralbum genommen. So eins zum Sammeln, wo man die Dinger einkleben kann, und dann habe ich die Sticker vom Obst runtergepult und da reingetan.« Er zog wieder sein Handy hervor, er war im Begriff, Johanna etwas zu zeigen, dann steckte er das Handy doch wieder weg. »Egal. Ich arbeite mit Stickern jedenfalls. Sticker als Farbe. Ich hab mir eine Serie von sechs Ansichten der Insel überlegt, »Lob's Law« soll die heißen. Ich bin fast fertig. Ich war in Spanien, weil es da unendlich viele verschiedene von diesen Stickern gibt, und ich brauchte natürlich viele und viele Farben. Da gibt es auch Stickerfabriken.« Er verlangsamte sich beim Sprechen, bemerkte sie, er zögerte zwischen den Sätzen. Er schüttelte den Kopf, blieb stehen, schaute konsterniert auf das Pflaster, schüttelte abermals den Kopf. Als er sie wieder anschaute, wirkte er ärgerlich. »Lassen wir das«, sagte er dann. »Das ist Bullshit.«

Johanna verstand nicht, was los war, gerade hatte er noch so frei erzählt, nun schien es, als ob er sich verzöge, wie eine Schnecke, der man auf die Fühler gefasst hatte. »Was ist denn?«, fragte sie.

Er schaute sie an, die Brauen gefurcht. »Das Problem mit diesem ganzen Reden ist, dass man die Spannung verliert. Es geht das ganze Bitzeln aus der Arbeit, wie aus so einer Pepsidose, die man knackt und nicht trinkt. Am Ende bleibt immer das Gefühl, dass man es auch lassen könnte. Man erklärt irgendwas, wofür es in Wirklichkeit keinen Grund gibt. Dann kommt es einem absurd vor. Aber ich soll immer reden: was hast du da gemacht, was bedeutet das, sag mal was dazu. Dabei ist das nur für die anderen, nicht für mich, dieses Reden, in Sprache. Ich arbeite nicht in Sprache. Leute wollen meine Bilder haben, warum auch immer, das betrifft mich nicht. Das ist alles. Mehr ist da nicht. Ich finde es nicht interessant, darüber zu reden. Es ist nicht gut für mich.«

Er wirkte aufgebracht. »Entschuldige«, hörte Johanna sich sagen, obwohl sie eigentlich nicht das Gefühl hatte, sich entschuldigen zu müssen, sie hatte ihn doch, fand sie, nicht genötigt. »Ich wollte dich nicht drängen«, sagte sie.

Beide liefen schweigend nebeneinanderher.

»Für mich ist es nicht uninteressant, wenn du über deine Malerei sprichst«, sagte Johanna schließlich. Die beiden waren beinahe am Rosenthaler Platz angelangt, wo Johanna in die U-Bahn steigen wollte, um nach Kreuzberg zu fahren, zu Markus. »Ich höre dir eigentlich gerne zu.«

Er sagte nichts mehr. Er ging in größerem Abstand zu ihr, es wirkte so, als wolle er weg von ihr. Irgendwas hatte sich verhakt zwischen den beiden, war falsch oder gar nicht ausgesprochen worden, Johanna verstand nur nicht, was. Sie erinnerte sich plötzlich an das ungemütliche Gefühl, das sie vor einem halben Jahr, am Ende des Abends im *Würgeengel* gehabt hatte, hier war es wieder, so etwas wie eine Antipathie, oder eine leise Aggression, oder vielleicht einfach Unverständnis.

»Nein, nein«, sagte er endlich.

»Ich bin nicht deine Galeristin«, sagte Johanna.

»Das meine ich nicht.«

»Ich finde auch nicht, dass dir irgendwas peinlich sein muss«, sagte Johanna. Sie hatte so einen blöde tröstenden Ton in der Stimme, dachte sie, so was komisch Konziliantes. »Du weißt«, sagte sie, »wie sehr deine Bilder zu mir gesprochen haben. Aber du musst dich nicht erklären. Es ist nur ... Ich glaube, ich will vielleicht auch wissen, wie es sich anfühlt, wenn man eine Berufung hat, wenn einen was anzieht oder antreibt, oder man etwas aus sich selbst heraus tut. Ich beneide dich darum.«

Er schüttelte müde den Kopf. »Du verstehst mich nicht richtig«, sagte er. »Ich hatte ja eigentlich über etwas anderes mit dir reden wollen, aber ich glaube, das hat dich nicht interessiert.« Er schaute zu Boden, zur Seite. Wovon sprach er, fragte sich Johanna, was hatte sie nicht interessiert? Die beiden waren unvermittelt ganz nahe beieinander stehen geblieben, wenige Schritte vor dem U-Bahn-Eingang, aus dem ihnen ein kalter Wind um die Ohren pfiff. Er hob den Blick und schaute sie an. »Ich habe mich in Kanada manchmal gefragt, ob unsere Begegnung – im *Würgeengel* oder danach, vor meiner Tür –, da war für mich so eine Art Unterbrechung, weißt du, wie so eine Art Signalstörung?«

»Wie meinst du?«, fragte sie, mit plötzlich schlagendem Herzen. »Eine falsche Abbiegung?«

Er lächelte. »So was, ja.«

»Es hat sich für mich irgendwie alles richtig angefühlt«, sagte Johanna und wusste gleich, dass er das nicht so verstehen würde, wie sie es gemeint hatte, dass das abweisend klang, und aus dem U-Bahn-Eingang drang das Kreischen von Bremsen schrill an ihre Ohren, und David furchte die Stirn und sagte etwas Kurzes, »du hast gar nicht …« oder so etwas in der Art, sie vermochte es über diesen Lärm nicht zu hören, und er machte einen halben Schritt zurück. »Wie bitte?«, fragte sie.

»Ist egal. Nicht wichtig.« Kurz schwiegen beide.

»Ich steige jetzt in die Bahn«, sagte Johanna. »Es war schön, dich gesehen zu haben. Bis bald, hoffe ich.«

»Ja«, sagte er. »Bis bald.« Er umarmte sie auf einmal, er

roch nach kühler Haut, nach Rasierschaum, und für einen Augenblick schien es Johanna, als wiche ihr alles Blut aus den Gliedern, dann ließ er los. Johanna stieg die Treppen zur U8 hinab. Als sie sich noch einmal nach ihm umdrehte, war er verschwunden.

»Können wir uns vielleicht doch draußen treffen statt bei dir?«, schrieb sie aus der Bahn an Markus. Am Landwehrkanal, unter einer kahlen Weide bei den Boule-Bahnen und im Licht einer Laterne, die gerade flackernd angesprungen war, machte sie Schluss mit ihm.

»Warum?«, wollte er von ihr wissen. »Gibt es einen anderen oder wie?«

»Ja«, sagte Johanna. »Es gibt einen anderen.«

VI

Johanna und David sahen sich nun öfter, einmal, zweimal in der Woche. Die Semesterferien hatten begonnen, Johanna hatte nur eine Hausarbeit zu schreiben, nur wenige Schichten im Studio, bloß ein paar Proben zu besuchen, es blieb viel Zeit für anderes, und die beiden spazierten endlos miteinander durch die Stadt, gingen ins Kino, saßen gemeinsam in Restaurants, Cafés und Bars, trafen sich für ein Konzert oder den Besuch einer Ausstellung. Einmal holte Johanna David aus seiner Wohnung ab, in der Bergstraße, und war erstaunt, wie schick die war, sauber und aufgeräumt, vom Flur aus, in dem sie auf David wartete, konnte Johanna durch die halb geöffnete Türe ein großes Wohnzimmer erkennen, einen Stapel Bücher auf der Erde, ein teuer ausschauendes Sofa, kahle Wände. Die Wohnung, stellte sich heraus, gehörte einem Sammler, der sie David zu einem eher symbolischen Preis vermietete. »Das ist sehr angenehm«, sagte David, »das gehört mir alles nicht. Eine Simulation.«

Johanna, von Helena und Momo dazu gedrängt, die Treffen mit dem Maler zu erklären, das Verhältnis zu David irgendwie zu bezeichnen, fühlte sich ratlos. Es waren Dates, ja, zugleich aber kamen David und sie einander bei diesen Begegnungen nicht näher, beziehungsweise erörterten sie in ihren langen, bisweilen bis zur Erschöpfung geführten Gesprächen zwar ausführlich die jeweiligen Meinungen zu den Themen x, y und z, sie erfuhren dabei aber seltsam wenig übereinander, und es geschah nichts weiter, sie berührten einander nicht körperlich. Johanna, die von den Treffen mit David zumeist seltsam zermürbt, angespannt, irritiert nach Hause kehrte, begriff nicht, wieso die erotische Spannung, die sie vor den Zusammenkünften und zu deren Anfang stets so stark zu spüren meinte, über die Dauer des Beisammenseins daraus entwich wie die Wärme aus einer unberührten Speise, und warum sie beide so unfähig dazu waren, dem Verhältnis eine Richtung zu geben. Immer wieder dachte sie, dass es vielleicht am besten wäre, den Kontakt zu David abzubrechen, weil alldem etwas Missratenes, Unglückliches anzuhaften schien.

»Es ist zu anstrengend«, sagte Johanna. »Wir streiten uns manchmal richtig. Ich bin mir gar nicht sicher, ob wir uns überhaupt leiden können. Aber das habe ich dir ja schon nach dem allerersten Treffen gesagt, und ich will ihn trotzdem immer wiedersehen. Es bewegt sich irgendwie nichts.«

»Streiten?« Helena saß in Johannas Küche, die beiden tranken Tee. Vor dem Fenster neigte sich der Tag dem Ende zu, in der regenkühlen Luft lag ebenso fein wie eindeutig ein erster Hauch von Grün, von werdendem Frühling. »Ihr streitet euch?«

»Ich meine, wir lachen auch oft. Das ist schlimm, ich habe manchmal das Gefühl, dass der ein ganz lustiger, heiterer Typ ist, und nur ich schaffe es, ihn in so ernste Zustände zu bringen. Aber ja, wirklich. Er ärgert mich dann auch, er nervt mich so richtig, ich finde ihn dann fast dumm. Der denkt total anders als ich, oder manchmal glaube ich, dass der das Denken an sich nicht besonders achtet.«

»Aber worum geht es denn in euren Auseinandersetzungen, um Himmels willen? Ich verstehe diese ganze Beziehung, oder wie auch immer man das nennen will, überhaupt nicht.«

»Ich doch auch nicht«, sagte Johanna ratlos. »Also gestern zum Beispiel waren wir spazieren, hier in der Gegend. Ich hab ihn an der Yorckstraße getroffen, ich kam gerade aus der Stabi, und ich hatte so halb gedacht, ob ich nicht versuche, ihn mal in meine Wohnung zu kriegen, um endlich zu gucken, was das alles soll. Wir treffen uns ja immer nur an öffentlichen Orten, das ist auch so weird, das ist alles so vorsichtig.«

»Will der nun was von dir oder nicht?«

»Ich bin mir nicht sicher.«

»Und du?«

»Wenn er nicht da ist, ja. Wenn wir zusammen sind, finde ich ihn auch immer sehr schön, sehr anziehend. Aber er ärgert mich eben auch immer wieder so.«

»Also, worum ging's?« Helena fischte sich eine Zigarette aus Johannas Packung, sie rauchte so gut wie nie, jetzt wirkte sie genervt. »Was ist denn das, Johanna? Das stresst mich richtig. Ich meine, wenn man sich verliebt, dann sollte das doch leicht sein, und nicht so mühsam. Das ist doch kein gutes Omen, das ist doch irgendwie Quatsch dann.«

Johanna zuckte mit den Schultern. »Ich hab doch auch

keine Ahnung. Ach, ich hatte für die Hausarbeit gerade in so einem Buch gelesen über Rechtsetzung und den freien Willen, also, es gibt eben viele Hirnforscher, die nicht mehr an den freien Willen glauben, und in dem Buch geht es um die Frage, was das aus juristischer Perspektive alles bedeuten würde. Das ist total interessant.«

David hatte Johanna am Fuß der S-Bahn-Treppen erwartet, sie hatten sich zur Begrüßung umarmt, diese Umarmungen waren stets eigenartig, fest, innig, beinahe wie die eines Liebespaares, in ihnen schien Johanna auch immer alles so klar, kaum aber, dass sie sich voneinander lösten, war es bereits, als wachse eine gläserne, undurchdringliche Wand zwischen ihren Leibern, und wie bei jeder der letzten Begegnungen hatte dann auch bei dieser die Konversation etwas steif, hölzern begonnen, David hatte Johanna gefragt, wie es in der Bibliothek gewesen sei – »wie ein Vater, der sein Kind fragt, was heute in der Schule dran war« –, Johanna hatte ihm von ihrer Lektüre berichtet.

»Und was denkst du darüber?«, hatte David gefragt.

»Ich weiß es nicht«, hatte Johanna geantwortet. »Ich glaube, in gewisser Hinsicht ist es wahrscheinlich ja egal. Weil wir Menschen uns eben als frei erleben. Wir können nicht in einer Welt leben, in der wir alles als vollkommen vorherbestimmt verstehen, wo wir also immer sagen, ich kann gar nichts für das, was ich tue oder sage oder denke, weil ich ohnehin nicht frei bin.«

Er hatte zugehört, die Hände, wie das beim Gehen seine Gewohnheit war, hinter dem Rücken verschränkt. »Aber«, fuhr Johanna fort, »bloß weil wir uns als frei erleben, heißt das natürlich noch lange nicht, dass wir auch tatsächlich frei sind. Die Naturwissenschaften kennen eigentlich gar keine Freiheit, da ist alles immer Ursache und Wirkung.

Es passiert nichts aus dem Nichts. Wie kann dann so was wie ein Seelenpilot oder Chauffeur oder so im Gehirn sein, der irgendwas frei entscheidet? Wenn man darüber nachdenkt, wird das immer schwerer denkbar. Wie soll man sich Freiheit vorstellen im Gehirn, herrscht da sozusagen Gesetzlosigkeit?«

»Ich verstehe«, hatte David gesagt, mit gefurchter Stirne.

»Richterin werden«, sagte Johanna freimütig, auch in der Überzeugung, dass er diese Ansichten sicher teilen würde, »irgendwelche Urteile sprechen über Schuld oder Unschuld, Strafmaße festlegen, der Horror. Ich glaube, die meisten oder vielleicht alle Menschen können nichts für nichts. Wir sind alle von dem, was uns geschehen ist, geformt oder deformiert, je nachdem, und wahrscheinlich laufen in uns kausale Prozesse ab, in die wir keine Einsicht haben und in die wir nicht eingreifen können. Oder selbst das sogenannte Eingreifen ist dann auch nur das Ergebnis eines vorher unbewussten Prozesses. Kannst du mir folgen? Also, was ich meine, ist ... Wenn wir jemand anderem wehtun, dann doch immer, weil wir es in dem Moment für richtig halten, oder weil wir uns nicht anders zu helfen wissen. Niemand will schlecht sein. Ich glaube nicht an das Böse.«

»Tust du nicht.« David hatte dabei den Kopf geschüttelt, abfällig, wie Johanna schien, was sie gleich geärgert hatte. »Du bist anderer Meinung?«, hatte sie David scharf gefragt.

»Ich finde, du denkst da sehr theoretisch drüber nach«, hatte er gesagt. »Sehr akademisch und abgehoben.«

»Ich denke darüber vielleicht einfach gründlich nach«, hatte Johanna dagegengehalten.

»Ja, aber das meine ich halt«, hatte er geantwortet.

»Du denkst halt nur, du weißt nicht wirklich, wovon du sprichst, das ist alles sehr aus dem Kopf. Aber das ist mit dir ja immer so.«

Johanna war stehen geblieben und hatte David wütend angeschaut. »Wie meinst du das? ›Immer so‹?«

»Wir reden ständig über so komisch abstrakte Sachen.«

»Was willst du eigentlich?«, hatte sie gesagt, bevor sie widerwillig zu ihm aufgeschlossen hatte und die beiden weitergegangen waren. »Wo sollen meine Inhalte denn sonst herkommen, wenn nicht aus dem Kopf?«

»Na ja, es gibt ja auch noch Erfahrung. Ich meine, man kann über die Dinge nachdenken, oder man kann sie ganz konkret erleben, und das ergibt vielleicht das tiefere Bild.«

»Wie meinst du das?«

»So, wie ich es sage.« Er hatte geschwiegen, offenbar unwillig, weiter auszuführen.

»Aber vielleicht hat er ja auch ganz andere Sachen erlebt als du«, wandte Helena nun ein. »Ich meine, seine Familie ist doch im Exil oder so, hattest du erzählt. Vielleicht hat der krassere Dinge gesehen als du. Als wir.«

»Darüber habe ich dann auch nachgedacht, und ich hab dann auch das Thema gewechselt, weil ich dachte, wir geraten da sonst in etwas hinein, das er nicht zeigen will, oder noch nicht. Aber er hat mich trotzdem so genervt in dem Moment. Wie er mir unterstellt, ich hätte noch nichts erlebt. Das kann er doch nicht wissen.« Johanna schwieg einen Augenblick, sie erinnerte wieder sein Kopfschütteln, sie wurde wieder wütend. »Und es ist doch klar, dass man eine Handlung als böse erleben kann, dass man das Gefühl hat, man begegnet dem Bösen; aber damit ist doch überhaupt nichts gesagt darüber, ob es das tatsächlich gibt.«

Helena hob die Hände. »Ich werde das jetzt bestimmt nicht mit dir diskutieren, Johanna. Ich bin da allerdings viel schlichter gestrickt als du. Ich verstehe, was du sagst, aber das hilft mir nicht, ich finde manche Sachen sind einfach falsch.«

»Zum Beispiel?«

»Zum Beispiel … Zum Beispiel bewusst jemand Geliebtem wehtun. Ich sehe nicht, wann das richtig wäre oder okay.«

»Aber du hast doch auch gar kein Bedürfnis danach.«

»Glaubst du.«

»Ach komm schon, das ist doch Unsinn.«

Helena zog ärgerlich an der Zigarette. »Jetzt bist du die Überhebliche. Genau wie dein David. Glaubst du, wenn ich auf irgendeiner Afterparty von so einem schönen jungen Künstler gefragt werde, ob ich nicht noch mitgehen will zu einer nächsten Veranstaltung, nachdem wir schon stundenlang getrunken haben und meinetwegen auch ein paar Lines gezogen, glaubst du, ich hätte dann nicht auch mal Lust, vielleicht sogar große Lust, Ja zu sagen und mit dem mitzugehen, und dann mal schauen? Du denkst immer, es sei für mich leicht, immer brav zu sein. Aber ich weiß, wo die Grenzen meiner Selbstbeherrschung sind. Also sage ich Nein. Und das ist okay, aber ich will von dir nicht hören, ich hätte da keine Wahl. Ich will Momo nicht betrügen. Also, Betonung auf *will.* Ich fände das schlecht von mir. Meinetwegen sogar: böse. Ihn würde das fertigmachen.«

»Aber *willst* du, weil du dich auf deine Moral besinnst und ein freies Urteil bildest, oder willst du, weil du gar nicht anders kannst, weil deine Synapsen halt so verschraubt sind, wie sie verschraubt sind, also, *kannst* du Momo überhaupt betrügen?«

Helena drückte irritiert die Zigarette aus. »Also ich verstehe schon, warum David sich mit dir streitet. Du denkst dich in irgendwas rein, und dann lässt du nichts anderes stehen und drehst einem die Hand auf den Rücken. Ganz ernsthaft, Johanna.« Sie wirkte wirklich verärgert.

»Ist das wirklich so schlimm mit mir?«, fragte Johanna, leiser. »Er sagt das ja auch.«

Helena schaute eine Weile aus dem Fenster, dann sagte sie, ein Vorschlag: »Vielleicht killst du irgendwas zwischen euch, weil du selbst Schiss hast. Die Sache ist natürlich mit deinen komischen Eingebungen schon ziemlich ernst losgegangen. Vielleicht wehrst du dich dagegen.«

»Vielleicht«, sagte Johanna, erst interessiert, dann auf einmal traurig.

»Versuch doch mal, etwas weicher zu sein mit dem«, sagte Helena. »Das wirkt irgendwie so, als wolltest du dem was beweisen. So komische Machtspiele. Du willst zeigen, dass du zwar nicht malen kannst, dafür aber schlau bist … Aber du fühlst doch auch was, du meintest doch gerade, dass du den willst, wenn er nicht da ist.«

»Vielleicht«, sagte Johanna wieder.

»Und bei eurer ersten Begegnung, darüber hab ich noch nachgedacht, da hat er am Ende doch irgendwas gesagt über so einen Strömungsabriss oder eine Signalstörung oder so? Vielleicht lässt ja du das Signal abreißen. Also weißt du was, Johanna: lass den doch mal kommen. Du wirkst auf mich so kontrollig in deinen Erzählungen. Der soll mal selbst sagen, was er will.«

»Hm.«

Helena schaute grübelnd in die Kerze, die auf dem Küchentisch brannte. »Weißt du, alles, was ich sagen kann, ist, dass ich über die Möglichkeit des Fremdgehens nachgedacht habe und sie abgelehnt habe für mich. Ich will das nicht. Nicht weil Seitensprünge prinzipiell falsch wären. Sondern weil *ich* es als böse empfinden würde, *Momo* zu betrügen. Es geht mir um ihn und mich, um unser Verhältnis, um unsere Beziehung.«

»Okay.«

»Wie okay.«

»Ja, das finde ich irgendwie ein gutes Argument. Das akzeptiere ich.«

»Mann, Johanna.«

»Was denn.«

»Es kann so irre anstrengend sein mit dir. So kreuzverhörmäßig. Aber so warst du echt schon immer, das war schon auf dem Internat immer so.«

VII

Der Winter blieb, wie immer in Berlin, weit länger, als den Bewohnern der Stadt nötig erschienen wäre. Bis in die letzten Apriltage hinein war es kalt, verregnet, lichtlos. Und dann war das über Nacht: vorbei. Als Johanna an einem Sonntagmorgen vor die Haustüre trat und über die Fontanepromenade Richtung Ufer lief, lag so etwas wie ein Zittern in der glasklar leichten Luft, die Knospen der Ahornbäume entlang der Straße waren alle gemeinsam, wie auf geheime Absprache hin glänzend aufgeplatzt und leuchteten beinahe gelb, und von irgendwoher schneiten sogar Kirschblütenblätter zu Johanna hinüber. Sie fühlte sich von alldem gleich wie berauscht, eine fahrige, lustvolle Unruhe bemächtigte sich ihrer Glieder, sie wollte fast rennen, und sie dachte auch gleich an David, daran, wie der dazu imstande zu sein schien, solchen Zuständen der Überfülle Ausdruck zu verleihen, und dass sie ihn jetzt gerne sähe, gern sein Lachen hören würde, er warf dabei den Kopf in den Nacken, manchmal klatschte er sogar in die Hände dabei. Und dann dachte sie, beinahe erleichtert, dass sie sich jetzt eben nicht bei ihm melden würde, dass sie diesen Tag ohne das Problem ihres Verhältnisses verbringen wollte, ohne die Enttäuschung, die zwischen der Sehnsucht und der Wirklichkeit jedes Mal aufging wie ein abnehmender Mond.

Johanna beschloss stattdessen, sich treiben zu lassen, alleine spazieren zu gehen, womöglich, hoffte sie, würde ihr dabei auch endlich eine Einsicht kommen zu der Frage, was eigentlich los war zwischen ihr und ihm. Sie war allerdings noch nicht weit gekommen, als ihr bei den Boulebahnen Nate begegnete, den sie aus dem Tanzstudio kannte und der mit seinem Freund und ein paar anderen Jungs auf der Böschung saß. Sie setzte sich, auf deren nachdrückliche Einladung hin, ein bisschen dazu, versuchte mitzureden über die Schönheit des Schauspielers Pedro Pascal, die Fotos von Wolfgang Tillmans, nahm zu ihrer eigenen Überraschung einen Pappbecher mit MDMA-Bowle an und begleitete die Jungs wenig später auch ins *Berghain,* wo sie schon lange nicht mehr gewesen war und tagsüber noch nie.

Auf der Tanzfläche, im Tunnel der Bässe und Lichter, fühlte sich Johanna, als puste ein warmer Strom aus Teilchen durch ihr Inneres, als würden zugeschlagene Fenster aufgedrückt, Spinnweben fortgeweht, als löse sich eine Art von ängstlicher Spannung in ihr, wozu die Substanzen, die sie im Blut hatte, gewiss Beitrag leisteten. Hatte sie die vergangenen Wochen wirklich so seltsam eng gelebt? Hatte sie sich innerlich tatsächlich so ausschließlich um David gedreht? Oder war das nur der Winter gewesen, dass ihr die letzte Zeit mit einem Mal so klein und bedrückend vorkam? Sie war doch eigentlich frei, sie schuldete ihm doch nichts.

»Wo ist eigentlich dein Freund?«, beugte sich Nate irgendwann mit weiten Pupillen zu ihr rüber. »Du bist Single, oder? Wie kann das sein? Du bist so schön, das denke ich jedes Mal, wenn ich dich im Studio sehe, eine richtige Erscheinung!« Johanna, die sich erröten fühlte, drückte ihm einen Kuss auf die Wange. »Weißt du«, hörte sie sich über die Musik rufen, überrascht darüber, wie wahr und bedeutsam ihr das erschien, was nun zum Ausdruck kam, plötzlich auch kurz davor, in Tränen auszubrechen, »es ist mit mir nicht leicht! Ich bin immer in Gedanken! Wie in so einem kristallenen Labyrinth aus Gedanken! Und immer wenn ich glaube, da ist ein Ausgang zu irgendeiner Klarheit, stellt sich ein neuer Gedanke dazwischen! Und ich weiß nie, woran ich glaube! Und ich weiß aber vor allem nie, was ich fühle! Es ist so traurig, und so schön aber auch!« – »Wie, du weißt nicht, was du fühlst? Wie kann man das denn nicht wissen? Das fühlt man doch!« Er lachte. – »Bei mir sind immer die Gedanken dazwischen, wie so eine Wand zwischen mir und dem Gefühl!« – »Worüber denkst du denn nach?« – »Über die Welt! Über mich! Darüber, was wahr ist, oder warum ich denke, was ich denke! Über meinen eigenen Wert, und immer, immer über die Frage, ob alles einen Sinn hat!« Nate schlug theatralisch die Hände über dem Kopf zusammen. »Oh, Baby!«, rief er. »Ja!«, rief Johanna und lachte. »Und meine Gedanken sind, glaube ich, noch nicht einmal besonders klug!« Beide brachen in Gelächter aus und fielen sich in die Arme. »Aber es gibt da einen Typen!«, rief Johanna. »Und der ist eigentlich, glaube ich, so sweet, ich glaube, der kann fühlen! Der kann auch denken, aber ich glaube, der fühlt vor allem, und der ist auch viel mehr im Augenblick als ich! Von dem könnte ich vielleicht wirklich was lernen! Aber ich weiß nicht, ob er mich mag!«

Und auf einmal fühlte sich Johanna sehr traurig, und sie dachte: David will eine, die lustiger ist als ich, fröhlicher, heiterer, weniger verkopft, weniger kompliziert. Vielleicht ist der ja auch mit anderen Frauen unterwegs, ich weiß das ja nicht, vielleicht hat er eine Freundin, ich hab ihn nie gefragt, und ist das nicht denkbar, ich weiß am Ende doch sowieso nicht wirklich was über ihn, oder was er so treibt, wenn wir nicht zusammen sind. Aber was, fragte sie sich einmal mehr, will er denn von mir?

Seit ihrem Gespräch mit Helena hatte Johanna versucht, David mehr Raum zu lassen, hatte ihm weniger, kürzer geschrieben, so, wie die Freundin ihr das geraten hatte, ein, zwei Mal hatte sie auch, wenn er Treffen vorschlug, abgesagt und die Uni vorgeschoben, die wieder losgegangen war. Heute Vormittag, wusste sie, war David aus Paris zurückgekommen, wo er irgendwelche Termine gehabt hatte. Vielleicht, dachte Johanna, hatte er ihr inzwischen ja geschrieben. Ihr Handy war in der Garderobe. Johanna schaute sich auf der Tanzfläche um, in der jähen Hoffnung, David könnte aus irgendeinem Grund auch hier sein, aber sie glaubte es nicht, sie spürte ihn nicht, sie sah nur zuckende Schatten im Getrommel, und ganz plötzlich wurde ihr der ganze Ort zu laut, zu kalt und brutal. Sie wandte sich Nate zu und sagte, sie würde jetzt gehen. »Nicht traurig sein«, rief der ihr noch hinterher, bevor er sich wieder nach seinen Freunden umdrehte und im Flackern verschwand.

Ein paar Nachrichten leuchteten auf dem Display, Johannas Mutter hatte angerufen, Nele hatte angerufen, Helena erinnerte an ein Pizza-Essen, das abends in ihrer Wohnung stattfinden sollte, zum Ende des Gallery Weekend. Von David nichts.

Es war später Nachmittag, als Johanna den Klub verließ, den ganzen schönen Frühlingstag, dachte sie beim Hinausgehen bitter, hatte sie in dieser Gruft verbracht, und auf dem Fußweg nach Hause wuchs allmählich ein absolut entsetzliches Gefühl von Leere in ihr, eine vollkommene Haltlosigkeit – ich hab all mein Serotonin verpulvert, versuchte sie sich zu trösten, das ist nur Chemie. Aber meine Anwesenheit in dieser Welt, dachte sie, ist letztlich ja ganz objektiv gleichgültig, ich bin für niemandes Dasein zentral, es gelingt mir nicht, zu irgendwem eine echte Verbindung aufzubauen, und wahrscheinlich ist das so, weil ich mir selbst so fremd bin, weil ich mich nicht fühlen kann, weil ich wegen des Unfalls halt kaputt bin – solche Gedanken flogen in rascher Folge durch ihr Bewusstsein, als sie endlich in die Körtestraße einbog, derart in sich versunken, dass sie die schwarz gekleidete Gestalt, die einige Meter vor ihr herlief, erst auf den vierten Blick erkannte. »David?«, sagte sie.

Er drehte sich um, blieb stehen.

»Was machst du denn hier?«, fragte sie, bevor er sie umarmte und sie ihn plötzlich festhielt, sich gegen ihn drückte, zu ihm aufblickte, über seine Haare strich, ihn erst auf seine raue Wange, dann auf den Mund küsste. »Hast du mich gesucht?«

Er blickte zu ihr hinunter, er lächelte. »Ich hatte irgendwie keine Lust mehr, dir zu schreiben, das kommt mir so leer vor in letzter Zeit. Ich dachte, bestimmt laufe ich dir hier einfach über den Weg. Das ist doch immer so bei uns.« Er küsste sie zurück. Er lächelte und streichelte mit dem Daumen über ihr Kinn. »Schön«, sagte er.

»Ja«, sagte Johanna, ihr Herz schlug schnell, sie hielt ihn fest. »Bist du gleich aus Paris hergekommen?«

»Na, ich war zwischendrin schon noch zu Hause. Aber es war so schön vorhin, endlich ist der Frühling gekommen.«

»Ja, endlich«, sagte sie. Sie ließ ihn los, aufgeregt, unsicher. »Ich war gerade noch so traurig irgendwie! Es ist so schön, dich zu sehen. Was machen wir jetzt? Willst du mit zu mir kommen?«

»Ja«, sagte er. »Ich will endlich mal deine Wohnung sehen.«

Die beiden stiegen Hand in Hand die Treppe hoch, Johanna zog ihn halb, sie sprachen nicht mehr. Sie war furchtbar aufgeregt, da war eine Taubheit in ihr, die Trauer war wie weggeblasen, sie dachte, gleich schlafen wir miteinander, und sie dachte, ich weiß gar nicht, ob ich das jetzt kann und ob ich das will, ich verstehe überhaupt nicht, was gerade passiert, aber ich muss doch auch nicht immer alles verstehen, ich muss doch nur wollen, aber ich weiß nicht, was ich will.

David trat hinter ihr ein, schlüpfte aus seinen Schuhen, schaute sich im Flur um, blickte durch die Tür in das kleine Wohnzimmer hinein, »Darf ich?«, fragte er, »Klar«, sagte sie, »ich gehe kurz ins Bad«, sie trank Wasser aus dem Hahn, wusch sich Gesicht, Nacken und Hände, vermied den eigenen Anblick im Spiegel. Als sie ins Wohnzimmer kam, stand er vor der Kommode, einen silbernen Bilderrahmen in den Händen.

»Dein Vater, oder?«, fragte er.

»Ja«, sagte sie.

»Der sah ja toll aus. Der Blick. Du hast mir nie gesagt, wie er gestorben ist.«

»Er hatte einen Unfall.«

»Ja, das meintest du mal.« Er schaute sie weiter fragend an.

»Er wurde von einem Auto überfahren. Er war sofort tot«, sagte Johanna und stand für einen kurzen Augenblick wieder auf dem Gehsteig, im Nachmittagslicht, in der absoluten Stille, hinter dem weißen Auto, das zum Halten gekommen war. Sie nahm Davids Hand. »Komm«, sagte sie und zog ihn aus dem Zimmer. »Hast du Durst?«

In der Küche betrachtete er sie über den Rand seines Wasserglases. »Wo kommst du eigentlich her? Du siehst ein bisschen wild aus«, sagte er.

»*Berghain*«, sagte sie und lachte.

»Oh! Bist du erst jetzt zurück?«

»Nein, also ja, aber ich bin erst heute Mittag hin. Gestern Abend war ich mit Momo ein bisschen auf dem Gallery Weekend unterwegs, wir haben Helena bei *Ys* besucht, ich bin dann aber früh nach Hause.«

»Verstehe«, sagte er. Er musterte sie. »Du bist ein bisschen high, kann das sein?«

Sie lachte erschrocken. »Sieht man das? Ein ganz bisschen vielleicht noch. Ich spüre die Wirkung eigentlich gar nicht mehr.«

»Ein wenig sieht man das«, sagte er, nahm ihre Hand, zog sie an sich heran, küsste ihren Kopf, vorsichtig, versiegelnd. »Ich hab Hunger, hast du auch Hunger? Wollen wir raus, was essen?«

Sie war gerührt und enttäuscht und erleichtert. »Ich kann dir auch hier was machen«, sagte sie halbherzig. »Ich bin ganz bei mir, echt.«

»Komm«, sagte er. »Ich lad' dich ein. Bei mir um die Ecke gibt es einen Italiener, den ich mag. Ich hab mein Rad am Ufer stehen lassen, wir könnten fahren, schaffst du das?«

Er gondelte vor ihr her auf einer verrosteten Gazelle, Johanna saß auf ihrem Rennrad. Die Abendsonne lag ausgegossen auf dem Asphalt, die Luft duftete noch immer so, und die ganze Stadt schien auf den Beinen, Rückkehrer vom Fest in Kreuzberg, Spaziergänger, Liebespaare, Teenagergrüppchen, Studenten, der erste warme Abend des Jahres, eine leise Erregung hing in den Straßen. Die beiden fuhren über den Moritzplatz und durch die Annenstraße, ab und zu drehte sich David nach Johanna um, lächelte sie an, und Johanna fühlte sich mit jedem Tritt in die Pedale leichter. Vielleicht, dachte sie, war es ja nur das, dass wir uns einfach zu lange im falschen Modus bewegt haben zueinander, unsicher, nicht als Paar, vielleicht ist dadurch dieses Misstrauen gewachsen zwischen uns oder was auch immer diese Spannungen erzeugt hat, weil wir sozusagen in der falschen Tonart miteinander gespielt haben, sodass ich mich, jetzt verstehe ich das, einfach nie wirklich entspannen konnte mit ihm, ich war immer ein wenig in Habacht.

Sie kannte das Lokal, in das David sie führte, teuer, aber sehr gut, und die beiden setzten sich nach draußen, in ihren Jacken, Decken um die Beine geschlagen, sie saßen einander gegenüber an einem Biertisch, bestellten je einen Negroni, berührten sich an den Knien.

»Wie war es in Paris?«, fragte sie, als sie die gespannte Stille nicht mehr aushielt.

Er begann zu zögern, seine Stirn furchte sich, dann lächelte er doch. »Gut. Vielversprechend. War vor allem ein Treffen mit einer Kuratorin vom Palais de Tokyo.«

»Was wollen solche Leute eigentlich hören von dir? Die kennt doch deine Arbeiten. Über was redet ihr dann so?«

»Ach, weißt du. Die will wissen, was ich gerade mache,

woran ich arbeite. Mir erzählen, was sie vorhat, verstehen, ob ich in ihre Sache reinpasse, oder mir erklären, warum ich da mitmachen soll. Mich vielleicht auch ein bisschen auschecken, wie ich drauf bin, wie ich rede, ob ich spinne oder okay bin.«

»Ich möchte so gerne, dass du mir mal etwas zeigst von dem, woran du gerade arbeitest«, sagte Johanna.

»Ich hab letzte Woche etwas gemacht über dich und mich. Das zeige ich dir gern.«

»Über uns?«

»Überrascht dich das?«

»Ich verstehe irgendwie nicht, warum«, sagte sie.

Er schüttelte irritiert den Kopf, aber Johanna kriegte ihn zu fassen, bevor sich wieder etwas verhaken konnte zwischen ihnen: »Ich würde einfach gerne wissen, was du in mir siehst. Ich bin doch nicht so, ich weiß nicht ...« Sie wusste nicht, wie sie ausdrücken sollte, was sie meinte, dieses Unentschiedene in sich, das Ziellose, Traurige.

»Findest du mich denn interessant, Johanna?«

»Ja. Total. Ich finde auch das, was du aus dir selbst heraus zu machen verstehst, wichtig. Also, Kunst.«

Er lachte, aber geduldig, warm. »Ich bin nicht meine Arbeit. Vielleicht findest du meine Arbeit interessanter als mich? Aber ich verstehe schon. Es stimmt auch. Das, was ich mache, ist wichtig, auch für mich. Die Praxis, diese menschliche Tätigkeit, Kunst. Aber meine eigenen Sachen sind meine, da habe ich ein intimeres Verhältnis zu, ich kenne die Prozesse dahinter zu gut, um das irgendwie magisch finden zu können.« Er zögerte einen Moment, bevor er lächelnd fortfuhr: »Wobei das auch nicht ganz stimmt, wenn ich ganz ehrlich bin. Es gibt schon auch einen Rausch, auch was von Zauberei, weil die Sachen irgendwann lebendig werden und ich nicht weiß, wie oder warum. Das gebe ich zu. Und ich verstehe, dass dich das anzieht. Mich zieht es ja auch an. In Paris habe ich zum ersten Mal ein paar Arbeiten von Agnes Martin gesehen. Kennst du die?«

»Nein.«

»Die ist vor etwa zehn Jahren gestorben. Die war unglaublich, die war so stark.«

»Was meinst du eigentlich immer mit diesem Wort – *strong*?«

»Ich sehe das so. Ich hab da sogar vorhin im Flieger wieder drüber nachgedacht. Ich hatte einen Gedanken dazu. Ich hole kurz aus, ja?« Auch er wirkte so gelöst, bemerkte Johanna, heiter und vertrauensvoll, so, wie er jetzt sprach, hatte sie ihn lange, vielleicht seit dem Anfang des ersten Abends nicht mehr erlebt. Sie selbst fühlte sich, als hätte sie Helium in der Lunge, schwerelos. »Ich wurde also«, sagte er, »vorgestern von dieser Kuratorin noch mitgeschleppt zu einem Dinner bei einer Sammlerin, in so einer verrückten Wohnung beim Eiffelturm. Eine riesige Bude, voller unglaublicher Arbeiten, eine Landschaft von Cézanne, die ich sogar kannte, weil ich die kürzlich beim Arbeiten an den Stickerbildern noch mal konsultiert habe, und eben auch zwei riesige, unfassbar schöne Bilder von Agnes Martin. Beim Dinner wurde es irgendwann politisch. Ich hörte nur zu, ich sagte nichts. Aber irgendwer von den Gästen, eine Journalistin, glaube ich, fragte diese Sammlerin – die war noch ziemlich jung, zehn Jahre älter als wir höchstens –, also diese Sammlerin wurde ganz direkt gefragt, ob sie es eigentlich okay findet, so viel Geld zu haben, und alles geerbt. Und die Sammlerin war extrem kühl, gelangweilt beinahe. Die sagte: ›Sie dürfen davon ausgehen, dass dieses Geld über die Generationen bis zum Anschlag besteuert worden ist‹, genau so sagte sie das. Ich habe mir das gemerkt, weil mir die Formulierung in dem Moment auffiel.«

Johanna dachte gleich an Helena, von der sie schon ähnliche Sätze gehört hatte, die das Vermögen der eigenen Familie als etwas erfolgreich Verteidigtes zu begreifen schien, als Schatz, den ihre Vorfahren, ihr Vater, inzwischen ihr Bruder durch Geschick, Intelligenz und Fleiß gegen die Zersetzung der Zeit, den wiederholten Anfall politischer Barbaren hatten erhalten und ausbauen können. Sie streichelte Davids Handrücken auf der Tischplatte, sie fuhr leise über die vielen schwarzen Härchen darauf. »Warum fiel dir das auf?«, fragte sie ihn.

»Darüber habe ich dann nachgedacht, und ich weiß es jetzt. Es war so eine floskelhafte, schablonenhafte Weise zu reden. Wie aus sprachlichen Readymades: ›Sie dürfen davon ausgehen‹. ›Bis zum Anschlag besteuert‹. Das klang wie Copy-Paste. Verstehst du?«

Johanna nickte.

»Ich hatte den Eindruck, dass diese Frau andere Leute schon genau so hatte sprechen hören. Ihre Eltern wahrscheinlich, mit genau diesen Formulierungen. Dass sie selbst das schon hundertmal gesagt hatte. Sie antwortete der Journalistin, aber sie sagte eigentlich gar nichts. Weißt du, was ich meine?«

»Ja«, sagte Johanna. »Ich glaube. Du meinst, es wurde was geredet, aber es wurde nichts ausgedrückt, nur Leere in Form von Wörtern. Oder es ist noch schlimmer, weil eben nicht geschwiegen wurde, es gab also in dem Sinne keine Leere, sondern es wurde so getan, als würde etwas gesagt werden.«

»Genau. Genau so. Also, und du hattest mich ja was gefragt. Und es ist in der Malerei oder überhaupt in allem, im ganzen Leben ist es das Gleiche«, sagte er. »Dass so rumgepuzzelt wird. Irgendwelche Schnipsel, die wie Verstehen wirken, werden miteinander vernäht. Aber das interessiert mich nicht. Mich interessiert Einsicht. Dass jemand wirklich schaut. Wirklich spricht. Dass die Welt sich nicht verstecken kann hinter Wörtern oder Bildern, sondern gezeigt wird. Gestern abend war ich in so einem Park in Montmartre. Ich war eigentlich zum ersten Mal in Paris alleine und hatte ein bisschen Ruhe. Es war diese blaue Stunde, weißt du, zur Dämmerung. Es war wie ausgestorben in dem Park, nur in der Ferne hörte man die Stadt rauschen. Ich verließ den Kiespfad und trat auf eine Wiese, und an deren Rand blühte wie so eine schattige Wolke ganz prächtig und duftend der Flieder, und in der Weide darüber sang eine Amsel. Ich vergaß darüber für einen Moment alles. Mein eigenes Dasein. Alles. Kennst du das, kennst du solche Zustände? Und das festzuhalten! Verstehst du? Nicht den Flieder oder die Weide abzubilden, sondern diesen Modus des Daseins zu offenbaren. Ich will das fangen, packen, halten können. Ich bin nicht an so einer zerlegenden oder paranoiden Kunst interessiert. Mich interessiert eigentlich eine Kunst der Aufrichtigkeit und Hoffnung.« Er lachte auf einmal, und Johanna war gerührt, denn er errötete dabei, er lachte wie beschämt, als hätte er gerade etwas zu Intimes verraten. »Bei den Arbeiten von Agnes Martin ist das eindeutig so«, sagte er dann. »Sie wiederholt in einem Bild tausendmal dieselbe Form, so endlose Viereckchen zum Beispiel, aber wenn du länger hinsiehst, bemerkst du, dass jedes Viereck eine vollkommene Variation ist. Ich habe beim Betrachten das Gefühl – das sitzt im Körper bei mir, in den Augen und im Herz –, ich habe das Gefühl, dass sie vollkommen fokussiert war, bei jedem Pinselstrich. Und dass ich sie dadurch beinahe kennen kann. Ich weiß, dass sie gerungen hat um eine Möglichkeit, dass sie eine Sprache gesucht hat, um etwas sehr Spezifisches sehr klar zum Ausdruck zu bringen. Etwas Geheimes. Oder nicht Geheimes, aber Verborgenes. Oder sie wollte eine Art des Schauens festhalten oder einen eigenartigen, sehr besonderen Zustand beschreiben oder auslösen. So wie meinen Zustand beim Flieder in Paris. Bei Martin – das ist gegenstandslos, was die malt, aber das, was ich meine, gibt es in allen Formen der Malerei und in der ganzen Geschichte der Malerei und Kunst.«

Johanna unterbrach ihn nicht, sie schmeichelte ihm nicht, indem sie ihn an ihre Reaktion auf seine eigenen Bilder erinnerte, die ihr ja ebenfalls etwas Geheimes zu bezeichnen schienen. Ihr fiel wieder ein, was sie über seinen Vortrag fast vergessen hatte – dass er eine Arbeit gemacht hatte über sie und ihn, wirklich? Aber er redete doch eigentlich das allererste Mal, seit sie sich kannten, so ausdauernd, ohne sich selbst ständig zu unterbrechen.

»In eurem deutschen Existenzialismus«, sagte er, »ist das, glaube ich, ein Thema gewesen.«

»Kennst du dich da aus?«, fragte sie erstaunt.

»Nur auf so eine Bullshit-Art«, sagte er lächelnd. »Ich hab das mal von einer Philosophiestudentin gehört, ich hab mir das gemerkt.«

Johanna verkniff sich das Bedürfnis, nach der Philosophiestudentin zu fragen. »Also was gemerkt?«

»Karl Jaspers hat von einer Chiffre gesprochen. Am Ende des Denkens, also da, wo das Denken nicht greift oder aussetzt, scheint ein bedeutungsgeladenes, aber unübersetzbares Zeichen auf, man weiß, dass es eine tiefe Aussage trägt, aber man kann sie nicht fassen.«

»To me the converging objects of the universe perpetually flow, all are written to me, and I must get what the writing means«, zitierte Johanna und lachte fast vor Freude.

Er strahlte. »Das ist das – danach hattest du ja gefragt. Das ist das, was ich *stark* nenne. Diese Chiffre zu finden und sie auszuhalten ist enorm schwer. Also nicht gleich wieder aus dem Zustand, in dem sie erscheint, fortgetragen zu werden, sondern für die Dauer der Arbeit dortzubleiben oder durch die Arbeit dortzubleiben. Sie finden, aushalten und sie markieren. Das ist das, was ich auch versuchen will.«

»Weißt du«, sagte Johanna, »das wird dich vielleicht wundern, aber ich glaube, ich suche nach was Ähnlichem. Ich suche auch immer nach einem unverstellten Blick oder nach so etwas wie einem wirklich klaren Gedanken. Und ich glaube auch, dass der immer nur für einen Moment anhält, und dann ist er wieder verschwunden.«

»Mich wundert das überhaupt nicht«, sagte er. »Ich weiß doch, dass du das suchst. Die Frage, die sich bei dir stellt, ist doch eher, warum du dich dagegen wehrst. Ich habe bei dir manchmal das Gefühl, dass du dich dagegenstemmst, in solche Zustände zu geraten. Dass du Jura studierst zum Beispiel, das kommt mir manchmal vor wie ein Versuch, dem auszuweichen. Versteh mich nicht falsch, das ist natürlich eine große Welt, aber wirklich auch sehr kalt, oder?«

Johanna fühlte diese Worte wie einen leisen Stich. Sie fragte sich, ob er recht hatte, ob all ihre Versuche, sich gegen ihre eigenen Anwandlungen und Zustände mit Rationalismus und Zynismus zur Wehr zu setzen, gar nicht aus

Tapferkeit erfolgt waren – sie hatte immer gemeint, sie sei eben tapfer dazu bereit, der Wirklichkeit unverfälscht ins entstellte, bedeutungslose Gesicht zu schauen –, sondern aus Feigheit, angesichts der Möglichkeit, in eine alle Konventionen sprengende Weltsicht hineinzugeraten. In Exaltiertheit, dachte Johanna, in Lächerlichkeit.

»Es geht letztlich darum, ob du dich selbst ernst nimmst«, sagte David. Er schaute sie jetzt sehr wach an. »Das ist ein echtes Problem, Johanna, glaube ich, unserer Zeit insgesamt. Dass sowieso nichts mehr ernst genommen wird. Aber bei dir ist es so ... Du zerlegst alles. Du bist auch so auf Autoritäten fixiert. Es muss alles korrekt sein.«

»Kann sein.«

»Ich will dich nicht verletzen. Ich will dir eigentlich ein Kompliment machen. Aber ich könnte das Leben gar nicht aushalten, glaube ich, wenn ich alles so ... Wieso lässt du nicht mal was stehen? Was stört dich denn daran?«

Man muss zerlegen, dachte Johanna, aus Aufrichtigkeit. Aber saß sie nicht jetzt hier mit David, dem sie auf die sonderbarste Weise begegnet war? Sie hatte sich das doch nicht eingebildet, damit war doch wirklich wundersam etwas erfüllt worden, das sie vorausgeahnt hatte, es war doch eine große Veränderung in ihr Leben getreten mit ihm. Und war nicht, dachte sie jetzt, die Schwierigkeit zwischen ihnen auch deshalb gewachsen, weil sie selbst sich dagegen immer wieder gewehrt hatte, gegen das Schicksalhafte, indem sie es nüchtern als Quatsch zu zerschlagen versucht hatte? Hatte Helena nicht so was in der Art zu ihr gemeint? Aber war es das nicht auch, Quatsch, dachte sie wieder. Gleich stellte sich wieder dieser Gedanke ein. Glaubte sie denn wirklich an das Schicksal, an von irgendwem oder -was gesetzte Pfade, wollte sie sich dieser letztlich doch auch schrecklichen Idee unterwerfen? Aber sie glaubte ja auch nicht an deren Gegenteil, an Freiheit, oder?

»Ich bin manchmal so müde von alldem«, sagte sie. »Ich habe halt beides in mir.« Ihr fiel auf einmal etwas ein, aus dem Komparatistikstudium, ein Proseminar über den Surrealismus. »Ich hab mal bei André Breton was gelesen«, sagte sie, die Stirne gefurcht, »über so einen Kranken.«

»Siehst du«, sagte er. »Du zitierst schon wieder irgendwen.«

Sie lachte. »Jetzt lass mich doch mal! Ist doch egal. Das wird dir gefallen. Warte. Ich weiß nicht mehr genau, wie das war. Da lag ein Kranker im Bett, genau, im Krankenhaus, und dann war da, glaube ich, ein Schrank in der Ecke, und er wusste irgendwie – er war in so einem Zustand, und er wusste, wenn ich da jetzt hingucke, dann sitzt da oben auf dem Schrank der Teufel, der Leibhaftige, gar nicht imaginiert, sondern in echt. Der ist hier, im Raum, jetzt gerade. Und der Kranke kriegt natürlich entsetzliche Angst und blickt krampfhaft fort, weil er dem Teufel nicht zu begegnen wünscht, verständlicherweise. Und dann klopft es an die Tür, und die Krankenschwester auf dem Flur fragt, ob sie eintreten darf, ob er das Abendbrot, die Suppe wünscht. Und er ruft, er schreit sogleich: herein, unbedingt die Suppe bitte, bloß sofort die Suppe, und als sie reinkommt, ist der Teufel verschwunden, und er ist erleichtert.«

David lächelte.

»Und Breton schreibt: Was für ein Idiot ist das, der hat die Wahl, den Teufel selbst zu sehen oder eine banale Suppe zu essen, und er nimmt die Suppe.«

Jetzt lachte er laut, Kopf im Nacken, er klatschte in die

Hände. »Das ist großartig! Das stimmt genau! Man sollte unbedingt versuchen, den Teufel anzugucken.«

»Stark sein, ja«, sagte Johanna, »das glaube ich auch, aber hast du nicht auch Angst, den Verstand zu verlieren darüber? Oder, schlimmer noch: Du guckst hin, und dann ist da aber gar nichts, weil es den Teufel in Wirklichkeit halt doch nicht gibt, und dann siehst du nur, dass alles bedeutungslos ist.« Und wir, dachte sie dabei, was sind wir zwei, etwas Unsagbares? Oder etwas Bedeutungsloses?

»Du musst hingucken«, sagte David. Er schaute sie an auf eine Weise, die sie erst ein paarmal gesehen hatte bei ihm, eigentlich wie bei diesem ersten Blick im *Würgeengel,* offen, heiter, nicht unernst, und sie versuchte gerade, ebenso offen zurückzublicken, als der Kellner an den Tisch trat. Er brachte Suppe.

VIII

Es war dunkel geworden, als sie das Restaurant verließen. Sie schoben ihre Räder neben sich her, und Johanna, ein bisschen betrunken, hakte sich mit dem freien Arm bei David unter, spürte seinen Ellenbogen gegen ihre Brust und fragte sich, wie es jetzt weitergehen würde. Sie hatte Lust, ihn wieder zu küssen, aber er selbst machte dazu keine Anstalten, und sie war zu stolz, wieder die Initiative zu übernehmen, und sie war auch ein bisschen erschöpft. »Wo gehen wir jetzt hin?«, fragte sie ihn.

»Ich würde gern noch ein bisschen spazieren gehen«, sagte er. »Die Luft ist so angenehm.«

»Okay.«

»Du bist müde, kann das sein?«

»Ein bisschen.«

»Wir gehen nicht mehr lange, oder?«

»Ja.«

Die beiden gerieten schnell wieder in ein leichtes, federndes Gespräch.

»Und Helena meinte: ›Johanna, Johanna, da ist was unterm Zelt!‹ Mir war das komplett egal, ich dachte, die fantasiert, ich wollte nur weiterschlafen, und dann nahm die … Die ist so cool manchmal, das ist mir dann auch wieder so fremd, weißt du, dass die auf eine Weise so ungerührt ist, die wirkt immer so perfekt und unberührbar, aber das ist die gar nicht, die war wohl ganz lange auch so ein richtiger Tomboy, die hat früher immer die Jungs verkloppt, als Kind. Die nahm ihren Waschbeutel, so ein Ding von Bottega hat sie, und die Kosmetika, die sie da drin hat, sind wahrscheinlich auch tausend Euro wert, aber die nahm diesen Waschbeutel und fing an, damit wie so eine Furie auf den Zeltboden einzudreschen. Pam, pam, pam! Eine Killerin. Und dann war sie plötzlich zufrieden. ›Tot!‹, sagte sie, ernsthaft! Ich weiß noch, dass ich deswegen einen Lachanfall bekam, aber sie drehte sich sofort um und pennte einfach wieder ein, ohne ein weiteres Wort. Und tags darauf insistierte sie aber, dass wir jetzt mal gucken, was da los war, und als wir das Zelt anhoben, was lag darunter, hm? Eine fette, fette Tarantel, total plattgehämmert.«

Johanna blieb stehen und versuchte, die Tarantel darzustellen, alle acht Beine von sich gestreckt, den Kopf zur Seite gedreht, die Zunge herausgestreckt, die Augen geschlossen. David lachte, dann hielt er sie fest, drückte sie, strich ihr die Haare aus dem Gesicht. »Es war widerlich«, meinte Johanna in seinen Armen, »die Spinne tat mir auch so leid!«, und David sagte, indem er sich von ihr löste: »Wir hatten in Athen immer Skorpione« – als plötzlich, wie aus dem Dunkel gewachsen, Luisa Meierhoff neben ihnen erschien, »Johanna? Wie geil!« rief, auf Johanna zuging und ungelenk Bisous mit ihr machte. »Wie schön! In Venedig hab' ich dich gesehen, aber wir haben uns gar nicht unterhalten. Geht's gut? Geht ihr auch gerade zu Helena?«

Johanna verstand überhaupt nichts, dann begriff sie, dass sie gerade auf die Choriner Straße gestoßen waren, im Grunde nur ein paar Schritte von Helenas und Momos Wohnung entfernt standen, wo heute Abend jenes Pizza-Essen stattfinden sollte, an das Helena vorhin noch einmal erinnert hatte und zu dem offenbar auch die alte Internatsfreundin Luisa eingeladen war. Und nun kam auch noch Momo das Trottoir herauf, war beim Späti gewesen, trug zwei Plastiktüten mit Bier in der Hand, wusste natürlich auf den ersten Blick, mit wem Johanna da spazieren ging, blieb aber cool, ließ sich vorstellen, um dann härter, als Johanna es richtig fand, darauf zu bestehen, dass die beiden wenigstens kurz mal vorbeischauen sollten und Hallo sagen, Helena sei sonst bestimmt ganz traurig.

Als sie die Treppe in die Beletage hochstiegen, freute sich Johanna doch, gleich ihre Freundin zu sehen, der endlich David zu zeigen, irgendwo war Helena bei dieser Geschichte ja von Anfang an dabei gewesen, und die Wohnung der beiden war immer so schön und gemütlich, und es gab immer irgendwas Gutes, und beide waren doch so sweet, und sie hatte ihm doch gerade eben erst von Helena erzählt. Sie war aufgeregt. David kam hinter ihr her, er hatte Momo eine der Biertüten abgenommen und fragte ihn gerade, woher er Johanna kenne, und Johanna drehte sich um und freute sich über diese beiden Männer nebeneinander und dachte, die werden sich bestimmt gut verstehen.

Aber es war enorm laut in der Wohnung. Johanna war überrascht, bestimmt vierzig Leute waren da, man saß und stand in Küche, Bibliothek und Wohnzimmer, und Johanna begriff, dass dieses Pizza-Essen kein gemütliches Gettogether sein sollte, sondern so was wie ein Event, so was komisch Halbprofessionelles. Auf einem der Sofas entdeckte sie den Galeristen Carl Elquebenzy, Helenas Chef, im Gespräch mit einem bekannten Rechtsanwalt, dessen Name Johanna immer wieder entfiel, der aber, das wusste sie, ein wichtiger Mann in der Berliner Kulturszene war, und Johanna erinnerte sich nun auch daran, dass dieser Anwalt ein Freund von Helenas Eltern war und dass dessen zwei Töchter vor ihrer eigenen Zeit ebenfalls auf demselben Internat gewesen waren. Zwei oder drei andere bekannte Gesichter meinte Johanna noch zu erkennen, eine Schauspielerin von der Volksbühne, eine junge Feuilletonistin von der FAS, einen halbwegs berühmten Modedesigner.

Die Räume waren sanft beleuchtet, es standen ein paar große Vasen mit sehr schönen Blumen darin auf Tischen und Kommoden, es gab, fiel Johanna weiter auf, neue Sofas. Die ganze Wohnung wirkte verändert: eins erwachsener, eins arrivierter. Sie roch nach Geld. Johanna kam sich darin plötzlich ein bisschen fremd vor, kindlich, ein bisschen dumm, auch ein bisschen arm. Und Luisa Meierhoff, und überhaupt ein paar der Leute vom Internat, denen sie in Venedig über den Weg gelaufen waren: Helena hatte die eingeladen. Hatten sie sich nicht gemeinsam über die lustig gemacht? Was wollte Helena von Luisa? Die umarmte gerade die Feuilletonistin. Luisa, die früher im Deutsch-LK die Gedichte so unglaublich schräg und verständnislos intoniert hatte, wieso war die mit einer Feuilletonistin bekannt, beziehungsweise wieso war die Feuilletonistin mit Luisa bekannt?

David war im Wohnzimmer stehen geblieben, mit dem Rücken zu den übrigen Gästen, seine Kappe tief ins Gesicht gezogen, er studierte eine kleine Lithografie, die über der Kommode hing. Als Johanna neben ihn trat und ihn am Ärmel zupfte, zeigte er mit dem Kinn auf die Arbeit, ein zartrosafarbenes Quadrat, durchzogen von hellroten Linien, und sagte: »Hier, guck mal. Das ist von Agnes Martin.« Johanna betrachtete das kleine Bild, es gefiel ihr sofort, für einen Moment schien alles darum herum zu verschwinden. Wann hatten Momo und Helena sich diese Arbeit gekauft? Woher kannten sie diese Künstlerin, was sagte sie ihnen?

»Wer hat die Kohle von den beiden?«, fragte David, indem er sich vorsichtig und mit gefurchter Stirne im Raum umsah. Johanna mochte die Frage nicht, vielleicht, weil sie ihren eigenen, missgünstigen Gedanken so nahekam und sie ihre Freunde aus der Schusslinie nehmen wollte.

»Beide«, sagte sie. »Aber die Wohnung gehört Momo.«

»Momo?«

»Ja«, sagte Johanna. »Mohammed, dem du da beim Biertütentragen geholfen hast. Der hat ein Start-up, die machen irgendwas mit digitalen Wasserzeichen, so Kryptografie, das geht offenbar total ab.«

»Okay«, sagte David und versuchte ein Lächeln. »Siehst du, wir Einwanderer. Wir bringen Mehrwert! Und seine Eltern haben nicht geholfen?«

»Doch, ich glaube schon. Aber ist das denn so wichtig?«

»Nein, das ist nicht so wichtig«, sagte er, aber er hatte etwas unangenehm Zynisches um die Mundwinkel. »Du hast recht. Leute, die zum ersten Mal Geld haben, kaufen sich aber nur ganz selten gute Kunst.« Er zuckte mit den Schultern und wies derart ausladend in den Raum, dass ein paar Leute kurz aufblickten und ihn anschauten. »Ich kenne diese Welt jedenfalls sehr gut«, sagte er. »Ich hatte dich damit bislang bloß nicht in Verbindung gebracht.«

»Womit?«, fragte Johanna, jetzt auch verärgert über seinen Sound, als Helena aus der Küche kam, die beiden entdeckte, winkte, strahlend auf sie zuging. Sie trug ein schwarzes Seidenkleid mit goldenen Knöpfen, sie hatte sich die Lippen rot geschminkt, es sah ganz ungewohnt aus, aber toll, fand Johanna, erwachsen. Die Freundinnen umarmten sich. Johanna wollte Helena irgendwas sagen, dass die Wohnung schön aussähe, dass sie diese Lithografie noch nie gesehen hätte, dass sie nicht gewusst hatte, dass Helena so was Aufwendiges hosten wollen würde, was das solle, wo sie damit hinwolle, was Luisa hier suche, aber Helena blickte gleich David an, »Du bist David«, sagte sie, und schüttelte ihm die Hand. »Wie cool, dass ihr gekommen seid. Ich hatte so darauf gehofft!«

David gelang ein Lächeln. »Wir waren gerade in der Gegend«, sagte er.

»Johanna hat mir natürlich schon von dir erzählt, also, dass ihr einander kennengelernt habt«, sagte Helena. »Wir waren ja zusammen in dem Pavillon in Venedig, Johanna, Momo und ich.«

»Das habe ich gehört«, sagte David.

»Es tut mir leid, das ist hier bestimmt ein bisschen zu viel Kunstwelt für deinen Geschmack«, sagte Helena. »Hoffentlich fühlt sich das nicht wie Arbeit an. Aber es ist, glaube ich, ganz entspannt. Wollt ihr was trinken? Habt ihr Hunger? Es gibt noch wahnsinnig viel zu Essen in der Küche.«

Johanna war beeindruckt von ihrer Freundin, von deren lustiger, angenehmer Art, ein Profi, dachte sie. Johanna stand mit ein bisschen Abstand neben David, blickte zu ihm hinüber, der mit angespanntem Kiefer Helena anlächelte und nervös wirkte – sie streckte ihre rechte Hand aus, um Davids linke zu greifen, berührte seine Fingerspitzen – er entzog ihr seine Hand ruckartig, mit einer Drehung des Oberkörpers, fast wie ein Kind, das sich der Hand der Mutter entzieht, und warf ihr einen stechend wütenden Blick zu, der auch Helena nicht entging, sodass sie Johanna betroffen anschaute, bevor sie errötend zu Boden blickte, und nach einer grässlichen Sekunde von Scham und Verletztheit sagte Johanna zu David, der sie weiter verärgert anfunkelte: »Wollen wir in die Küche gehen und uns ein Bier besorgen?«

»Okay.«

»Wir sind gleich wieder da«, murmelte Johanna in Helenas Richtung, und lief, wie blind vor Verwirrtheit, im Gefühl, gedemütigt worden zu sein, vor David her in die Küche, den Blick stier auf den Boden gerichtet, um ja von niemandem angesprochen zu werden. Sie holte zwei Bier aus dem Kühlschrank, drehte sich zu David um, der ihr nicht mehr in die Augen schaute, und fragte leise, ob alles in Ordnung sei.

»Ich weiß nicht«, sagte er. »Ich gehe jetzt, glaube ich.«

»Okay«, sagte Johanna ratlos. »Wirklich?«

»Auf jeden Fall«, sagte er, zwischen zusammengepressten Zähnen.

»Ich bringe dich noch runter«, sagte sie. Sie sah aus dem Augenwinkel, wie Helena und Momo, die nun beieinanderstanden, David und ihr mit den Blicken folgten, während sie, die zwei Bier lächerlich in der Rechten, hinter ihm aus der Wohnung ging.

Unten, auf dem Trottoir, versuchte Johanna noch einmal, Davids Hand zu nehmen, wieder entzog er sich ihr derart rabiat, dass sie beinahe den Halt verlor. »Was ist denn mit dir los auf einmal?«, sagte sie.

»Das fragst du?«, fragte er, die Augen zu Schlitzen verengt.

»Ja. Ich verstehe überhaupt nicht, warum du auf einmal so abweisend bist.«

»Und ich verstehe überhaupt nicht, warum ich auf einmal auf so einer beknackten Veranstaltung stehe mit dir«, sagte er. »Du wusstest ja ganz offensichtlich, dass hier diese Party ist.«

»Ja«, sagte Johanna, »ich wusste das schon, aber ich hatte das total vergessen. Ich hatte überhaupt nicht vor, hier hinzugehen, ich wollte mit dir alleine sein.«

»Ah«, machte er.

»Ja.«

»Ein totales Versehen. Zufällig sind wir hier. Und dann dieses peinliche Händchenhaltenwollen vor deiner Freundin! Wolltest du der irgendwas signalisieren, ja?«

»Hä?«, fragte Johanna, oder hatte er recht, hatte sie Helena zeigen wollen, dass nun endlich etwas passierte, oder warum hatte sie nach seiner Hand gegriffen, aus Zärtlichkeit doch eigentlich in dem Moment, und Nähebedürfnis, weil sie sich selbst so fremd gefühlt hatte an diesem vertrauten Ort?

»Du wolltest mich da vorführen, oder?« Er war losgetrottet, den Berg runter, Richtung Torstraße. Johanna lief widerwillig hinter ihm her. »Das war so abgefuckt da oben, dieser komische Elquebenzy, den kenn ich natürlich, der macht mich immer an, und der andere Dude ihm gegenüber, den kenn' ich auch schon, der hat mich auch gleich ausgecheckt. Hattest du mit Helena verabredet, dass du mich mitbringst, ja? Deinen Biennale-Künstler, Deko für die Party?«

»Es tut mir leid, wenn dir das so unangenehm war«, sagte sie. Eigentlich fand sie ihn scheußlich gerade, es erschrak sie, dass er so plötzlich so kalt geworden war. Es war so paranoid, was er sagte, oder anders, es war ja nicht absurd, aber sie kam in seinen Überlegungen als Person überhaupt nicht vor, er zeichnete ein Zerrbild von ihr. Johanna fror, sie hatte ihre Jacke oben gelassen, er hatte seine Sachen, stellte sie jetzt fest, gar nicht erst ausgezogen. »Kann man mit dir angeben, ja?«, fragte sie, im Versuch, selbst in die Offensive zu gehen. »Das war mir noch gar nicht so klar, dass du so groß bist. Ich hab dich bislang gar nicht so gesehen.« Er antwortete nicht. »Ich finde es gemein«, sagte sie, »dass du mir so armselige Motive unterstellst.«

»Gemein? Gemein? Du meinst, das ist boshaft von mir, oder niedrig? Ich bin der Gemeine? Du weißt, was das Wort bedeutet, oder? Es heißt gewöhnlich, oder durchschnittlich. Was willst du denn signalisieren, mit diesem Händchenhalten, dass wir ein Paar sind, oder was meinst du?«

Johanna biss sich auf die Wange, sie hatte überhaupt keine Lust auf die Tränen, die ihr in die Augen stiegen. »Du bist wirklich eiskalt gerade«, sagte sie. »Richtig mies.«

»Oh, wirklich? Aha. Ich bin der Eiskalte. Ich habe das doch die ganze Zeit von dir gespürt, dass du unbedingt so eine Eindeutigkeit herstellen willst zwischen uns, dass du da nach irgendeiner Definition suchst. Und du hattest immer Bock auf den Künstler, auf diese Rolle von mir, das hast du ja vorhin selbst zugegeben. Aber du kennst mich gar nicht. Du konntest nicht einfach so Zeit mit mir verbringen, du wolltest unbedingt, dass wir irgendeinen Namen finden für die Natur unserer Beziehung.«

»Und du wolltest das nicht, oder was?«

»Nein, ich nicht!«

»Wolltest du nicht.« Sie begriff schlagartig, dass er das

vielleicht wirklich nicht gewollt hatte, dass ihn diese Frage nicht interessiert hatte, dass es für sie deswegen so oft verwirrend gewesen war mit ihm. »Okay. Meinetwegen, ich glaube dir das. Aber ich verstehe nicht, warum. Was möchtest du denn von mir? Willst du nicht, dass sich das irgendwie bewegt zwischen uns?«

Er zog seine Kappe vom Kopf, fuhr sich ungeduldig durch die Haare. »Ich fand es nicht unbewegt zwischen uns«, sagte er, »schade, dass du das sagst. War dir langweilig mit mir, ja?«

»Das ist nicht fair.« Sie fühlte sich in die Ecke gedrängt von ihm. »Du weißt ganz genau, dass ich das so nicht gemeint habe. Du hast keinen Eros gespürt zwischen uns, oder was sagst du gerade? Du hast mich nicht vorhin zurückgeküsst und gar nichts begehrt dabei? Ich hatte durchaus den Eindruck.«

»Ich habe alles Mögliche gefühlt bei dir, Johanna, aber ich hatte bislang kein Bedürfnis, das vor anderen aufzuführen, oder mit einem Label zu versehen«, sagte er. »Ich will gerade vor allem nicht mehr bei dir sein. Immer diese Scheißdiskussionen mit dir. Ich schulde dir nichts.«

»Nein«, sagte sie und blieb endlich stehen. »Du schuldest mir nichts.«

Er sagte, ohne sich umzudrehen: »Leave me the fuck alone« und ging weiter. Sie wollte sagen: Ich bleibe jetzt stehen, ich gehe jetzt nicht mehr weiter, aber sie brachte nichts raus. Sie stand einfach da, zwei Bierflaschen noch immer ungeöffnet in der Hand, über ihr fuhr der Nachtwind silbrig durch eine laternenbeschienene Pappel.

IX

Manchmal, so wie in dieser Nacht, träumte Johanna von ihrem Vater. Der Traum schien immer gleich. Sie sah ihn als einen jungen Mann, er leuchtete irgendwo, umgeben von kosmischer Dunkelheit, sie sah ihn in menschlicher Gestalt, oder sie erlebte ihn als eine Birke im hohen Gras oder als einen sachten Wind, über ihr, neben ihr, und er wehte sie lächelnd an und erreichte sie, sie aber erreichte ihn niemals, und das Gefühl, das sich dabei in ihr einstellte, oder zu dem sie selbst wurde, und in dem sie irgendwann auch erwachen musste, war das einer an die absolute Grenze des Erträglichen gesteigerten Sehnsucht, einer die Brust sprengen wollenden Ahnung der Seligkeit. Da war der Vater: da! Hier war Johanna, hier doch, und streckte in äußerstem Wollen die Hand aus in das Nichts, und der Vater verblasste, und sie hatte es nicht hinreichend versucht.

Sie wachte auf in ihrem Bett, draußen war es hell, sie war einmal zur Dämmerung schon wach gewesen, hatte an David gedacht, war dann erneut eingeschlafen, um in jener Region des Träumens wieder hervorgebracht zu werden, in der ihre Seele ihr Innerstes offenzulegen in der Lage schien.

In der sie es hervortanzt, dachte Johanna einige Stunden später, bei der letzten Probe, den Schweiß auf der Stirne, das Atmen und die Körper der anderen um sich. Denn das ist wirklich Tanz, dachte sie, die Regung weniger des Leibes, eher der Seele selbst, frei von Fesseln, weswegen ich selbst natürlich hier stehe, in der dritten Reihe, trotz fünfundachtzig Jahren Training und Muskelaufbau und körperlicher Ertüchtigung zu allem Erdenklichen stehe ich in der allerletzten Reihe, wo man mich so wenig wie möglich sehen muss. Weil meine Seele höchstens in der Umnachtung zu tanzen imstande ist, in jeder lichten Sekunde aber sogleich umstellt wird von den Handlangern des Verstandes.

Johanna kannte es bestenfalls für einige Sekunden, für die Dauer von zwei, drei Takten, dass ihr Körper sich in die Musik ergoss, dass ihre Bewegungen die Welt selbst zu streifen schienen, dass sie ohne Gedanken sich ganz hinzugeben in der Lage war, es unterlief ihr. Eine Wendung etwa, das unbedachte Kippen ins Hohlkreuz, die Rotation des erst fest stehenden, dann auf die Ferse sich rollenden Fußes, während Arme und Schwungbein von ihr fortflogen wie losgelöst und der Takt, ein endlos tiefer Schlag vom Himmel bis zum Kern der Erde, durch sie hindurchfloss wie Strom. Und dann kam sogleich das Erstaunen, kam die Frage, das Wort in sie zurück, das Denken über die Möglichkeiten der nächsten Bewegung, und sie zerfiel in etwas Hölzernes, Krampfertes, und trat, sehr zum Ärger der vielen Lehrerinnen und Lehrer, die ihr über die Jahre zugeschaut hatten, nicht selten gleich ganz aus sich heraus, um stehen zu bleiben, enttäuscht, erschlafft, eine innerlich tobende, in Rage verzerrte Stimme des Selbsthasses mühsam auf Armlänge haltend.

Aber sie tanzte am Ende, so musste sie antworten, wenn sie sich selbst beim Verlassen besonders mieser Stunden fragte, warum, doch wirklich leidenschaftlich, nur halt verkämpft, als ginge sie zum Ju-Jutsu, wo man aber, das hatte Markus, der Filmstudent, mit dem sie ein Verhältnis gehabt hatte in einem früheren Dasein – das hatte der ihr gesagt, dass man auch beim Ju-Jutsu keine Chance mehr hatte in dem Moment, in dem man ins Denken und Überlegen kam, dass man das Denken und Überlegen auf Distanz halten musste, nicht verscheuchen, nicht heranlassen, schwebend, als erreichbare, aber nicht einzig verfügbare Fakultät. Johanna also tanzte, um sich zu verlieren, für diese seltenen Momente, in denen sie das Kettenhemd der Reflexion abstreifen durfte.

Am kommenden Tag sollte es im Rahmen eines kleineren Tanzfestivals eine Performance geben, an der sie teilnehmen durfte als leise Präsenz im Hintergrund. Johannas Mutter und Hans, die an diesem Nachmittag aus anderem Anlass nach Berlin kommen sollten, wollten zuschauen.

»Okay«, die Lehrerin klatschte in die Hände, »gute Arbeit, alle miteinander, sehr schön. Diese Energie morgen, plus ein bisschen extra Adrenalin, ja?«

In der Umkleidekabine fand Johanna eine SMS von Markus auf ihrem Telefon – »Was war da eigentlich los bei dir? Noch mal reden?« Nein, wusste sie gleich, wirklich nicht, das müssen wir nicht, noch mal reden. Sie ließ die Nachricht unbeantwortet.

Der arme Markus, der ihr vielleicht schon vor der Begegnung mit David zu deutlich gezeigt hatte, dass er sie wollte, das war ja immer, bei allen erotischen Beziehungen, das Todesurteil für Johanna. Es war so dumm und so kindisch, fand sie, während sie ihre Tasche schulterte und sich von den anderen verabschiedete, dieser grässliche Stolz gepaart mit dieser kompletten Verachtung für sich selbst.

Deswegen natürlich auch der David, der wundervolle Scheißkerl, dieser Arsch, der mich so brutal abschießt, das finde ich richtig gut, so was, dachte Johanna und biss sich vor Zorn auf die Wange.

Aber das stimmt ja auch nicht. Das mit Markus war banal. Das war es, was ich abgelehnt habe. Es war darin nichts wirklich Wahres, nichts Unberechenbares.

Aber vielleicht die Möglichkeit zur Zufriedenheit, wie wäre es denn mal damit, Johanna, mit Zuneigung, Wärme.

Ein Horror, lauwarmes Badewasser des halbwegigen Wohlbefindens, nein, nein.

Lieber, haha, Johanna, du wunderbare Märtyrerin, Großmeisterin des dummen Unglücks, so ein verkitschtes Leiden. Wofür hältst du dich?

Mami und Papi. So wie bei denen will ich es.

Weil du sonst nichts hast, deswegen. Die hatten einander aber, weil sie einander nicht endgültig brauchten. Die waren frei zusammen. David hatte recht, du willst die Fixierung, den berühmten Boyfriend, du willst irgendeine Form von Ruhm, von Anerkennung, irgendein Vehikel, das dir Bedeutung und Richtung schenkt.

Nein, ich will wissen, wie es ist, wenn man sich selbst ernst nimmt, so, wie er es gesagt hat.

Ja, Ernst, Ernst, niemals Spiel. You will never be a dancer.

Johanna hätte schreien können. Sie stellte sich vor, wie sie jemand am Schlafittchen packen, immer wieder gegen die Glaswand der Tramhaltestelle dengeln würde, um ihr diese ewigen, so mühseligen Gedankenschlaufen aus dem erschöpften Leib zu walken. Ich muss zurück zur Analyse, dachte sie, dringend.

Aber das ist auch alles nicht wahr. Das ist nicht richtig. Ich denke die ganze Zeit an ihn. Die ganze Zeit. Hatte er recht, bin ich immer nur bei mir, sehe ich ihn nicht wirklich, will ich irgendwas formalisieren? Ich fühle etwas – bei ihm, mit ihm fühle ich. Wir müssen beieinander sein, das ist nicht Ruhm oder ein Ticket, ein Ausweg, das ist was ganz anderes, das ist viel eher ein Abgrund, in den ich hineingehöre, etwas, in das ich stürze, stürzen muss, es ist falsch, ganz falsch, dass wir nicht beisammen sind, dort, in ihm, in diesem Abgrund, liegt meine Hochzeit.

X

Hans lachte.

»Warum lachst du?«, fragte Johanna gereizt.

»Ich lache nicht!« Er war gleich wieder ernst. »Ehrlich. Mir macht das nur Freude, dieses Gespräch. Ich weiß nicht, warum man irgendwann aufhört, so zu reden. Früher habe ich nur solche Gespräche geführt.«

Die beiden saßen gemeinsam auf Johannas Balkon und rauchten, aus der Küche hörte Johanna, wie ihre Mutter mit der Cafetiere klapperte.

»Ich habe das alles nicht mehr so drauf«, sagte Hans, »und mein eigenes Ding war am ehesten Soziologie. Wir hatten da so einen Kerl an der FU, Rothlehner oder so hieß der – nomen est omen. Der war irre. Wer hat Zugang zur Justiz, wer schafft das Recht, welche gesellschaftliche Klasse, was gilt als Unrecht, um so was ging es dem. Dein Vater hat mich dahin mitgeschleppt, der hat das natürlich viel ernster genommen als ich, das war genau sein Thema. Deine Sachen mit dem Determinismus sind aber auch nicht komplett neu. So was wurde damals schon diskutiert. Ich bin überhaupt alt genug, um meinen zu dürfen, dass nichts je neu ist, es wird nur zyklisch vergessen und ist dann wieder en vogue. Aber ich finde, dass das Naturrecht eigentlich ganz hilfreich ist bei der Frage. In dem Sinne, dass wir eben ein Rechtsempfinden haben. Der Staat und die Herrschaft erfinden vielleicht die Gesetze. Aber nicht die Idee des Rechts an sich. Das Recht entspringt unserem Gefühl.«

»Ach, wir fühlen doch aber alles Mögliche«, sagte Johanna ungeduldig. »Der Vergewaltiger fühlt große Lust, aber das heißt ja nicht, dass er der nachgeben darf.«

»Komm schon, Johanna.«

»Jaja. Aber bloß, weil wir ein Rechtsgefühl haben, bloß aus dem Empfinden allein lässt sich doch noch lange keine Notwendigkeit für das deutsche Strafrecht formulieren.«

»Die allerwenigsten Menschen finden das Strafrecht schön. Aber es ist schon auch widersprüchlich, Johanna. Du sagst doch in etwa: Wenn niemand frei ist, sollte niemand bestraft werden.«

»Jein. Ich sage: Über das Strafen muss sehr ernsthaft nachgedacht werden.«

»Ja. Aber wenn niemand aus freiem Willen ein Verbrechen begeht, dann bestraft auch niemand aus freiem Willen, und die strafende Gesellschaft kann nicht moralisch dafür herhalten, dass sie straft, weil sie ebenfalls nicht frei ist. Sie ist noch nicht einmal in ihrer Entscheidung frei, ob sie das fortsetzen will oder nicht.«

Johanna zog an ihrer Zigarette und blickte in den Hof hinunter, in dem gerade eine Nachbarin klimpernd ihr Rad aufschloss. Sie kannte diesen Gedanken, diese Überlegung hatte sie auch schon angestellt, und sie wusste nicht genau, ob ihre eigenen Folgerungen daraus konsequent waren.

»Ich verstehe, was du sagst«, meinte sie nur knapp und schob ärgerlich den Gedanken an David beiseite, der sich im Blickwinkel ihres Bewusstseins zu regen begann.

»Du sagst ja, glaube ich, dass alle strengen Naturwissenschaftler letztlich Deterministen sind, oder?«, sagte Hans. »Dann ist in deren Wahrnehmung alles, alles Schicksal. Das Vergehen ist Schicksal, die Strafe ist Schicksal, die Ungerechtigkeit der Strafe, und so weiter. Die Vergebung ist Schicksal. Das Konzept der Moral, dessen Unsinnigkeit, die Unfähigkeit, dahinter zurückzugehen: alles von vornherein festgelegt. Schicksal, Zwang, Kismet.«

»Ja, wobei Schicksal immer nach so einer Macht klingt, so à la es steht geschrieben. Aber wahrscheinlich ist es doch einfach nur das blinde Weiterpurzeln der Dinge, wie eine Lawine, ohne Ziel, aber halt zwanghaft.«

Hans furchte die Stirn. »Grauenhaft«, sagte er. Er schien nachzudenken. »Und das Räsonieren selbst?«, fragte er dann. »Also, bist du zu diesen Gedanken gekommen, weil sie schlüssig sind, weil sie einem höheren Gesetz als dem Zwang folgen, oder bist du dazu gekommen, weil du durch das Voranschreiten kausaler Prozesse in deinem Gehirn dazu gezwungen wurdest? Ist deine Einsicht dann eine wirkliche Einsicht in wirkliche Gesetze, oder hat sozusagen die Determiniertheit selbst das Konzept des Determinismus in dir ausgelöst? Ist auch deren Einleuchten determiniert? Ist das, was du denkst, dann wahr? Braucht es für Wahrheit nicht auch Freiheit des Denkens? In einem emphatischen Sinne?« Mit dem letzten Satz hatte er sich ihr zugewandt und jedes Wort mit einem taktstockartigen Schwenken seiner Zigarette unterstrichen.

»Ja«, sagte Johanna, »das ist wirklich alles schwierig. Ich verstehe nicht, wie man das überhaupt denken soll. Da wird bei mir alles so unscharf. Aber es hängt so enorm viel an der Frage.«

»He, Philosophen«, unterbrach Johannas Mutter, indem sie auf den Balkon trat, ein Tablett in den Händen, »macht mal Platz.«

Hans drückte seine Zigarette aus und erhob sich, er blieb stehen, während Johannas Mutter Tassen auf dem kleinen Balkontisch verteilte, und setzte sich erst nach ihr wieder.

»Vier Tassen?«, fragte Johanna mit einem Seufzen, obwohl sie das eigentlich freute. »Immer noch?«

Die Mutter wirkte fast verletzt. »Ja, natürlich, oder? Findest du etwa nicht?«

»So ein bisschen abgeschmackt ist es vielleicht schon inzwischen?«

»Ich finde nicht. Ich finde das schön an diesem Tag.«

»Er sitzt mindestens heute doch wirklich dabei«, sagte auch Hans.

»Okay«, sagte Johanna, und dann, versöhnlich, »Ich fände es ja genauso merkwürdig, wenn wir es auf einmal lassen würden.«

Hans lachte. »Aber das ist schon lustig«, sagte er. »Abgeschmackt, das war auch so ein Wort von ihm.«

»Wirklich?«, fragte Johanna, sogleich irritiert von sich selbst, von diesem Erzählmirmehrvonihm, das sich sofort in ihr regte, wenn die Rede auf den Vater kam.

»Er fand halt Prätention unerträglich«, sagte Hans, und dann, zurückrudernd: »Aber Clara hat recht, also, das ist hier nicht …«

Johannas Mutter schüttelte den Kopf, während sie den Espresso auf die vier Tassen verteilte. »Das war eine Kategorie bei ihm, das stimmt, aber das klingt so streng. Er war doch streng nur mit sich selbst.«

»Mit mir war er auch streng manchmal«, sagte Hans. »Und mit dir auch.«

Clara lachte. »Ja. Aber ihr wisst, was ich meine. Oder erinnere ich das zu golden?«

Johanna lehnte sich zurück und hörte den beiden zu. Im Grunde gab es diesen einen Tag im Jahr, an dem über den Vater gesprochen werden durfte, an dem von ihm erzählt wurde. Am Todestag durfte man ihn erwähnen, sonst nicht. In den ersten Jahren nach dem Tod des Vaters hatte Johanna diese unausgesprochene Regel verletzt, hatte das Schweigen der Mutter sie bisweilen in entsetzliche Wut versetzt, auch wenn ihr deren Erklärung, sie schweige doch in erster Linie um ihretwillen, für Johanna, eingeleuchtet hatte.

»Er hat mir mal gesagt ... das war hier, in Berlin, irgendwo in Dahlem, am Thielplatz, glaube ich, da hat er das gesagt. Irgendwer hatte Marx zitiert, es gebe nur eine Wissenschaft, die Wissenschaft der Geschichte.«

»Diese Parolen immer«, sagte Clara. »Das hat so genervt an euch allen damals.« Sie äffte nach: »Es gibt nur eine Wissenschaft. *Dat was altijd zo dom.*«

Hans lächelte. »Na ja, und Joe hatte diese irre Autorität durch seinen eigenen Vater. Jeder kannte die Geschichte, es war ausgemacht, dass er sagen kann, was er will –, also Joe sagte: ›Es gibt mindestens noch eine weitere Wissenschaft, und das ist die Wissenschaft der Ästhetik‹.«

Johanna lachte. Es war seltsam: dieses Jahr war das erste Mal – oder? –, an dem sie sich von der Sache nicht so erdrückt fühlte, an dem sich der Tag nicht Wochen vorher schon angekündigt hatte, nur den einen Traum hatte es gegeben in der vorigen Nacht. Aber es erdrückten sie dieses Jahr nicht das Gewissen und die Scham. Wegen David?

Weil der sie ablenkte? Seh ich Papi in dem, fragte sich Johanna.

»Er hat das dann voll durchgezogen«, fuhr Hans fort. »Das war wundervoll, auf der ganzen U-Bahn-Fahrt hat er das durchdekliniert. Er tat so ein bisschen ironisch, aber ich habe ihn eigentlich immer so erlebt. Dass ihn die Dinge, die er falsch fand, abstießen, dass er die hässlich fand und dass er sich die Welt in erster Linie schöner wünschte, oder weniger hässlich.«

Clara schüttelte den Kopf. »Andersrum war es. Die Dinge, die er hässlich fand, mit denen stimmte was nicht, die mussten geändert werden. Er kam eigentlich weniger aus der Politik als aus der Ästhetik.«

»So«, sagte Hans.

»Aber das waren keine Äußerlichkeiten?«, wollte Johanna wissen.

»Doch, klar, auch«, sagte Clara. »Das hat ihn schon interessiert, Schönheit.«

Hans lachte. »Der hat sich ja auf den ersten Blick in Clara verknallt, in ihre raphaelitische Vollkommenheit. Aber guck mal, ich saß an dem Tag zum Beispiel im Tweed neben ihr, ja? Mit Kragen und geputzten Schuhen und so. Das hat ihn überhaupt nicht interessiert. Er war in dem Sinn kein Klassenkämpfer. Nein, nein, es ging eher um so was wie Aufrichtigkeit, Ehrlichkeit. Heuchelei fand er nicht gut.«

»Wirklich?«, fragte Clara. »So steif warst du schon in der Uni? Das erinnere ich überhaupt nicht mehr.«

»Ach«, sagte Hans, »du hast ja sowieso alles Interesse an mir verloren in dem Moment, in dem er da auftrat.«

»Das stimmt nicht. Nicht alles Interesse!« Sie lachte.

Diese Geschichte kannte Johanna natürlich auswendig.

Wie der Frankfurter Jurastudent Hans Bleiband Mitte der Achtzigerjahre nach Berlin gezogen war, um näher bei seiner Freundin zu leben, der holländischen Tänzerin Clara Sanders, die damals im Ensemble der Deutschen Oper engagiert war. Ein einziges Mal hatte Hans sie dazu überreden können, mit ihm in eine Vorlesung zu kommen, an einem Dezembervormittag saß sie dann also sehr gelangweilt mit ihm in Erbrecht, als sich, verspätet, ein bisschen verschwitzt, der ebenfalls aus Frankfurt stammende Gewerkschaftersohn Joachim Winkelmann neben Clara in die Pultreihe zwängte, um der Vorlesung von Anfang an überhaupt keine Beachtung zu schenken, und stattdessen erst mit Clara, dann mit Clara und Hans in ein Gespräch zu versinken, das die drei in den kommenden Jahren kaum unterbrechen würden, obwohl sich zwischen ihnen einiges veränderte: Clara beendete ihre Beziehung mit Hans, kam mit Joachim zusammen, und irgendwie gelang es Hans, das zu ertragen – »ich war ja genauso in Joe verliebt«, so erklärte er das später, »ich konnte es Clara nicht verübeln.« Es gelang ihm, bis Johanna zur Welt kam, mit der Joachim und Clara nach Frankfurt zogen und dort ein neues Dreieck bildeten, in dem für Hans kaum Platz war, sodass der alleine in Berlin zurückblieb und eher von der Bildfläche verschwand, um eigentlich erst nach Joachims Tod wiederaufzutauchen – ehrlich gesagt, aber das erfuhr Johanna erst viel später, als ihr überhaupt diese ganze Geschichte erzählt wurde, tauchte Hans sozusagen sofort wieder ganz auf, in dem Sinne, dass Joachim kaum beerdigt war, als Clara und er miteinander zu schlafen begannen, Clara, weil sie den in ihr wütenden Schmerz mit jedem erreichbaren Mittel zu betäuben versuchte, während Hans seine eigene Frau betrog, um wieder bei der Frau zu sein, die er immer weitergeliebt hatte. Als Clara es ihm erlaubte, verließ er seine Frau und zog nach Frankfurt zurück – der zweite Umzug ihretwegen.

Diese Liebesgeschichte zwischen ihrem Vater und ihrer Mutter, die Freundschaftsgeschichte zwischen ihrem Vater und Hans, die Freiheit, mit der endlich Clara und Hans wieder zusammenkamen, diese ganze Jules-et-Jim-hafte Souveränität der drei war für Johanna, wenn nicht zum Ideal, so doch zu einer Art von Selbstverständlichkeit geworden: so gingen, fand sie, vernunftbegabte, gütige Menschen miteinander um. Man war nicht kleinlich.

Und es ist doch so, dachte Johanna in die betretene Stille hinein, die auf dem Balkon nun herrschte, deswegen suche ich auch nach so was Großem, und deswegen war ich so vernarrt in diese komische David-Idee und deren Gefügtheit. War, ja genau, war, nicht: bin, bin ich so vernarrt, denn die Wahrheit ist, dass ich seit dem Abend vor zwei Wochen immer nur an ihn denke. Johanna fragte sich, wo er sei, was mit ihm geschehen war, ob es ihm gut ginge, sie machte sich tatsächlich Sorgen, obwohl Helena und auch ihre Mutter, der sie die Geschichte erzählt hatte, Johanna dringend gratuliert hatten zum Abschwirren dieses offenbar entsetzlich komplizierten, narzisstischen, gemeinen und unsensiblen Typen, es sei ja unfassbar, wie der sich da aufgeführt hätte, und so ein toller Künstler, hatte Helena im Trostversuch gesagt, sei er übrigens auch nicht.

»Ich mag die Musik, die ihr euch für eure Show ausgesucht habt«, sagte Clara jetzt.

»Ich hab mir da nichts ausgesucht, Mami, ich darf da nur mitmachen.« Aber Johanna war doch gerührt, dass ihre Mutter sich offenbar die Stücke angehört hatte, die Johanna ihr geschickt hatte. »Das ist aus dem Arsch und aus den Hüften jedenfalls«, sagte sie, »ziemlich breitbeinig.«

»Ich finde das spannend«, sagte Clara. Johanna wusste, dass das nicht stimmte, dass die Mutter im Grunde nur mit Ballett ernsthaft etwas anfangen konnte, »es gibt so wenig zu sehen«, hatte sie in Amsterdam einmal über eine Performance von Johannas Schule geklagt, eine Aussage, die Johanna bis heute nicht verstand. »Wann musst du eigentlich los?«, wollte Clara wissen. »Probt ihr noch mal davor?«

»Nachmittags. Gegen sechzehn Uhr würde ich mich auf den Weg machen. Ihr fahrt dann am besten mit der U6 bis Oranienburger Tor. Wartet mal.«

Johanna zog ihr Handy aus der Tasche, um den beiden den Weg zu zeigen. Fünf entgangene Anrufe sah sie auf dem Display: David. Verwirrt wollte sie das Handy entsperren, als schon der nächste Anruf einging.

»Johanna?« Seine Stimme klang komisch, zittrig. »Johanna? Kannst du kommen? Mir geht es gar nicht gut gerade. Kannst du kommen? Ich glaube, ich hab so eine Art Panikattacke. Kannst du bitte schnell herkommen?«

»Okay.« Sie musste gar nicht nachdenken. »Wo bist du?«

»Da an diesem komischen Park. Vor dem Potsdamer Platz. Wo alles so schief ist, weißt du?«

»Ja, weiß ich. Beim Gropius Bau in der Nähe.«

»Ja, vielleicht. Ich glaube.«

»Okay. Ich bin in zwanzig Minuten bei dir. Warte da auf mich. Okay? Warte. Ich beeile mich, ich fahr' jetzt sofort mit dem Rad los. Okay? Bis gleich. Tschüss.«

Johannas Mutter warf ihr einen besorgten Blick zu. »Was ist denn los?«

»Tut mir sehr leid. Das war David.«

»Was? Dein armenischer Maler?«

»Der hat gerade so eine Art Panikattacke oder so.«

»Aha. Und dann darfst du kommen? Hat der niemand anderen?«

»Offenbar nicht, Mami.«

»Und da springst du einfach? Und was ist mit uns?«

»Habt ihr auch gerade eine Panikattacke oder was?« Johanna verließ genervt den Balkon, suchte und fand ihren Schlüssel, betrachtete sich kurz im Spiegel, band die Haare hoch. Sie ging zurück auf den Balkon und drückte ihrer Mutter einen Kuss auf die Wange.

»Ich fahr jetzt, ja? Ich melde mich dann? Ihr müsst mir vielleicht meine Sachen mitbringen. Die sind schon in der Tasche, neben der Wohnungstür.«

»Okay«, sagte die Mutter.

»Fahr vorsichtig«, sagte Hans. »Und sag uns Bescheid, wie es weitergeht, ja?«

David saß da auf dem Rasen, mit der seltsam legotechnikhaften Architektur im Rücken. Er hatte den Kopf zwischen den Knien, er sah Johanna nicht kommen, und bei seinem Anblick überkam sie für einen Augenblick eine bodenlose Trauer, denn ja, natürlich, in der Gestalt, in diesem sehnigen, lang gezogenen, ausdauerläuferhaften Körper, besonders in dem sich rundenden, schmalen Rücken, über dem sich das Hemd spannte, erkannte sie ihren Vater wieder, und hatte sie nicht ein Foto von ihm, auf dem er ganz ähnlich dasaß, ein weißes Hemd in die kurzen Hosen gesteckt, die bloßen Füße in Espadrilles, auf einer Düne in Holland, auf das Meer hinausblickend.

»David«, sagte sie und trat vorsichtig an ihn heran. Er schaute zu ihr hoch, dann weg, seine Hände krallten sich ins Gras. »Ist alles okay? Ich habe Wasser mitgebracht.« Sie reichte ihm die Flasche, er nahm sie entgegen, seine Hand zitterte.

Er sei, sagte er, indem er den Blick starr auf den Rasen zwischen seinen Füßen gerichtet hielt, spazieren gewesen, als der Boden unter ihm unvermittelt zu schwanken begonnen hätte, ihm der Schweiß kalt ausgebrochen sei über und über, sein Herz zu rasen angefangen hätte und alles im Schwindel sich gedreht, sodass er sich kaum auf diese Wiese habe retten können. Es sei schon wieder etwas besser, besser sei es, seit sie gesagt hätte, dass sie kommen würde. Er sei sehr dankbar, sagte er. Ihm täte alles leid, er wisse auch nicht, was an jenem Abend vor zwei Wochen über ihn gekommen sei.

»Das ist nicht schlimm«, hörte sich Johanna sagen, in der sich alle Bitterkeit, alle Zweifel und aller Zorn vergeblich gegen das aufsteigende Bedürfnis zum Trösten stemmten, und sie setzte sich neben ihn und streichelte seinen Rücken. »Wir müssen nicht jetzt darüber reden. Aber was ist denn los mit dir?«

XI

»Wenn man die Maschinen von hier aus betrachtet«, sagte er, »dann schaut es fast aus, als sei der Himmel das Meer und das Flugzeug ein Boot, und der Kondensstreifen ist wie eine Bugwelle, den es hinter sich her durch das Wasser zieht, oder?«

»Oh, irre«, sagte Johanna. »Total. Wahnsinn.«

Sie schaute noch eine Weile zu, dann erhob sie sich von der Yogamatte, auf der sie neben ihm gelegen hatte, und ging hinüber zu dem kleinen Mäuerchen, von dem aus das Grundstück steil abfiel in ein dicht mit Kiefern bestandenes Tal. Die Stämme der Bäume, stellte Johanna fest, waren in Wahrheit gar nicht braun, sondern eher silbrig, und darüber lag das Grün und Gelb der Nadeln in zahllosen Schattierungen eigentümlich scharf gezogen und dreidimensioniert, viel räumlicher, als sie das gewohnt war, beinahe wie auf den Hologrammstickern, die sie als Kind so gemocht hatte.

»Ich frage mich manchmal ...«, sagte Johanna. Sie atmete tief durch und versuchte, sich zu fassen. »Das sieht hier für mich gerade aus wie bei diesen Hockney-Landschaftsbildern, die du mir neulich gezeigt hast. Ich dachte bei seinen Farben, dass der halt mehr Fantasie hat als ich. Aber jetzt frage ich mich, ob solche Leute die Welt immer so sehen wie ich gerade mit der Substanz.«

»Solche Leute?«, fragte David, der noch immer auf dem Rücken lag, auf der kleinen Terrasse, die Sonnenbrille auf den Augen, und nach oben schaute, zu den Booten, die über den Himmel fuhren.

»Ihr Maler«, meinte Johanna.

»Es ist hier auch das Licht«, sagte David. »Das ist wie in Griechenland. Hier ist mehr Licht, das merkst du gerade.« Dann lachte er glücklich. »Aber ich habe auch ganz tolle Augen. Das meine ich ernst. Ich finde die richtig, richtig gut. Die sind super! Ich bin total dankbar für meine Augen. Ich hab das schon als Kind gemerkt. Das sind überhaupt meine ersten Erinnerungen. Als ich noch ganz klein war. Das Licht in einem Busch oder die Schattierungen auf einer Wolke, das ging durch den ganzen Körper, so lustvoll war das, dieses Schauen. So eine richtige Wonne, ganz physisch, meine Augen waren so ein Quell der Freude und der Lust. Ich hab das immer noch manchmal. Ich weiß inzwischen auch, dass das nicht allen so geht.«

»Ich kapiere gerade eher, dass meine Augen normalerweise nur Matsch sehen«, sagte Johanna und schüttelte erstaunt den Kopf. Sie schaute weiter hinunter ins Tal und auf das Meer, das zur Linken ihres Sichtfelds irisierte wie Perlmutt und durch das gerade ein tatsächliches Boot eine tatsächliche Bugwelle schnitt. Die Grillen sangen so eindringlich. Die rote Erde vor der Mauer, der Geruch von Rosmarin in der Luft, es war alles kaum zum Aushalten, die ganzen Sinne so aufgesperrt, die Wärme der Sonne auf der Haut. Johanna versuchte, hochzublicken zu dem gleißenden Gestirn, und sie fragte sich, wie immens die Hitze auf der Oberfläche sein musste, dass sie noch hier, Abermillionen von Kilometern entfernt, als solch intensive Wärme spürbar werden konnte, wie gewaltig die Energie darin sein musste, dass sie alles Leben zu spenden vermochte und alle Bewegung auf der Erde auszulösen.

»Unfassbar, die Sonne«, sagte sie. »Unendlich heiß, aber auch unendlich weit entfernt.«

Eine kleine Stille trat ein, bevor David sagte: »Was für ein tiefer Gedanke, Johanna«, und darüber in Gelächter ausbrach und auch Johanna dermaßen zu lachen anfing, dass sie in die Knie gehen musste, obwohl sie eigentlich fand, dass das so dumm doch gar nicht gewesen war, diese grotesken Dimensionen des Alls, in dem die Erde so klein war, so ephemer, wie ein Bläschen auf einer Welle bloß.

»Aber wirklich«, sagte David. »Was du davor meintest. Es hat schon mit den Augen zu tun. Vielleicht sind das die Gene, dass Farben so triggern. Hast du mal die Briefe gelesen von Vincent an Theo? Der schreibt seinem Bruder darin stundenlang nur über irgendein Rot oder Blau, das er irgendwo gesehen hat, und das lässt ihn nicht los, und nachts liegt er auf seinem Bett und kann nicht schlafen, weil diese Farbe so überwältigend laut in ihm klingt.«

Johanna sah van Gogh in seinem Zimmer, auf dem Rücken auf einer dünnen Matratze liegend, wie er in ein gewaltiges Mohnrot starrte, das sein Geist an die finstere Decke über ihm warf, und das Bild dieses entrückten Menschen erfüllte sie mit einer überwältigenden Zärtlichkeit für ihre eigene Spezies. »Es ist wundervoll, was ihr macht«, sagte sie. »Wundervoll. Es ist so wichtig! Gott sei Dank gibt es noch diese anderen Zugänge zur Welt, diese anderen Möglichkeiten, ihr irgendwie zu begegnen und sie zu spiegeln.«

Er lachte. »Das fährt gerade schon ganz ordentlich bei dir, kann das sein?«

Und sie lachte mit, aber es war ihr doch ernst. »Weißt du, die Wörter sind so furchtbar. Wie so ein Käfig sind sie oft, sie sperren uns ein in etwas, das nicht wirklich ist und nicht stimmt. Sie fallen vor dem Ziel, sie sind wie zu kurz geworfen, wie so eine Brücke, die nicht ganz hinüberreicht. Es ist, als würde mit allen Versuchen, über die Welt zu sprechen, links und rechts alles wegrasiert, um nur das Allerwenigste zu transportieren, und am Ende hangeln wir uns auf so morschen Spinnweben über das Dasein und erleben nichts unmittelbar. Aber wir haben eben nicht nur die Sprache, um uns auszudrücken.«

»Ja«, sagte David. »Und was du davor gesagt hast, stimmt auch, es ist schon sehr interessant mit uns Menschen: was in uns hineinströmt, muss auch wieder aus uns hinaus. Wir sind nicht bodenlos, wir können nicht bloß aufnehmen, ohne auszuspucken. Wir müssen die Eindrücke ausdrücken, in Worten oder Bildern oder Musik.«

»Das Wort ist so interessant«, sagte sie, »*express*, das gibt es im Deutschen auch, ausdrücken, wie ein Schwamm, der vollgesogen ist.« Und Johanna dachte: Wie kann es sein, dass das Sprechen mit ihm manchmal so zäh ist und tastend, und dann ist es wieder so leicht und so wundervoll, und ich verstehe alles und er versteht alles? Zeigt mir das Acid da nicht, wie es eigentlich sein sollte?

David und Johanna befanden sich auf Ibiza. Eine Woche nach ihrer Wiederbegegnung am Potsdamer Platz waren sie gemeinsam ins Flugzeug gestiegen, Johanna im leicht gefassten Entschluss, David bei dieser Reise zu begleiten und für diese Gelegenheit die Uni zu schwänzen. Sie hatten sich am Flughafen in Eivissa einen Mietwagen genommen und waren zu einem schrammeligen Bungalow gefahren, dessen Fassaden fast vollständig von leuchtenden Bougainvilleas überwuchert waren. Das Haus lag verlassen über einem Naturschutzgebiet und einer kleinen Bucht, in der bloß ein paar Fischerboote ankerten. Es wirkte heruntergewohnt, seit der Errichtung in den Achtzigerjahren war wohl nicht mehr renoviert worden; die Wände grob verputzt und behangen mit Kleinkunst und gerahmten Postern, die Vorhänge sonnengebleicht und fadenscheinig, man bekam den alten Gasherd nur mit Streichhölzern an. Nichts an dem Haus wirkte wertvoll, höchstens ahnte man, dass das große Grundstück selbst vermutlich ein Vermögen darstellte. Die Besitzerin, eine Schweizer Pharmaerbin, sei, hatte David erzählt, eine sehr private, aber bedeutende Sammlerin und hätte das Haus vor ein paar Jahren als Unterkunft für »ihre« Künstler gekauft, mit dem ausdrücklichen Wunsch, die Gäste mögen dort doch bitte nicht arbeiten. Kein Studio, kein Zeichnen, keine E-Mails. Die Schweizerin weilte gerade auch selbst auf der Insel, ein paar Kilometer weiter, im eigenen Ferienhaus, David und Johanna waren bald zum Lunch geladen.

Johanna war zum ersten Mal auf den Balearen. Nach der Landung war sie staunend durch den Flughafen gelaufen, die Jugend und Schönheit der übrigen Reisenden hatten sie beeindruckt, sie war sich vorgekommen wie in einem mittelalterlichen Jungbrunnenbild, nirgends Alter, Korpulenz oder Siechtum; und sie hatte sich gewundert über die riesigen Plakate, mit denen die Clubs vor dem Ausgang Werbung machten für ihre Partys wie für Blockbuster: Avicii im Ushuaïa, Solomun im Pasha, richtige Billboards, was für eine ganz andere Kultur des Nachtlebens das hier zu sein schien. Und dann waren die beiden sehr schnell aus dem ganzen Trubel herausgekommen und über schmale, in der Hitze schimmernde Straßen gefahren, vorbei an Olivenhainen, Feigenbäumen, an Feldsteinmauern und Feldern gebackener Erde entlang.

Irgendein Nachbar musste Pfauen haben, von der Terrasse ihres Bungalows hörten Johanna und David die entfernten Klagerufe der Tiere, sonst zirpten die Zikaden und gurrten die Tauben in die Unbewegtheit der Mittagshitze. Am ersten Abend hatte David Johanna mitgenommen in eine glitzernde kleine Bucht, in deren warmem Wasser sie getaucht war und dabei dem Rascheln der Steinchen gelauscht hatte, die sich in der Dünung über den Meeresgrund bewegten, wobei sich Johanna beinahe aufzulösen gemeint hatte, derart schwerelos und seltsam erlösend erlebte sie dieses Bad, bevor sie sich, nackt unter dem Baumwollkleid, das sie sich übergeworfen hatte, und den Geschmack des Meeres noch auf den Lippen, mit David an den Tisch eines kleinen Restaurants gesetzt hatte, wo man ihnen in Salzkruste gebackene Dorade serviert hatte und einen ganz kalten, klaren Weißwein dazu. Zurück im Bungalow hatten David und Johanna miteinander geschlafen, wie sie das seit ein paar Tagen ständig taten, in jener ungeheuren Selbstverständlichkeit, die Johanna beim ersten Mal noch in Erstaunen versetzt hatte.

Nach Davids Panikattacke war sie mit ihm im Taxi in seine Wohnung in der Bergstraße gefahren, hatte ihn dort festgehalten, hatte sich von ihm küssen lassen, war von ihm zum Bett gezogen worden, und der Vorhang, den er vor das Fenster über dem Bett gezogen hatte, hatte sich im Wind bewegt, sodass das Licht der Nachmittagssonne immer wieder hell auf Johannas geschlossene Lider fiel und dann wieder zitternd verschwand, ein Brennen und eine Schwärze, ein Rot und eine Finsternis im Wechsel. Johanna schien es, als sprächen immerhin ihre Körper genau dieselbe Sprache, dermaßen mühelos war es den beiden, sich gegenseitig alles Denken vergessen zu lassen, sodass Johanna sich viel tiefer fallen zu lassen in der Lage war, als sie das bislang je gekannt hatte. Auch David gestand ihr, er hätte das so noch nicht erlebt, und Johanna gruselte und amüsierte gleichermaßen die Vorstellung, dass die Anziehung zwischen ihnen möglicherweise eine rein animalische war, stark genug, um alle geistigen Dissonanzen zu übertönen, dass sie aneinander ihr körperliches Zusammenpassen gewissermaßen gerochen hatten, als hätten schon an Davids Bildern jene Pheromone geklebt, die ihr später, bei der Begegnung mit dem Maler, umso vernehmlicher zugeflüstert hatten, dass der Leib dieses eigenartigen jungen Mannes, mit dem alles andere immer wieder so schwierig schien, so etwas wie ein Gegenstück war zu ihrem – wie in dieser kitschigen platonischen Legende, dachte Johanna.

Als sie in Davids Wohnung benommen aufgestanden war aus dem Bett, um ins Bad zu gehen, an dessen Tür ein Poster hing – eine gemalte Landschaft, unter der »The Georgia O'Keeffe Museum« stand – als sie auf dem Klo saß, sich umschaute und in der tönernen Seifenschale, der Parfümflasche unter dem Spiegel, in den trocknenden Handtüchern und dem schief hängenden Duschvorhang all den sehr konkreten Utensilien eines spezifisch gelebten, ganz wirklichen Lebens begegnet war, in das sie sich soeben und so enorm bedeutungsgeladen auch noch am Todestag ihres Vaters eingelassen hatte, unwiederbringlich, wie ihr schien – als sie all das sah, entfuhr ihr ein tiefer Seufzer, weil sie sich mit einem Mal auch verantwortlich fühlte für die Belange des Besitzers, der sich endgültig als ausgesprochen schwieriger, fragiler Mensch herausgestellt hatte, umhergeworfen von ungreifbaren Kräften seiner Seele und einer Vergangenheit, die er nicht zu verstehen vermochte.

So viel hatte sie auf dem Rasen vor dem Potsdamer Platz verstehen können von dem, was David seufzend und zähneknirschend, teilweise um Atem ringend aus sich herauszuholen imstande gewesen war: dass er bei seinem Besuch in Paris nicht bloß die Kuratorin getroffen hatte, dass er nicht bloß bei dem Dinner bei der Erbin gewesen war, auf dem man so floskelhaft gesprochen hatte – sondern dass er in Paris auch zu seinem älteren Bruder gegangen war, bei dem ihm seine Mutter aufgelauert hatte, zu der er viele Jahre so gut wie keinen Kontakt mehr gehabt hatte, und dass er von den beiden erfahren musste, dass der Vater in Athen sehr krank sei. Offenbar war es bei dieser Begegnung auch um Geld gegangen, um die Frage, ob David seiner Familie finanziell unter die Arme greifen würde.

»Wann hast du deine Mutter denn das letzte Mal gesehen?«

»Ich bin weg von zu Hause mit sechzehn«, hatte David auf der Wiese gesagt, und Johanna hatte sich zum Glück auf die Zunge gebissen und nicht geantwortet: genau wie ich, denn David hatte, sehr leise, zögernd, hinterhergeschoben: »Ich hab dann für ein paar Jahre auf der Straße gelebt.«

»Wie meinst du, auf der Straße?«

»Na ja, auf der Straße halt, obdachlos, auf Platte.«

Johanna war fast schlecht geworden, sie hatte schlagartig und eiskalt verstanden, wie gewaltig die Unterschiede zwischen ihren Herkünften wirklich waren. Ein Emigrantenkind aus Nagorny Karabach in Athen: Klar, sie hatte geahnt, dass David es nicht immer leicht gehabt hatte, aber sie hatte sich dieses Dasein nie konkreter vorzustellen versucht, oder war dazu wohl gar nicht imstande gewesen, und hatte es ja auch nicht für nötig gehalten, weil er doch in vielerlei Hinsicht so leichtfüßig und selbstverständlich zugehörig gewirkt hatte in allen möglichen Umfeldern. Nichts an ihm hatte eine frühere Existenz im Schlafsack, auf der Parkbank erahnen lassen. »In Athen?«, hatte sie ihn zögerlich gefragt.

»Nein, so ein bisschen überall. Ich bin gleich aus Athen abgehauen, ich hatte furchtbare Angst, dass mich meine Familie dort wiederfinden würde. Ich wollte weg. Ich wollte auch wissen, wer ich bin. Solange ich bei meinem Vater war, wusste ich eigentlich nur, wer er ist. So wie so ein Planet immer um die Sonne sich dreht. Aber in Brüssel war ich länger, und irgendwann in London.«

»Und wovon hast du gelebt?«

»Ich hab auf dem Bau gearbeitet oder geschnorrt oder geklaut. Geld aufgesammelt auf dem Boden in Clubs. Bei Frauen übernachtet.« Wie ein Stich für Johanna – so unterlegen bin ich ihm, hatte sie gedacht, so ahnungslos in allem. »Manchmal Arbeiten verkauft, am Ende.«

»Wie das denn?«

»Auf der Straße. Am Embankment.«

»Zeichnungen?«

»Nee. Ich hatte damals nicht so viel Material, ich hab eigentlich auf alles Mögliche gemalt, mit allem Möglichen. Auf Schrott vor allem, Radkappen, Kühlschranktüren, Fernseher und so. Tischplatten. Was ich so finden konnte.«

»Aber du hast doch studiert in London, dachte ich. Du meintest doch, dass du mit anderen Malern in so einem Häuschen in Brixton gewohnt hast.«

»Das war später. Ich hab eine Studentin vom Goldsmith's kennengelernt, die hat mich in die Schule mitgenommen, und es gab so Stipendien da, die haben mich da reingehievt.«

»Und warum bist du überhaupt von zu Hause weg?«

Er hatte geschwiegen für eine Weile. »Es war nicht sehr schön bei uns zu Hause, Johanna«, hatte er gesagt.

»Du meintest doch, dein Vater sei Ingenieur?«

Er hatte sie verständnislos angeschaut und gesagt: »Können wir nicht bitte weg von hier? Ich möchte gerne nach Hause.«

Auf der Fahrt hatte sie ihn gestreichelt, ihm den Nacken gekrault, was er wortlos hatte geschehen lassen, er hatte fast die ganze Zeit aus dem Fenster gestarrt, nur einmal sich ihr wieder zugewandt: »Als ich dir vor deiner Wohnung begegnet bin, neulich, als du aus dem *Berghain* kamst und ich aus Paris, da hatte ich dir unbedingt über den Weg laufen wollen, weißt du, und eigentlich hatte ich dir wohl erzählen wollen von Paris und meinem Bruder; aber ich habe mich dann nicht getraut, das auszusprechen, weil alles auf einmal so leicht war zwischen uns, und weil ich mich einfach so schämte.«

»Schämte?«

»Für diese ganzen Geschichten, dass ich so Stress habe mit meiner Familie, und das mit dem Weglaufen von zu Hause, ich wollte nicht, dass du das erfährst.«

»Aber warum denn nicht? Wie soll ich dich denn verstehen, wenn du mir nichts erzählst?«

»Keine Ahnung. Weil es dich erschrecken könnte. Du

kennst das doch nicht. Das ist alles so brutal, das war sehr rough, ich war auch viel high, und ich hab komische Sachen gemacht, auch Sachen, die ich vergessen will. Oder weil ich dich damit nicht vermischen wollte oder so, weil ich dich getrennt halten wollte, als eine heilere Welt. Und dann war ich so wütend auf dich an dem Abend. Dass du mich da in diese Wohnung hochgezerrt hast, weil ich gemerkt habe, dass du auch verbunden bist mit dieser Kunstwelt, dass es Berührungen gibt und ich dich nur für mich haben wollte.«

Ich habe dich da nicht hochgezerrt, hatte Johanna gedacht und einen abermaligen Anflug von Ärger unterdrückt.

»Ich war so wütend«, hatte er gesagt. »Und das tut mir leid. Ich weiß auch nicht, woher das kam. Du ahnst gar nicht, wie wütend ich war, ich hatte mich kaum mehr unter Kontrolle.«

Johanna hatte nichts gesagt, ihn nur weiter gestreichelt, fast gegen ihren Willen. Sie hatte sich wieder erinnert an seinen kalten Zorn, sie hatte wieder ihre Verletztheit gespürt und noch etwas anderes: Angst vor ihm. Und noch etwas Neues, so etwas wie Mitgefühl, das sich in Schmerz, in Trauer verwandelte, eine erste Ahnung dessen, was sie besser verstand, nachdem sie miteinander geschlafen hatten, nachdem sie aus dem Bad wieder zu ihm gekrochen war in sein Bett, in dem er fast schon eingeschlafen war, und ihr dann doch noch erzählt hatte: »Ich hab bis heute gar nicht mehr an dich gedacht oder wenn, dann nur im Zorn. Und ich dachte lächerlicherweise, dass es mir ziemlich gut geht. Und heute rief eine unterdrückte Nummer an, und das war wieder meine Mutter, zurück in Athen, die mich fragte, ob ich denn nun Geld schicken könnte, und ich hab mittendrin aufgelegt, weil es mir einfach zu viel war und ich nicht wusste, was ich antworten will. Und als ich das machte, habe ich mich so unfassbar allein gefühlt, das war ganz komisch, ich flog aus meinem Kopf raus und hoch und sah mich selbst aus der Vogelperspektive, winzig klein, und niemanden um mich herum, ganz allein, und ohne irgendein Ziel. Und dann dachte ich plötzlich an dich und daran, dass ich dich so schlecht behandelt hab an dem Abend, und dass ich niemals jemandem nahe sein werde, der aus einer heilen Welt kommt wie du, weil ich das immer kaputtmache, weil ich es nicht besser weiß, und dass ich also für immer in der kaputten Welt bleiben werde, alleine, und jederzeit wieder verschlungen werden kann, also, dass es für mich gar keinen Schutz gibt, egal wie erfolgreich ich bin und wie weit ich renne, dass es nie welchen geben wird, weil ich nicht weiß, wie man geschützt lebt, weil ich jeden guten Ort mit meinem Dunkel kontaminieren muss, und mir wurde es plötzlich so eng, und ich habe solche entsetzliche Angst gekriegt.«

Und Johanna hatte ihren Kopf auf seine Brust gelegt und gesagt: »Ich, aus der heilen Welt?« Und sie hatte begriffen: Es war gar nicht die Angst vor der Verantwortung für ihn, die sie im Bad bedrückt hatte, es war vielmehr das gleiche Gefühl gewesen wie sein eigenes da am Potsdamer Platz. Die Einsicht, dass sie selbst in einer kaputten Welt zu leben hatte, genau wie er. David, hatte sie nun auch von ihm selbst erklärt bekommen, war mindestens genauso lädiert wie sie selbst. Er war nicht so strahlend und souverän, wie sie gemeint hatte, mit seinem Erfolg und seinem Lachen, er bewegte sich nicht aus einer Kraft und Ganzheit heraus in der Welt, sondern etwas trieb ihn vor sich her, er war offenbar auf irgendeine Art gezeichnet. Johanna war deutlich geworden, dass sie gehofft hatte, in ihm von einem gesunden Menschen geliebt zu werden, von jemandem, der zuversichtlich und sicher lebte. Und sie hatte begriffen, dass sie sich unbewusst wohl eher deswegen so zu ihm hingezogen gefühlt hatte, weil sie seine Läsionen geahnt hatte, weil sie selbst nicht wirklich geglaubt hatte, von einem unversehrten Menschen je berührt werden zu können.

Sie hatte an Helena und Momo denken müssen, an diese zwei Menschen, die, so schien es ihr, schon mit einem Lächeln im Gesicht geboren worden waren, heiter, zuversichtlich, und sie begriff, dass die beiden einander liebten, weil sie ineinander die eigene Ganzheit, diesen in die Wiege gelegten Panzer aus Glück wiedererkannt hatten, und dass sie letztlich sogar in einer Art Angst lebten vor der im Rest der Menschheit erkannten Möglichkeit der Verzweiflung. Dass Helena womöglich sogar Angst hatte vor ihr, vor Johanna, die immer wieder eine Dunkelheit verschluckte, oder dass Helena jedenfalls Momo liebte und Momo Helena, weil sie einander den Entschluss bedeuteten, mit aller Kraft die eigene Unversehrtheit zu hüten, und unversehrte Kinder zu zeugen, und unversehrte Leben zu führen, in denen man den eigenen Leib, die eigene Biografie, die eigenen äußeren Umstände zärtlich und liebevoll und ohne Selbsthass behüten und gestalten würde. Schon Helenas Eltern, hatte Johanna gedacht: so lustig und fröhlich immer, auf der Suche nach irgendeinem Spaß, gut gelaunt, unverfroren in ihrem Recht auf Erlebnis und Erfolg und Teilhabe; und Momos Eltern, denen sie einmal begegnet war, in ihrer unbeirrbaren Adoration für diesen einen, herrlichen Sohn.

David und sie dagegen aus der angegriffenen, der wirklicheren Welt, herauskraxelnd auf ewig durch Geröll und Staub aus dem Tal, und David, der sie vielleicht nicht nach oben ziehen würde, sondern eher noch mit sich herunterreißen, denn vielleicht war er ja wirklich noch orientierungsloser als sie.

Die Idee allerdings, dass sie ihn nun, wo sie das von ihm wusste, besser schnell fallen lassen sollte und das Weite suchen in der neu gewonnenen Kenntnis seiner Kaputtheit, diese sehr nüchterne, folgerichtige, vernünftige Idee, die Helena und ihre Mutter ihr nach der Szene auf der Choriner nahegelegt hatten: diese Vorstellung hatte Johanna mit einem Gefühl von Übelkeit erfüllt. Das war vollkommen ausgeschlossen, vielmehr hatte sie voller Trauer und Vorahnung begriffen, dass sie diesen Mann wirklich lieben können würde, als einen ihr ernsthaft verwandten Menschen, dass er in ihrem Leben eine wirkliche Bedeutung haben würde, und abermals war in größter Tiefe, wie ein schwerer Gong, jenes Gefühl der Gefügtheit und Vorahnung in ihr aufgeklungen, das sie nun schon seit fast einem Jahr, seit dem Urlaub in Italien zu begleiten schien, aber es war begleitet von einem neuen Ton, einer Note leiser Verzweiflung.

Hier aber, jetzt, wie verrückt: Auf dieser Insel, in deren elysischem Licht so etwas wie eine Vorahnung der Ewigkeit zu liegen schien, entschleierten Wirklichkeit und Wahrheit sich allmählich und zeigte es sich, dass es doch alles leicht war mit ihm, und richtig, und stark.

XII

Am nächsten Morgen stand Johanna am Gasherd, hypnotisiert von der züngelnden blauen Flamme unter der Cafetiere. Sie hing Gedanken nach, die, halb in Traumschleier gehüllt und möglicherweise in leisem Spin vom Acid noch, den Windungen der Sträßchen auf der Insel zu folgen schienen; es war, als betrachte Johanna innerlich eine Aufzeichnung der letzten Taxifahrt, während sie versuchte, die Fragen zu fassen zu kriegen, die sich ihr abermals stellten, in wieder neuem Gewand, ohne dass sie verstanden hätte, warum dieses Thema sie seit Längerem derart beschäftigte.

Sie sah vor dem inneren Auge Kiefernwäldchen und Olivenhaine im Glühen der Abenddämmerung vorüberziehen und fragte sich, was für Gesetze zu dieser spezifischen Anordnung der Sträßchen und Anbauflächen geführt hatten. Wie kommt es, dachte Johanna, dass die Wege in allen Ländern und an allen Orten so unterschiedlich ausschauen? Es sind natürlich unterschiedliche Geologien und unterschiedliche Politiken und unterschiedliche Kulturen und unterschiedliche Zwecke, die zu diesen unterschiedlichen Gestaltungen geführt haben. Und die Autobahn gleicht der Schnellstraße hier ja schon, und im Rheingau windet es sich zwischen den Dörfern auch verwandt dem Winden hier – aber eben auch unbestimmbar völlig anders. Wenn es nur ein einziges Prinzip gibt, das uns zur Erhellung der Wirklichkeit zu genügen scheint, jenes Gesetz von Ursache und Wirkung, dem das ganze Universum zu gehorchen hat, müsste es dann nicht auch bloß eine einzige Ordnung der Welt geben, statt diese endlose Vielfalt der Systematiken? Wieso produziert ein universales Prinzip keine universale Uniformität? Wahrscheinlich gibt es also Untergesetze, von Energieaufwand, oder Gravitation, oder Ökonomie, oder Naturbeschaffenheit, und man muss es sich in etwa so vorstellen, dass das Prinzip der Kausalität auf diese Untergesetze, Bedingungen und Notwendigkeiten so trifft wie stürzendes Wasser auf Felsen, sodass es aufspritzt, und es entsteht das Rauschen der Welt und ihre Unüberblickbarkeit. Aber Prinzip und Naturgesetz, dachte Johanna, sind ja nicht das Gleiche.

Sie ächzte innerlich über die Hilflosigkeit ihrer Gedanken, ich muss mal irgendwen finden, der mir das alles erklären kann, das muss doch das kleine Einmaleins der Physiker sein. Oder ist das für die Philosophen? Ich weiß ja noch nicht einmal, wie ich meine Fragen formulieren soll. Johanna fiel Nele ein, ihre älteste Freundin aus Frankfurter Zeiten. Die hatte einen Kopf für solche Sachen, die hatte an ihrer TU doch sicherlich auch etwas darüber gelernt, Kausalität oder Determiniertheit waren für Maschinenbauerinnen doch bestimmt wichtige Konzepte. Johanna lief aus der Küche auf die Terrasse, wo sie Empfang hatte, und nahm eine Sprachnachricht auf für Nele, in der sie am Ende sagte: »Ich weiß nicht, ob du das verstehen kannst, was ich da zusammengeredet habe, aber ich will in etwa wissen, ob Kausalität oder Determinismus ein universales Gesetz oder Prinzip sind, also ob die Naturwissenschaft davon ausgeht, dass daran nirgends zu rütteln ist, verstehst du …«

Sie wurde unterbrochen durch Geräusche aus dem Haus, David, der ihren Namen rief, ungeduldig, mehrfach, immer lauter.

»Du, ich muss jetzt Schluss machen, hier ist irgendein Stress. Ich hoffe, du konntest mir folgen. Sorry, dass ich mich so lange nicht gemeldet habe und jetzt gleich mit so komischen Fragen. Sag, wenn du was dazu weißt! Bisous! Küsse auch an Aline. Es ist superschön hier, ich wünschte, ihr wäret auch da. Ciao, Nele!«

Und auch aus guter Laune über den Gedanken an diese Freundin in Frankfurt und ihre Idee, sie wegen ihrer Fragen anzurufen, fing Johanna an zu lachen, als sie die Küche betrat und David sah, der fluchend eine qualmende Cafetiere in die Spüle stellte. »Oh, shit«, sagte Johanna lachend, »tut mir leid! Ich hatte die total vergessen.«

»Ja, shit. Du hast auch vergessen, da Wasser reinzumachen«, sagte er. »Du hast die ohne Wasser auf den Herd gestellt. Die ist jetzt total verbrannt. Der Gummi ist hinüber. Die kann man wegschmeißen.«

»Sorry«, sagte Johanna, nüchterner schon. »So schlimm? Die kann man bestimmt noch benutzen.«

»Ich krieg Kopfschmerzen, wenn ich morgens keinen Kaffee trinke«, sagte er. Er klappte ungeduldig die Holzfurniertüren der alten Einbauküche auf. »Fuck«, sagte er. »Fuck!« Er schmiss die letzte Tür zu. Johanna erstarrte. »Es gibt hier auch keine andere Cafetiere. Das kann ich also vergessen. Warum hast du nicht aufgepasst?«

»Ich war in Gedanken. Tut mir leid«, sagte sie. Etwas zog sich in ihr zusammen, sie hielt die Luft an.

»Wie, tut dir leid? Du meintest doch, man kann die bestimmt noch benutzen. Ist ja nicht so schlimm!« Er riss die Cafetiere aus der Spüle und wedelte damit in der Luft herum. Johanna verstand nicht, was los war gerade, sie stand barfuß, in Unterhose und T-Shirt auf den kühlen Terrakottafliesen der Küche und schaute ihn an. Er sprühte aus den Augen, er schien ganz knapp an ihr vorbeizuschauen, wie ein Blinder eigentlich; es war, als sähe er sie nicht mehr. Es ging ein ungeheurer Zorn von ihm aus. »Warum hast du das gemacht?«, wollte er wieder von ihr wissen.

Sie verstand die Frage nicht. »Es war ein Versehen«, sagte sie.

»Wolltest du die absichtlich kaputt machen?«

»Ich hatte dir einen Kaffee bringen wollen.«

»Aber warum hast du nicht aufgepasst?«

»Keine Ahnung warum«, sagte sie. »Wie beantwortet man so eine Frage? Ich hab einen Fehler gemacht, ich war nicht aufmerksam.«

»Und wieso?«

»Ich war in Gedanken.«

»Ah«, sagte er. »Und ich hatte gedacht, du warst am Telefon.«

»Ich hab eine Nachricht aufgesprochen auf der Terrasse, weil hier in der Küche schlechter Empfang ist.« Johanna bemühte sich, das Zittern in ihrer Stimme zu unterdrücken. Sie fühlte sich seltsam taub in den Beinen. Das gleiche Gefühl wie in der Choriner setzte ein, eine Art Panik, er schien wieder so außer sich, und es hatte sie, dachte Johanna, noch nie jemand so wütend angesehen wie David jetzt gerade. »Ich finde das ehrlich gesagt schrecklich, wie du dich benimmst«, hörte sie sich sagen. »Ich war verträumt, mir ist ein Fehler passiert. Das ist menschlich. Und du führst dich hier so auf. Ich finde, du musst dich entschuldigen, das ist nicht okay.«

»Ich führe mich auf?«, fragte er. »Ich soll mich entschuldigen, weil ich aus dem Bett springen musste? Da zog so ein widerlicher Geruch durch das ganze Haus, und dann kam ich hier rein, alles voller Rauch, und du standst da seelenruhig auf der Terrasse und hast telefoniert. Das ganze Haus hätte abfackeln können!«

Sie lachte, das war doch absurd.

»Hey!« Er schrie jetzt. »Hey! Was ist daran bitte lustig? Dass du mich noch auslachst! Das ist ein Schlag ins Gesicht!«

Sie starrte ihn an, schüttelte den Kopf. »Ein Schlag ins Gesicht. Du spinnst«, sagte sie. »Du spinnst echt.«

Sie wendete sich ab, sie ging an ihm vorbei, sie wollte raus, so behandelt der mich nicht, dachte sie, ich lass mich hier doch nicht anbrüllen, weil ich ihm einen Kaffee kochen wollte; dann sah sie aus dem Augenwinkel, wie in Zeitlupe, dass er die Cafetiere hochhob, die Haltung eines Werfers einnahm, und sie duckte sich instinktiv, als er das Aluminiumding mit voller Wucht auf den Küchenboden schmiss, dass der Deckel abflog und Terrakotta splitterte. Johanna entfuhr ein komischer Schrei, vor Schreck, vor Angst, so hab ich das letzte Mal in der Geisterbahn geschrien, kam es ihr seltsam distanziert, dann war sie an der Fliegengittertür, knallte die auf und hinter sich zu. »Lass mich in Ruhe, du Arschloch«, schrie sie über die Schulter, »du bist verrückt!«

Sie lief um das Haus, blickte hinter sich, angstvoll, er

kam ihr nicht hinterher. Es gab eine Leiter, die auf das Flachdach des Bungalows führte, die kletterte sie hoch. Sie erwog für einen Augenblick, die Leiter hinter sich hochzuziehen, dann kam ihr der Akt zu dramatisch, zu feindselig vor, oder war es wirklich denkbar, dass sie sich vor ihm in Acht nehmen musste? Gewalttätige Männer: Fallbeispiele an der Uni, Zeitungsartikel, schlimme Statistiken, aber noch nie hatte Johanna aus ihrem eigenen Umfeld von so etwas gehört, geschweige denn es am eigenen Leib erfahren, es war ihr irgendwie unrealistisch vorgekommen, »in meiner Welt kommt so was nicht vor«, hörte sie sich irritiert denken, ein Unsinn, aber von den Belästigungen abgesehen, den Obszönitäten, dem Typen, der sich ihr in der U-Bahn nachts mal gegenübergesetzt und seinen armseligen Schwanz rausgezogen, dem Typen, der ihr im Bus mal unter den Rock zu fassen versucht hatte, war ihr von Männern bislang nichts physisch Schlimmes widerfahren, und immerhin erinnerte sie sich an beide Übergriffe noch genau, es waren Schocks gewesen, die sie zugleich und perverserweise beinahe als selbstverständliche Fährnisse des weiblichen Daseins eingeordnet hatte, zumal sie ja keine Freundin hatte, die nicht schon Ähnliches erlebt hatte. Aber wieso sollte sie nicht hier, jetzt, heute, auf einmal eingeführt werden in einen tieferen Zirkel der weiblichen Hölle, einen, der ständig die Frauen verschluckte, wieso sollte nicht an ihr selbst einmal demonstriert werden, was sie in den Vorlesungen immer wieder zu hören bekam, dass es für keine Frau Sicherheit gab vor der Gewalt der Männer?

Johanna ging zitternd, das Adrenalin in den Adern rauschend, zu den zwei Plastikstühlen, die am fernen Rand des staubigen Daches im langen Morgenschatten einer Zypresse standen, sie wollte sich setzen, blieb stehen, lief auf und ab, setzte sich fahrig, entdeckte am Stuhlbein dankbar ihre Kippen, die sie am Vorabend hier liegen lassen hatte, zündete sich mit zitternden Fingern eine Zigarette an. Was ist denn hier bloß los, dachte sie. Irgendetwas Schreckliches war gerade passiert, sie fühlte sich wie in Watte gepackt, entzogen, entfernt, sie war komisch weg, taub. Es war, als hätte sie Nachricht erhalten von einem katastrophalen Ereignis in einer weit entfernten, aber äußerst wichtigen Provinz ihrer Seele, irgendein desaströser Erdrutsch im Selbst, der Kollaps eines unersetzlichen Baus, etwas Schlimmes, Irreversibles, mit dem sie sich noch nicht richtig in Verbindung setzen konnte. Schock, Abusus, dachte sie, ab-usus, Miss-Brauch. Verbal abuse. Die Wirklichkeit seines Ausrasters trat noch nicht richtig an sie heran. Das kann nicht sein, dachte Johanna, und: Ich muss abreisen, ich kann hier nicht bleiben. Der ist ja völlig außer sich, ich muss aufpassen vor dem, der hat sich nicht im Griff. Aber das war ja klar, ich hatte ja schon auf der Choriner eigentlich Angst vor ihm, wieso wundert mich das, ich bin dumm. Sie stellte sich vor, wie sie ihre Mutter anrufen würde, oder Helena, oder Nele, der sie doch gerade erst draufgesprochen hatte, dass es hier so schön sei, und so hatte sie es empfunden, sie war richtig glücklich gewesen. Sie schämte sich. Die alle hatten überhaupt nicht verstehen können, wieso Johanna weiterzumachen bereit gewesen war mit diesem David, der sie am Abend von Helenas Party so schlecht behandelt hatte. Mit der Mutter hatte sich Johanna deswegen richtig gestritten, »ausgerechnet du verlangst stets nachvollziehbares Verhalten!«, hatte Johanna der Mutter vorgeworfen, und die Mutter hatte etwas Schlimmes, grässlich Wahres geantwortet: »Da ist etwas furchtbar Selbstverliebtes in deiner komischen Selbstverleugnung, in dieser kalten, aufopferungsbereiten Märtyrer-Noblesse, das hatte dein Vater schon so, aber davon willst du natürlich nichts wissen.« Und jetzt würde Johanna aus Ibiza abreisen müssen, eine Woche früher als geplant, und allen recht geben. Erzählen, wie David mit einer Cafetiere geschmissen hatte, auf den Boden zwar, aber so haltlos aggressiv – das geht nicht, dachte sie, auch um Davids willen geht das nicht, das ist so unheimlich peinlich, das kann ich niemandem erzählen. Ich muss sagen, dass wir uns gestritten haben, das muss reichen. Aber worüber eigentlich? Wie kam es dazu, dass er gerade von einem Schlag ins Gesicht gesprochen hat? Sie erinnerte sich nicht. Der Kaffee, nur das? Schlag ins Gesicht, lächerlich, *slap in the face,* Gesichtsverlust, Patriarchatsscheiße.

Sie hörte ihn über den Schotter vor dem Haus gehen. »Ah!«, rief er hoch, als er sie entdeckte. »Da bist du!« Er hatte noch immer die schlimmen Augen. »Du weißt genau, was heute für ein Tag ist! Aber ich bin das Arschloch! Heute ist superwichtig für mich! Das weißt du ganz genau!«

Johanna hatte überhaupt nicht daran gedacht, dass sie in ein paar Stunden zum Lunch eingeladen waren bei der Hausbesitzerin, dieser steinreichen Schweizer Sammlerin. Sie hatte auch nicht kapiert, dass das für David eine bedeutungsvolle Begegnung sein würde, dass ihn das nervös machte.

»Aber ich bin das Arschloch!«, schrie David weiter. »Dreht sich hier nicht immer alles um dich? Strand und Gelaber und Essen und Vögeln und vor den Klubs irgendwelches scheiß LSD für dich shoppen, und immer Labern, Reden, Erzählen, nie Ruhe! Und heute, einmal, geht es um mich, und du sagst noch nicht mal Entschuldigung! Weißt du eigentlich, wie aufgebracht ich gerade bin! Ich zittere! Wie soll ich denn da mit dieser Frau sprechen? Lass mich in Ruhe! Ich brauche Ruhe! In mir ist alles kaputt! Du machst alles kaputt in mir! Du zerstörst mich!«

Johanna fühlte sich abermals so, als beobachte sie ein Bombardement in der Ferne, es war wie ein Film oder eine Aufführung, eine Szene, eine Szene machen, dachte sie. Als seien die beiden ausgeglitten und in einen Abgrund gestürzt – ein Unfall –, aber nicht wie bei Papi, sang ein Stimmchen in ihr. Johanna begriff nicht, wie David diese Dinge sagen konnte, wie konnte man so gemein sein, jemanden so absichtsvoll verletzen? »Hör auf«, schrie sie zu ihm hinunter. »Lass du mich in Ruhe! Du tust mir weh mit dem, was du sagst!« Sie hatte das Zittern der Stimme nicht mehr unter Kontrolle, Tränen rannen ihre Wangen hinunter. Für einen Augenblick meinte sie, das Brennen seiner Augen erlöschen zu sehen, für einen Augenblick schien er sie zu erkennen, dann drehte er sich um, stieg in das Auto, fuhr fort; Johanna hörte den Motor verklingen, dann war er weg, es blieben die Zikaden, das Gurren der Tauben. Sie fühlte sich wie erleichtert: entkommen.

Sie begann zu schluchzen. »Fuck«, sagte sie, »fuckfuckfuck, so eine Scheiße, so ein Arschloch, so ein Arsch.« Sie war zu keinem Gedanken fähig. Die Gesichter von ihrer Mutter, von Hans, von Helena rutschten durch ihren Geist, der schlimme, blinde Blick von David grell dazwischen, haltlose Ideen von Packen, Bus finden zum Flughafen, Flug tauschen, Dispolimit in der Bank-App checken, verpasste Vorlesungen. In der Neunten hatte Johanna sich mal geprügelt mit einem Mädchen aus der Parallelklasse, sie war erstaunt darüber gewesen, wie haltlos die andere der Gewalt nachzugeben in der Lage war, ihr die Haare ausriss und nach dem Gesicht schlug, während sie sich auf dem Linoleum des Schulflurs wälzten; ganz ähnlich fühlte sich Johanna jetzt, wie nach einer Schlägerei, und seltsamerweise voller Scham darüber, so eine Szene miterlebt haben zu müssen: Ich kann doch nichts dafür, das ist Opferscham, das ist bescheuert, dachte sie. Sie lötete die nächste Zigarette an der ersten an und wippelte auf den Zehenspitzen hoch und runter. So geht man nicht miteinander um, so kann man als Mann keine Frau behandeln, so geht das nicht, das ist schlimm, schlimm, schlimm. Was ist denn los mit ihm, wieso reitet ihn das so. Der Arme. Der ist irgendwie krank, das ist verrückt. Wieso hat der geschrien, ich soll ihn in Ruhe lassen? Habe ich den nicht in Ruhe gelassen? Hat sich alles um mich gedreht? Vielleicht stimmt das. Ich hatte den Kaffee wirklich komplett vergessen, und das Treffen, weil mir meine Gedanken wichtiger waren. Ich hab mich nicht entschuldigt. Oder? Aber er hat hier doch auch ganz viel erzählt. Und Vorschläge gemacht. Ich hab doch um nichts gebeten. Das Acid, okay, das wollte ich mit ihm ausprobieren. Aber ich hab ihn doch gefragt, ob er arbeiten will, und er hat verneint, er meinte doch, er dürfe gar nicht. Vögeln, das ist so gemein, das ist so scheiße gemein. Wir haben doch erst heute im Morgengrauen miteinander geschlafen, obwohl ich gerade meine Tage kriege, das bin doch nicht ich alleine, will er das nicht? Es ist verrückt, dass ich mir solche Fragen stelle. Hab ich irgendwas übersehen? Ich war hier doch nicht so autistisch unterwegs. Wieso suche ich die Schuld bei mir, das ist verrückt, das ist ja wie so ein Stockholm-Syndrom.

Irgendwann trat eine seltsame Beruhigung ein, die Agitation verklang, zurück blieb eine schlimme Erschöpfung, eine Unfähigkeit, aufzustehen oder eine Entscheidung zu treffen. Dann pingte ihr Handy, eine Nachricht von David sicherlich – aber es war eine Voicemail von Nele, eine erste, dann die zweite, dritte. Johanna entsperrte ihr Handy, drückte auf Abspielen, schluchzte noch mal auf, als sie die vertraute, heitere Stimme hörte, und dachte: Nele weiß überhaupt nichts von solchen Sachen wie dieser hier, das ist – sie verstand den eigenen Gedanken nicht – etwas, das mich von ihr trennen wird, ich bin jetzt in einem Reich unterwegs, das meine Freunde nicht verstehen, und es tut mir so leid, dass ich sie damit berühren muss. Ich muss die vor mir und David beschützen. Ich bin allein.

»Johanna! Hello! Wie schön, deine Stimme zu hören«, sagte Nele. »Ich fühle mich natürlich geschmeichelt, dass du dich bei mir meldest mit deinen komplizierten Fragen. Du weißt schon, dass ich keine Physikerin bin. Aber wir hatten so ein paar Ausritte im Studium zu deinen Fragen. Ich komm' gerade vom Training, sorry, wenn ich so außer Puste bin. Aber ich konnte dabei nachdenken über deine Frage. Du, übrigens ist es hier auch sehr schön, ich laufe gerade über den Holbeinsteg, es ist so eine angenehme Stimmung. Dein Maler kennt das hier doch bestimmt noch nicht. Wollt ihr nicht mal zu Besuch kommen? Aber also. Ich erinnere noch, dass wir ewig einen Text von Bertrand Russell diskutiert haben.« Nele erzählte etwas von Haupt- und Nebenbedingungen, von Berechenbarkeit und Beschränkung, von der Idee, dass Kausalität bloß ein Tool sei zur Ordnung der Welt. Jede Versuchsanordnung suche letztlich nach Kausalitäten, und sie selbst, sagte Nele, erlebe im Grunde die ganze Welt so, »wir können nicht umhin, alles diesem Gesetz zu unterwerfen«.

Johanna bemühte sich, den Ausführungen zu folgen, sie

suchte darin Halt, irgendeine Klarheit, eine Ablenkung von David, der im Hintergrund ihres Bewusstseins weitertobte. Nele sagt, wir erleben Ursache und Wirkung in der Natur, wir binden die einzelnen Einheiten der Zeit aneinander durch dieses Prinzip. Weil ich die weiße Kugel so spiele, rollt die Acht ins Loch, weil ich die Klinke drücke, geht die Tür auf. Alles erleben wir so.

Aber das stimmt gar nicht, schoss es Johanna durch den Kopf. Uns selbst erleben wir nämlich nicht so. Da ist die Kausalität oder die Determiniertheit keine Erfahrung. Da ist sie außer Kraft gesetzt, da erleben wir Freiheit. Etwas in Johanna flackerte aufgeregt. Wenn Nele sagt, oder Russell, dass das Gesetz der Kausalität bloß einen Erfahrungswert oder so eine Art Abkürzung bedeutet, oder ein Tool, dann muss die gegenteilige Erfahrung, die der Freiheit der Entscheidung, doch auch einen Wert haben, oder?

Die letzte Nachricht von Nele begann: »Und dann ist da noch diese ganze Quantenmechanik, von der du ja in deiner Nachricht gesprochen hast. Das ist tatsächlich eine Welt, die nicht deterministisch funktioniert. Aber in der sichtbaren Welt haben wir so was noch nicht beobachtet: den Zufall als Prinzip, oder nichtdeterminierte Abläufe, oder sozusagen Randomness im Kosmos. Da ist es so, wie ich meinte, dass uns nur diejenigen Ereignisse als Zufall oder unerklärlich erscheinen, wo uns die Rechenkraft fehlt. Also, meinetwegen bei deiner magischen David-Geschichte, wo Helena immer sagt, es kann doch kein Zufall sein, dass der dir kurz nach Venedig dann in Berlin begegnet ist: doch, schon, beziehungsweise, es erscheint ihr oder auch dir zwar unwahrscheinlich und wie Schicksal, aber solche Zufälle sind in hochkomplexen Systemen trotzdem möglich, und sind letztlich determiniert. Man kann versuchen, die zu erklären. Zum Beispiel: ihr lebt beide in Berlin, weil du eine deutsche Studentin mit Einser-Abi bist, und solche Leute gehen gern nach Berlin oder fahren auf die Biennale, und er ist ein Künstler, und die leben auch gern in Berlin oder stellen in Venedig aus, und dann gibt es nicht unendlich viele gute Bars wie diese *Würgebar* oder wie die heißt. Und so weiter. Und dann wird die Wahrscheinlichkeit irgendwann doch hoch, dass ihr euch über den Weg lauft. Es braucht nicht das Schicksal, damit etwas Unwahrscheinliches geschehen kann, es braucht nur genug Gründe. Okay. Keine Ahnung, ob das geholfen hat. Ist eigentlich megainteressant. Ich hätte schon Bock, wieder mehr Physik zu lesen. Also, ich stehe jetzt vor der Tür, ich geh' jetzt hoch in die Wohnung. Ich hoffe, du hast es weiter schön. Schick mal Fotos! Liebe Grüße! Ciao.«

Johanna legte das Handy weg, die Zikaden kamen zurück, der Ort, die Gegenwart. Auf dem Meer blitzte die Sonne, in der Entfernung schob sich ein riesiges Kreuzfahrtschiff über das Wasser. Johanna fing wieder an zu weinen, jetzt nicht vor Schreck und Scham, sondern vor Schmerz: dass es mit David nichts werden sollte, dass es nicht ging, dass sie einander verlieren würden, es nicht schafften miteinander, dass sie so schlimm sich gefühlt hatte, seinetwegen, und dass er nicht anders konnte: es geht nicht anders, dachte sie, das ist kein böser Wille bei ihm, er leidet ja wahrscheinlich selbst auch richtig.

Sie stieg herunter vom Dach, aß in der Küche einen trockenen Kanten Brot. Sie erwog, ihre Sachen zu packen, zögerte aber, sie fürchtete die Endgültigkeit der Handlung, den Moment, in dem er ihre gepackte Tasche sehen würde, seine mögliche Wut, auch den Schmerz, den das bei ihm auslösen würde, und sie wollte, begriff sie, ihm nicht wehtun, sie war nicht wirklich böse auf ihn, sie hatte allerdings ernsthaft Angst vor ihm. Ihr Herz begann zu pochen, ihre Handflächen zu kribbeln, als das Mietauto zurückkehrte und über den Kies vor dem Haus rollte. Johanna überlegte, wo und wie sie David begegnen sollte, und stellte sich am Ende mit dem Rücken zur offenen Verandatür, bereit, notfalls wieder herauszurennen, auf das Dach zu klettern, die Leiter hochzuziehen, sich in Sicherheit zu bringen.

Er kam herein, seine abgewetzte Baseballkappe auf dem Kopf, die Sonnenbrille auf der Nase, erblickte Johanna, blieb stehen, er betrachtete sie wortlos, durch die dunklen Gläser, dass Johanna seinen Blick nicht lesen konnte. Er hatte, sah sie, einen Pappbecher in der Hand. Er stellte den Becher vorsichtig auf dem Küchentresen ab: »Kaffee«, sagte er leise, unsicher, hörbar in Zerknirschung. »Für dich. Falls du magst.«

Johanna sank in sich zusammen, die Schultern kippten ihr nach vorn, der Kopf sackte auf die Brust, sie konnte kaum auf den Beinen bleiben, und die Tränen stürzten ihr wieder aus den Augen. Er trat an sie heran, vorsichtig, nahm sie in den Arm, und sie vergrub den Kopf in seiner Schulter, in seinem Geruch, weinte und begriff, an sich selbst verzweifelnd, dass sie wirklich von ihm getröstet werden wollte. »Es tut mir leid«, murmelte er, indem er ihr Haar streichelte, ihre Wangen küsste, »es tut mir leid, es tut mir leid«, während sie nach Worten suchte, keine fand: es ist okay, ich trenne mich, es ist schon in Ordnung, niemals wieder, es tut mir so leid, dass du dich offenbar so schlecht fühlst. »Ich weiß nicht, ob ich dir noch vertrauen kann«, sagte sie, und sie spürte, wie seine Umarmung kurz erschlaffte, bevor er sie wieder festhielt und sagte: »Ich verstehe das. Ich verstehe das. Ich würde dir nie etwas tun,

Johanna, nie«, und sie glaubte ihm und dachte zugleich: du hast mir doch schon was getan, ich bin mir nicht sicher, ob du das wissen kannst, du willst vielleicht nicht, aber du tust. »Es tut mir so leid, es tut mir so leid«, flüsterte er, »ich war total außer mir«, und im Bedürfnis, auch ihn zu trösten oder ihm Hoffnung zu geben oder vielleicht auch sich selbst, streichelte Johanna durch seine Haare und sagte: »Es ist schon okay, es ist okay, ich verstehe ja, dass du mir nicht wehtun wolltest«, und er sagte, »nein, niemals«, und sie spürte, wie seine Hände von ihrem Rücken in ihren Nacken wanderten, er küsste sie auf den Mund, warm, bitter der Geschmack von Kaffee auf seinen Lippen, und Johanna, verwundert, ließ es geschehen, küsste ihn zurück, ließ sich von ihm zum Sofa bewegen, wo er sie auszog. Sie setzte sich zunächst auf ihn, unsicher darüber, ob sie wirklich wollte, was geschah, in dem verkopften Versuch, jetzt keine Unterwürfigkeit zu zeigen, nicht festgepinnt zu werden von ihm, bis die Lust in ihr eindeutig wurde, sie sich auf den Rücken legte, während er sich über ihr bewegte, zum Ende seine Hand auf ihr Schlüsselbein stützte, sie abwechselnd mit dem Daumen drosselte und dann wieder küsste, ihre Augen, ihren Mund, bevor sie beide fast gleichzeitig kamen.

Sie hatten nebeneinanderliegend nicht Platz auf dem Sofa, sie setzten sich auf, und im Aufsetzen verschwanden Vergessen und Betäubung und wuchs eine vollkommene Leere. Er hat mich eigentlich fast vergewaltigt, dachte sie. Ich bin gefangen. Dieses kurze Entkommen und dieses entsetzliche Erinnern, wie das Aufwachen aus Schlaf in Schmerz. Er schaute sie nicht mehr an, er schaute zu Boden. »War das okay für dich?«, fragte er sie. Die Frage kommt zu spät, dachte sie. »Ja«, sagte sie, es war die halbe

Wahrheit. Sie entdeckte Blut auf dem Polster. »Ich hab meine Tage bekommen«, sagte sie. Sie ging ins Bad, sie fühlte sich wackelig auf den Beinen. Ich will alleine sein, dachte sie, ich will in meine Wohnung, aber er wartet da draußen. »Wollen wir zu reden versuchen über das, was passiert ist?«, fragte sie, unter Anstrengung, als sie zurückkam ins Wohnzimmer. »Okay«, sagte er. Er wirkte müde. »Vielleicht könnten wir dabei zur Bucht laufen und schwimmen gehen?«

»Wann müssen wir denn los zu dieser Lady?«

»So in zwei Stunden.«

»Okay.«

XIII

Sie trotteten nebeneinander ein gewundenes Sträßchen hinunter, die Sonne brannte Johanna auf die Arme, die Riemen ihrer Flipflops schnitten beim Bergabgehen zwischen die Zehen. Sie fühlte sich noch immer wackelig auf den Beinen, als hätte das Adrenalin ihre Muskeln aufgeraut. David lief neben ihr, die Sonnenbrille im Gesicht, mit den Händen sich am Handtuch um den Nacken festhaltend, und er redete, fand Johanna, irgendwelchen Kram, über das bevorstehende Gespräch mit der Sammlerin, das habe ihn so aufgebracht, er hasse so etwas, sagte er, solche Abhängigkeiten, dass er da vortanzen müsse, irgendwas performen solle, den Künstler geben, in der Hoffnung, dass diese Frau weitere Arbeiten von ihm kaufen, ihn als sogenannte Position in ihre bedeutende Sammlung aufnehmen würde. »Ich finde diese Ungleichheit schlimm«, sagte er, »dieses Bettelngehen bei der Aristokratie. Matthew hat mich inständig gebeten. Aber es ist immer das Gleiche. Diese Frau wird wünschen, dass wir ganz locker und entspannt miteinander umgehen. Die wird mir sofort das Du anbieten und verlangen, dass die Illusion von

Ebenbürtigkeit erzeugt wird. Das ist allein meine Aufgabe. Ich muss cool sein, sie soll sich cool fühlen. Aber sie entscheidet am Ende trotzdem allein. Für sie hängt von diesem Gespräch nichts ab. Sie wird am ehesten etwas von mir kaufen, wenn sie das Gefühl hat, dass ich sie als Teilnehmerin betrachte. Dass ich sie ernst nehme. Vielleicht wird sie auch wollen, dass ich sie ein bisschen pikse, so ein bisschen links und anarchistisch posiere. Manchmal sind die so ein bisschen masochistisch und finden das geil, an die Absurdität der Verhältnisse erinnert zu werden. Aber an sich geht es darum …« Er schaute unsicher zu Johanna herüber, die sich immer müder, immer erschöpfter fühlte. Was hatte dieser Vortrag zu tun damit, dass er sie gerade angeschrien hatte, behauptet hatte, sie würde ihn zerstören? »Ich höre zu«, sagte sie, ohne ihn anzublicken.

»Es gab wahrscheinlich immer schon den Deal. Also Leute wie diese Frau, die in Welten mit Profitziel leben, so Bilanzwelten und Wachstumsraten. Reiche Menschen, die sich unkritisch im Kapitalismus bewegen. Und die bekommen durch die Künstler Zugang zu einer Welt, die frei ist, offener, ziellos, eine letztlich humanere Welt – die edlen Künste, du weißt schon. Der Maler arbeitet frei, nicht entfremdet, und die Arbeiten, die dabei entstehen, sind so eine Art Manifestation der Möglichkeit schöpferischer Freiheit, im Bestfall irgendwie auratisch aufgeladen. Und die Sammlerin schlägt durch den Kauf drei Fliegen mit einer Klappe. Sie hat etwas von Wert gekauft, eine gute Geldanlage; sie hat aus dem freien Künstler wieder einen Angestellten gemacht, ihn auf seinen Platz verwiesen und die Herrschaft des Geldes über alles wieder sicher etabliert; und sie hat zugleich vor sich selbst und ihren Freunden den Eindruck errungen, nicht ganz den Zwängen kapitalistischer Produktion unterworfen zu sein. Das ist ziemlich ekelhaft, aber es war, glaube ich, schon immer so. Es ist jetzt nur noch ekelhafter, weil es immer auch so was Persönliches noch geben muss. Die wollen so tun, als sei man befreundet. Die wollen Zugang. Die wollen eigentlich hören: du bist beteiligt. Du bist im Grunde auch Künstlerin.«

»Aber du machst das ja alles mit.« Johanna fand ihn so erbärmlich. Er schaute kurz zu ihr rüber, sie hatte ihn verletzt, das freute sie.

»Eine meiner besten Freundinnen«, sagte er, »Pil, aus der Londoner Zeit ... eine Dänin, die hat im gleichen Haus gewohnt in Brixton. Ich hab dir bestimmt schon von der erzählt. Die war hardcore, immer komplett pleite und manchmal wochenlang besoffen, aber wahrscheinlich der schlauste Mensch, den ich kenne. Die ist so ein Rasiermesser, weißt du, ästhetisch, so ein Laserblick, ganz krass. Und sie ist so eine schöne Mischung aus wütend und zärtlich und durchironisiert. Also die hat in der ganzen Zeit am College nur drei oder vier Arbeiten gemacht, weißt du? Aber die waren alle so gut. Wir wussten alle: Pil ist der *real deal.* Na ja, und jetzt lebt sie in Århus und ist Sozialarbeiterin geworden, im Frauenknast. Weil sie den Kunstmarkt zu hässlich findet, sie findet da keinen Punkt, an dem sie andocken kann, sagt sie. Und ich verstehe das. Ich meine, kannst du dir vorstellen, dass es Galerien gibt, die sich auf ›nichtkommerzielle‹ Kunst spezialisieren und die sehr gut verkaufen, und das soll noch nicht einmal ein Witz sein. Es ist sehr unangenehm. Sehr unangenehm. Aber weißt du, was Matthew für die drei Bilder genommen hat? Die Grashalme? Hundertfünfzigtausend. Und ich soll Nein sagen? Natürlich hätte ich manchmal gern eine coole Karriere, in dem Sinne, dass ich nur ganz selten produziere oder gar nicht, so einen Dandy-Shit. Und natürlich wünscht sich ein Teil von mir, dass ich nicht gleich von der Hochschule in die Mühle gekommen wäre oder nicht von Anfang an so verkaufbar gewesen wäre. Weil mich das beschämt, dass meine Arbeiten offenbar so schlecht sind, dass sie jeder verstehen kann. Aber weißt du, was ich neulich herausgefunden hab? Erst neulich! Sie hatte nie davon erzählt! Pils Vater ist Professor in Princeton und sitzt in Aufsichtsräten oder so, und ihre Mutter ist Kunstpädagogin. Die ist aus total bourgeoisen Verhältnissen, und sie wird nie, nie arbeiten müssen, und das weiß sie in irgendeinem Hinterstübchen vollkommen sicher. Sie weiß nicht, wie es ist, überhaupt kein Geld zu haben. Sie hat immer nur gespielt, wie es wäre, kein Geld zu haben. Ich selbst hatte nie die Möglichkeit, mein eigenes Dasein aus rein ästhetischen Gesichtspunkten heraus zu gestalten. Ich hab nie darüber nachgedacht, kein Geld verdienen zu wollen. Hundertfünfzigtausend, willst du mich verarschen? Ich wollte nie was anderes, als das arbeiten dürfen, was ich will. Ich will im Studio sein, ohne Sorge, dass ich das Material oder die Heizungskosten nicht bezahlen kann.« Er wirkte so erregt, fast wütend, Johanna kriegte schon wieder Angst vor ihm. »Ich hab neulich gelesen ...«, sagte er, »irgendwer meinte: war Pau Casals der beste Cellist? Nein. Aber konnte der beste Cellist jeden Abend fehlerfrei auftreten und performen wie Pau Casals? Nein. Vielleicht bin ich Pau Casals, und ehrlich gesagt wäre ich deswegen dann mehr ein Künstler als Pil.« Er schaute zu ihr rüber. »Ist alles okay?«, fragte er sie.

»Nein«, sagte sie, nach kurzem Zögern. »Ich verstehe, glaube ich, schon, was du zu sagen versuchst. Ich verstehe, dass du Druck hast, weil du dieser Frau begegnen sollst, und keine Lust hast, zu performen, und es aber trotzdem auch irgendwie willst. Aber ich verstehe nicht, ich verstehe wirklich null, wie das rechtfertigt, mich anzuschreien, und mit Cafetieren zu schmeißen und mich als Arschloch zu bezeichnen und als Egoistin. Ist das deswegen in Ordnung gewesen, ist es das, was du mir sagen willst? Das verstehe ich nicht. Und Pau Casals, der beste Cellist. Wie eingebildet bist du eigentlich?«

Die beiden waren in einer kleinen, unwirtlichen Bucht angelangt, in der sie bislang nur einmal baden gegangen waren, weil der Grund derart steinig war, dass man nur mühsam ins Wasser kam. Johanna zog sich unter größter Selbstüberwindung ihr Kleid über dem Bikini aus, sie wollte nicht von ihm angesehen werden. Er war neben ihr stehen geblieben, blickte zu Boden, seine Arme hingen schlaff an den Seiten herab.

»Ich gehe jetzt schwimmen«, sagte sie, »alleine, bitte. Wenn ich zurückkomme, fände ich es schön, wenn du verschwunden wärst oder, wenn du bleiben willst, dass du mir dann etwas von dir erzählst und mir nicht irgendein neues Kapitel vorträgst aus dem ›Kapital‹ oder so. Ich glaube, du verstehst gar nicht, wie schlimm ich mich fühle. Das war eine Katastrophe, eine totale Katastrophe. Ich vertraue dir kein Stück mehr.« Sie sagte nicht: Ich hasse dich.

Sie balancierte über die Steine ins Meer, tauchte unter, schwamm ein paar Züge, dann brüllte sie unter Wasser, derart laut, dass ihr Hals sich danach aufgeraut anfühlte. Sie hatte ihn kaltgemacht, seine Annäherungsversuche abgelehnt, das hatte sich sehr gut angefühlt, sehr richtig. Vielleicht war sie gemein gewesen? Oder war sie verrückt, dass sie überhaupt darüber nachdachte, ob sie selbst gemein war? Sie fand den Ausgang nicht mehr aus dem Konflikt, oder gab es keinen, und war es jetzt einfach kaputt zwischen ihnen? Sie wollte, spürte sie ganz deutlich, dass er verschwand, sie wollte ihn nicht mehr sehen, sie wollte allein sein.

Als sie aus dem Wasser kam, saß er auf seinem Handtuch auf den Steinen, die langen, tiefbraun gebrannten Beine mit den schwarzen Haaren stakten aus den Badeshorts, er hatte sich das Handtuch über den Kopf gezogen, »niedergeschlagen«, dachte Johanna: einer, der zu Boden gegangen ist, angezählt. Sie trocknete sich die Haare, hüllte sich in das Handtuch, setzte sich neben ihn. »Ist es so schwer mit mir?«, fragte sie irgendwann bitter.

»Nein«, sagte er heiser. »Ich glaube nicht.« Und dann, nach einer Pause, sagte er: »Aber mit mir. Für mich ist es schwer.«

»Was ist schwer?«

»Alles.«

»Wie meinst du?«

»Ich habe keine Ruhe mit dir.«

»Wodurch bringe ich dich denn aus der Ruhe?« Sie verstand nicht, sie kämpfte die Rage nieder, die bei diesen Worten in ihr hochschoss. »Ging es hier so viel um mich, oder womit irritiere ich dich?«

»Mit nichts. Mit allem. Ich kann das nicht sagen. Ich bin wie unter Strom. Ich bin das nicht gewohnt, so viel Zeit mit jemandem zu verbringen.« Er schwieg, holte mehrmals Luft, um etwas zu sagen, sprach doch. »Ich hab heute Morgen im Bett ... Es tut mir leid. Entschuldige bitte, dass ich gerade über dieses Treffen geredet habe und meine Rolle und den ganzen Unsinn. Aber ... Ich weiß nicht, ob das was hilft. Aber heute Morgen, bevor das mit dem

Kaffee passiert ist ... ich hatte geträumt. Das war schlimm. Schlimm, schlimm, schlimm. So habe ich lange nicht mehr geträumt.« Er holte wieder tief Luft. »Ich hab' geträumt von so einem kleinen Haus, an einem See. Es gab zwei Zimmer in dem Haus, in dem einen wohnte ein junger Mann, der war vielleicht ich, und in dem anderen eine junge Frau, das warst vielleicht du. Die wurden ein Liebespaar, und sie zogen dann zusammen in ihr Zimmer, sodass ein Zimmer frei wurde. Und in dieses frei gewordene Zimmer zog nun ein Mann ein. Und es war irgendwie ... es war so, dass der eigentlich so war wie dieses Paar. Also auch jung, ich mochte den in meinem Traum. Der hatte so was Weiches, irgendwie gehörte er da mit hin. Aber es war auch so, dass der irgendwas ganz Schlimmes mit sich trug, in sich, dass er das mit sich brachte, ein Unheil. Und dann gab es einen Schnitt, und man sah, wie sich die Kinder aus den umliegenden Dörfern ins Schilf kauerten um den See, an dem das kleine Haus lag, und voller Angst rüberguckten, und irgendwas schrecklich Dunkles war über all das gekommen. Und dann legte der junge Mann, der, der eingezogen war, der legte Feuer in seinem Zimmer, und ich, also als Zuschauer, als der Träumende meine ich, ich bekam Panik, dass er verbrennen würde, und das Paar, und das ganze Haus, und ich wachte auf, vollkommen außer mir, und es lag dieser Brandgeruch in der Luft von der Cafetiere, und es qualmte. Und dann stand ich auf, und du warst weg, und ich fand dich nicht und kriegte solche Angst, dass du verbrennst gerade, und dann fiel mir ein, dass wir nachher zu der Lady sollen, und ich dachte kurz, ich klappe wieder zusammen, weißt du, wieder so eine Panikattacke oder was das war. Und ich kriegte so eine Wut, so eine Wut auf mich, und auf diese Situation, und auf meinen Vater, der da in Athen krepiert. Mein Vater, weißt du, mit dem musste man immer wie auf Eierschalen sich bewegen, und wenn man irgendwas falsch gemacht hatte, oder auch gar nichts, einfach nur reinkam, nahm der einen so ins Verhör. Das war schlimm, der fand sofort raus, wo man log, und wenn man irgendeinen Fehler machte, dann rieb der einem den so ins Gesicht. Und ich glaube, das habe ich mir gemerkt, das habe ich auch in mir, das verstehe ich, und das habe ich da auch wiederholt.« Er ächzte. »Es ist so verworren alles.«

»Wer war der Mann, der in das Häuschen gezogen ist?«, fragte Johanna. »In deinem Traum?«

»Mein Vater doch wahrscheinlich«, sagte er.

»Oder meiner«, sagte Johanna.

»Wieso das denn?«, fragte er.

»Vielleicht«, meinte Johanna.

»Mein Vater ... ich glaube schon mein Vater, weil diese Figur in dem Traum so was Dunkles mit sich trug, so wie mein Vater. Ich glaube, der war mal total okay. Vor dem Krieg. Also, ich glaube. Ich weiß es natürlich nicht.«

»Ja«, sagte Johanna und schwieg. »Vielleicht ist es so«, sagte sie dann, »vielleicht besagt der Traum ja, dass wir beide in dem Moment, wo wir zusammenkommen, noch etwas anderes mit hineinlassen müssen. Also vielleicht ist das das Zimmer, das frei wird. Wenn wir uns einander öffnen, kommt durch diese Öffnung noch mehr hinein, andere Geschichten, deine Geschichten kommen zu mir und meine Geschichten kommen zu dir, und unsere eigenen Geschichten kommen auch wieder zu uns selbst, und die können wir nicht heraushalten, auch wenn wir das wollen, aus der Beziehung.«

»Aber ich wollte mich nie öffnen«, sagte er, plötzlich wieder aufgebracht. »Du hast mir das aufgezwungen!«

»Ich hab dir nichts aufgezwungen«, sagte Johanna, ruhig. »Ich bin dir einfach nur begegnet, und du bist mir begegnet. Dafür können wir beide nichts.«

»Dann will ich dieses Schicksal nicht«, sagte er. »Ich habe nie darum gebeten. Ich will wieder frei sein.«

»Dann trenn' dich«, sagte sie.

»Das will ich auch nicht«, sagte er. »Ich bin gefangen.«

»Ich auch«, sagte Johanna. Sie hob das Handtuch, schob sich an ihn heran und küsste im gelben Licht dieses weichen, sonnenwarmen Zelts seinen Arm. Sie wollte etwas sagen, so etwas wie: es geht nicht zwischen uns, oder: Ich kann doch auch nicht zurück. Aber es fiel ihr nur dieser Kuss ein, und sie wollte trösten, und trösten können.

Später fuhr David alleine zu dem Lunch bei der Sammlerin. Johanna, die sich schon dafür angezogen hatte, um sich beim Schminken im Spiegel nur blass, traurig und abgekämpft zu finden, war mit der Bitte um Dispens an ihn herangetreten; beide waren sie über diesen Vorschlag gleichermaßen erleichtert wie enttäuscht gewesen.

Er kam zurück, aufgeregt. Max Barnheim sei da gewesen. Sogar Johanna wusste sofort, wer das war. »Wie geht es dir mit dem Bullshit«, hätte der New Yorker Galerist ihn gefragt. »Kannst du den gut fernhalten von dir? Oder sind jetzt alle hysterisch?« Er könne doch, hätte David geantwortet, nicht an irgendwas arbeiten und zugleich darüber nachdenken, dass das vielleicht hunderttausend Dollar seien, an denen er da rumpinsele. – »Oder zweihunderttausend«, hätte Barnheim gesagt. »Oder eine Million.« Die Ungeniertheit des Mannes sei beeindruckend gewesen, sagte David. »Mein Ernst«, hätte Barnheim noch gesagt, »es geht doch gerade erst los bei dir.« Und zum Abschied: »Gib mir deine Nummer, ich rufe dich an.«

XIV

»Vor ein paar Wochen, auf Ibiza«, sagte Johanna, »hat er erste Andeutungen gemacht. Und jetzt spricht er richtig drüber. Offenbar ist sein Vater sehr krank, also vielleicht stirbt der gerade. Und David will nicht zu ihm. Aber deswegen kommt das natürlich alles hoch.« Sie lehnte sich im Sessel zurück und rieb sich die Augen. Sie war plötzlich furchtbar müde.

Hans war ihrem Bericht schweigend, mit zunehmend versteinertem Gesichtsausdruck gefolgt, dabei hatte Johanna noch einiges verschwiegen, nicht das ganze Ausmaß, nicht die Brutalität der letzten Auseinandersetzungen mit David geschildert, deren eigentlich unerträgliche Frequenz, ein, zwei Tage Ruhe – wie kann es sein, dass ich in denen immer alles Schlimme vergesse, wobei, meine Spezialität – und dann wieder ein Einbruch, ein fürchterliches Herabstürzen in so etwas wie Blindheit, Dunkel, Brand. Für Johannas Begriffe genügte es, wenn Hans wusste, dass sie wegen der unguten Stimmung, wegen der Streitigkeiten mit David beschlossen hatte, unangekündigt in Frankfurt zu erscheinen, damit wurde wohl hinreichend deutlich, was los war, und jetzt hatte sie ihm sogar noch von Davids Vater erzählt, damit war doch viel klar. Aber die Ritzereien zum Beispiel, also, dass sie sich in der Küche mit den Spitzen der Brotsäge auf ihren Armen herumgedrückt hatte, während David brüllend und türenschlagend aus der verwüsteten Wohnung gelaufen war, diese interessanten, gepunkteten Muster in ihrer Haut, von denen musste sie nichts erzählen, die musste Hans nicht sehen, und erst recht musste die Mutter die nicht sehen, zumal Johanna dazu nichts groß hätte sagen können, außer dass sie sich diese Wunden unter einer Art von Zwang zugefügt hatte: um David zu zeigen, wie weh er ihr tat, damit er einhalten würde; oder um den Schmerz, der in ihr über seine Worte und Taten wühlte, aus dem Inneren ans Außen zu ziehen; oder um diesen Schmerz zu übertönen vielleicht; sie wusste selbst nicht so genau, hatte währenddessen auch ein bisschen gestaunt über sich, sich von außen zugeguckt, und die feinen Perlen aus ganz leuchtend rotem, aus richtig echtem Blut bewundert, die so hübsch regelmäßig und rührend auf ihren Armen wuchsen wie winzige Ballons, die langsam aufgeblasen wurden. Es hatte sich in dem Moment eigentümlich gut angefühlt und tröstlich fast, und es schien ihr auch jetzt, wenn sie ehrlich war, gar nicht so dramatisch, so was klang vielleicht nur von außen so krass und war gar kein so dramatischer Schritt mehr, wenn es sowieso schon richtig rundging, und es würden ja keine Narben bleiben, zum Arzt hatte sie nicht gemusst, alles nicht so wild, fast ein bisschen feige, sie hätte ja auch richtig schneiden können, alles ein bisschen überkandidelt, wobei sie sich in dieser Einschätzung nicht vertraute. Hans würde ihr womöglich noch nicht einmal glauben, dass sie sich die Verletzungen selbst zugefügt hatte, dabei würde David doch – na ja, dachte Johanna, er hatte sie bei einem anderen Streit neulich gestoßen, und sie grob festgehalten, als sie ihn zurückgeschubst hatte, er hatte sie gegen die Wand gedrückt und angeschrien, was wahrscheinlich schlimm genug war, und ihr vor ein paar Wochen mit Sicherheit komplett undenkbar erschienen wäre, als Situation und Szene in ihrem eigenen Leben, auch in dem Sinne, dass sie die Achtung vor einer Frau verloren hätte, die so was mit sich machen ließ – aber sie hatte ja vielleicht auch schon ein bisschen die Achtung vor sich verloren, oder das Gefühl des Kontakts mit der Wirklichkeit. Dass sie David liebte oder zu lieben meinte, obwohl es derart schlimm sein konnte mit ihm – aber sie fand umgekehrt, dass diese sogenannte Gewalt so außerordentlich nicht gewesen war, sie wusste, dass David sie niemals wirklich angreifen würde, physisch, also schlagen, das fühlte sie – ziemlich sicher. Nur traurig war es eben gewesen, und vermutlich war es nun genug, Zeit, aufzugeben. Wobei sie daran nicht so recht zu glauben vermochte, an ein Ende.

Hans sagte: »Du musst aufpassen, wem du diese Sachen erzählst.«

»Wie meinst du? Was denn nicht erzählen? Soll ich das alles in mir vergraben, meinst du? Echt, Hans, ist das jetzt dein Rat?«

»Na ja. Wollt ihr es weiter miteinander versuchen?«

»Ich weiß nicht. Ja, vielleicht, schon. Ich schon. Also, keine Ahnung.«

»So, wie der Verstand zerlegt, ist Liebe eben das gänzlich Irrationale«, sagte Hans, so leise, dass Johanna es kaum hören konnte, eher zu sich denn zu ihr.

»Was meinst du?«

Er schüttelte den Kopf. »Du weißt nicht, wie schwierig

so was ist. Mit so jemandem zusammenzuleben. Das ist was sehr Schweres.«

»Und du weißt das aber?« Der Zorn war ganz schnell in sie reingesprungen, sie war seit einer Weile immer so schnell geladen. So war ich früher doch nicht, dachte sie.

»Okay«, sagte Hans gleich beschwichtigend. »Okay. Ich will dir nicht reinreden. Auch wenn du nicht alles über mich weißt, Johanna, über mein Leben, und meine eigenen Kämpfe, vielleicht gestehst du mir das immerhin zu. Aber was ich meine ist: Wenn die Leute so was wissen, über David, beziehungsweise über seine Kindheit oder seinen Vater, dann gucken die den anders an. Wenn ich ihn jetzt kennenlernen sollte, ihm begegnete, dann würde ich Sachen über ihn wissen – und er wüsste ja nicht mal, dass ich die weiß. Aber ich würde denken: Das ist einer, der es schwer gehabt hat, da muss ich vorsichtig sein, der hat als Kind schlimme Dinge erlebt. Verstehst du? Du willst ihm doch nicht die Gelegenheit nehmen, für voll genommen zu werden, du willst nicht, dass er auf so was reduziert wird, oder? So eine Invalidenrolle?«

»Aber wie soll ich denn sonst erklären, was los ist zwischen uns? Also«, sie zögerte, »ja, okay. Ich verstehe schon. Ich erzähle dir das aber gerade nicht, weil ich ihn anschwärzen will, sondern weil ich ihn vor dir in Schutz nehmen will. Ich will, dass du verstehst, warum es so schwierig ist mit ihm. Dass er nichts dafürkann, dass das eben Traumata sind. Und Mami soll das auch verstehen. Ich hab' das Gefühl, ihr mögt den jetzt schon nicht.«

»Ich weiß nicht, wie viel ich an deiner Stelle deiner Mutter erzählen würde. Also, beruhigen wird sie das alles sicher nicht.«

»Aber du kannst es jetzt doch auch nicht mehr vor ihr

verschweigen, sie wird ja wissen wollen, worüber wir geredet haben, wenn sie zurückkommt.«

»Ich könnte es, wenn du möchtest, ein bisschen zusammenfassend beschönigen.«

Johanna musste lächeln. »Aber«, sagte sie dann, »es stimmt schon, dass ihr den jetzt schon nicht leiden könnt. Ich finde das selbst auch irgendwie pervers zwischen uns.« Sie wurde wieder wütend. All diese Wut in ihr, woher kam die, von David? Wut und Trauer, nach innen gerichtet, Deckel drauf, das kennen wir, dachte sie, wie hatte das noch die Analytikerin genannt – internalisierte Aggression. Schön rein in die Depression. »Ihr seid immer so cool und abgeklärt, *no judgements* und so weiter«, fuhr Johanna schneidend fort, »hier schön die Flüchtlingshilfe unterstützen und Freunde des Jüdischen Museums und so weiter, aber mit jemandem, der die Scheiße und den Krieg und die Vertreibung wirklich abgekriegt hat, mit so jemandem soll euer Kind lieber nichts zu tun haben.«

»Ach, Johanna«, sagte Hans, und sie merkte, dass ihm das rausgerutschte Kompliment – euer Kind – nicht entgangen war. »Ich meine, was willst du hören? Du erzählst immer nur davon, wie schwierig es ist mit ihm.«

»Es ist aber auch wundervoll mit ihm.« Das endlose Gespräch, seine Arbeit, seine Hände, sein Gelächter, seine Gedanken, der Sex, die Versöhnung, das Gelächter, der Geruch, das Streicheln, seine Augen, sein Blick, sein Blick auf ihr – alle Regler hochgeschoben mit David.

»Das glaube ich dir.«

Sie hatte Lust, zu weinen. »Manchmal nehme ich ihm übel, dass er mir all das erst jetzt erzählt hat«, sagte sie.

»Das ist vielleicht nichts, was man beim ersten Treffen berichtet.«

»Nein, das weiß ich natürlich. Er behauptet auch, er hätte noch nie mit irgendwem darüber gesprochen.«

»Dann vertraut er dir ja sehr.«

»Ja, das tut er, und das ist rührend, und ich muss dem doch gerecht werden. Ich fühle mich da gebunden. Es ist beinahe eine Sache der Ehre, des Anstands. Ich kann ihn nicht fallenlassen, bloß, weil das angenehmer wäre. Und du glaubst nicht – hast du mal Sachen von ihm gesehen? Der trägt so viel Schönheit und Klugheit in sich. Der ist so klug auf seine Weise, das würde dir so gefallen! Und was der für Energie hat, so einen Drive. Aber ich glaube, wenn ich das vorher alles gewusst hätte – dann hätte ich mich vor ihm gehütet.«

»Oder ...« Hans schien zu zögern.

»Sag.«

»Ich hab mal gelesen über so ein Experiment. Da sollten Leute schweigend durch einen Raum gehen, sie durften sich ausschließlich gegenseitig ansehen, aber nichts zueinander sagen. Am Ende sollten sie sich zu Paaren zusammenfinden, ohne Worte wie gesagt, alles nonverbal kommuniziert. Und jedenfalls stellte sich heraus, dass diese stumm sich gefunden habenden Paare außerordentlich viel gemeinsam hatten. Die hatten oftmals ganz parallele Biografien.« Hans schaute sie bedeutsam an.

»Wie meinst du?«, fragte Johanna. »Ach so, ja. Väter.«

Er nickte.

»Aber doch sehr anders bei ihm.«

»Macht der Therapie?«

»Nein. Als ich ihm das mal vorschlug, wurde er sehr wütend. Er meinte, er würde dann vielleicht aufhören zu malen, davor hätte er Angst.«

Johanna erfuhr aus Davids Vergangenheit immer nur

unter unguten Umständen. Sie saßen etwa nebeneinander auf dem Küchenfußboden, Splitter des von David zerschmissenen Porzellans zwischen den Füßen, und vor dem Fenster, solche Details registrierte Johanna immer mit einer seltsam teilnahmslosen Schärfe, ein grauer Berliner Himmel und Blätter und Spatzen, die im Wind stoben wie Funken, oder die Bienenwachskerze, die noch brannte, die wundersam stehen geblieben war als einziges Objekt auf dem blankgefegten Frühstückstisch. Es ging immer mit irgendwas Idiotischem los. David sagte in seiner ständigen, latenten Irritation über etwas Ungreifbares, über die Gesetztheit der gegebenen Umstände vielleicht, den geschmückten Tisch und die warme Atmosphäre, die in ihm womöglich Erinnerungen wachriefen an deren Gegenteil oder die verzweifelten Versuche seiner dummen Mutter, einmal so etwas wie Frieden zu simulieren in dem kaputten Haus, aus irgendeinem so oder so ähnlich gelagerten Grund jedenfalls sagte David was Grobes, Aggressives zu Johanna, oft so was Herrisches, Johanna wusste später meist nicht mehr genau, was, das Klo sei nicht richtig gespült oder der Tee zu kurz gezogen, er beschwerte sich über das Ei oder so was, und Johanna, sowieso gereizt davon, wie er sich so seltsam breitzumachen in der Lage war bei ihr, wie er immer feministische Reden zu schwingen bereit war, um sich von ihr dann bewirten, umsorgen zu lassen, Johanna riss plötzlich die Geduld, vermutlich, weil sie schon viel zu lange viel zu sehr sich um ihn gedreht hatte und nicht verstand, wieso er sich nicht mal zurückdrehte um sie, und sie das immer weiter mitmachte – Johanna sagte dann so was wie: ›Vielleicht machst du ja mal das Frühstück, damit ich dann sagen kann, dass es mir nicht schmeckt‹, und dann ging es rund, er erkannte in ihrer Replik keine Warnung, keine Gelegenheit, keine Wahrheit, sondern er eskalierte sofort sehr scharf, sagte was Schlimmes, Allgemeines, dass sie ihn aus der Ruhe brächte, weil sie selbst nichts in sich trüge, dass ihre bourgeoise Scheißwelt nur die Höflichkeit ertrüge und niemals das offene Wort, dass er in solcher Stimmung nicht ins Studio würde gehen können, weil er voll sei mit ihrem Dreck, dass er überhaupt nur noch sie und ihre Gefühle und seine Gefühle im Kopf hätte oder im Herzen, dass er in so eine kackwarme, zwischenmenschliche Emotionssoße heruntergezogen werde von ihr, in das knallharte Mittelmaß der weinerlichen Selbsterkundung und Psychohygiene, und wenn sie irgendwann zurückschrie, dass er spinne, dass er unerträglich sei, und endlich mal in die Therapie gehen oder wenigstens zu seinem sterbenden Vater, sprang er vor Wut auf, rannte aus dem Zimmer, knallte die Tür dermaßen heftig hinter sich zu, dass der Schließer danach kaputt war, oder er wischte, das war besonders schlimm, unter Flüchen und Beschimpfungen auf Griechisch und Armenisch die Teller vom gedeckten Tisch, während sie, die Hand vor dem Mund, den Schreck lodernd in den Augen, in der Tür stand: die Teller, das Studentengeschirr ihres Vaters, David wusste das, die Teller waren unersetzlich. Er zerstörte, um ihr wehzutun.

Und dann war es immer irgendwann irgendwie vorbei, er rannte aus der Wohnung, kam später zurück, schimpfte noch mal, er könne so weder vor noch zurück, setzte sich, das Gesicht in den Händen vergraben, elend, auf den Boden, und Johanna, wieder, wieder!, ging zu ihm, und verstand nicht, was mit ihr überhaupt los war, wie das eigentlich sein konnte: dass sie ihn tröstete, dass sie ihn nicht rauswarf, denn er handelte unverzeihlich, weit jenseits der

Toleranzgrenzen. Aber: etwas trieb ihn, aber: etwas quälte ihn, aber: etwas zwang ihn, gegen seinen Willen zu handeln, gegen seine wahre Natur und Art, gegen jenen Teil in sich, den sie kannte und den sie als den ihm wirklich Wesentlichen identifiziert oder zu identifizieren beschlossen hatte. Und sie, Johanna, konnte doch noch weiter, sollte doch, sie war womöglich in der Lage, ihm das zu geben, was ihm fehlte, ihn irgendwie zu erreichen, sie musste es doch sogar, wenn es denn stimmen sollte, was er sagte: dass er diese Zustände, diese Rage, dieses Abstürzen aus einem innerlichen Flug in eine so vollkommene innerliche Finsternis früher nicht gekannt hatte, vor der Begegnung mit ihr.

Er saß nach solchen Streitigkeiten da, den Kopf unter den Armen, wie versteckt in einer kleinen Höhle, und erzählte irgendwann vom Vater. Davon, wie der die vor Angst und Demütigung weinende Mutter durch die Wohnung getrieben hatte, den Gürtel in der Hand, oder dem großen Bruder mit einem Federballschläger den Hintern versohlt, dass der tagelang nicht sitzen konnte, oder ihn selbst, David, den Jüngsten, Zartgeratenen, an den Haaren gezogen, bis sie büschelweise in seiner Faust hingen; oder David erinnerte sich, wie der Vater auch seine besseren Phasen gehabt hatte, in denen er leise, beschämt, vorsichtig aufgetreten war, sich vorgenommen hatte, wieder in die Spur zu finden, um irgendwann nachts doch wieder schreiend aus dem Schlaf aufzufahren, derart laut, dass man es in der ganzen Wohnung hören konnte, dass die Nachbarn sich wieder beschwerten, und dann war der Vater in die Küche gegangen, wo man ihn morgens so besoffen finden musste vor den leeren Flaschen Raki oder Wodka, dass er nur mit vereinten Kräften ins Bett gehievt werden konnte, seine Frau, seine beiden Söhnchen schleppten ihn, und solcher Vollrausch war dermaßen häufig vorgekommen und zu so unchristlichen Zeiten, dass an eine regelmäßige Arbeit des an sich ja klugen Mannes, der mal Landesjugendmeister im Schach gewesen war und vielversprechender Doktorand an der Universität von Jerewan, bevor der Krieg kam, dass dieser Mann also sich nach eigener Aussage reduziert sah auf ein Leben als asozialer Migrant und Arbeitsloser in der Scheißstadt Athen, in der er gelandet sei als der verrückte Scheißschwager der griechisch verheirateten Scheißschwester seiner Frau; wobei der Vater, das erinnerte David auch, in den guten Phasen sehr fein sein konnte, weich, zärtlich, so schöne Lieder singen konnte, so ein wunderbar reiches, altertümelndes Armenisch sprechen, so schön gucken, so gewandt erklären und so lustig erzählen konnte; der Vater David einmal anlasslos einen Aquarellkasten mitbrachte, den er irgendwo irgendwie aufgetan hatte, obwohl es doch kein Geld gab, hundertzwanzig Farben, Koh-I-Noor Mandeluz, dieser Name wie eine Invokation darauf; und es war der Vater gewesen, der den Kontakt herstellte zu dem alten Ikonenmaler in der Nachbarschaft, dem David für eine Weile assistieren durfte, denn dem Vater gefiel die Begabtheit dieses Sohnes, oder nicht nur das, der Vater, der so viele Gedichte aufzusagen verstand, hatte sogar einmal behauptet, dass es nichts Höheres gebe als die Kunst, und dass Davids Seele eine Künstlerseele sei. Aber insgesamt war es, hatte Johanna verstanden, eine entsetzliche Kindheit gewesen, eine Kindheit der Furcht vor dem nächsten Zusammenbruch und vollkommenen Kontrollverlust, eine Kindheit des Unverständnisses, der unerträglichen Ambivalenzen und Unregelmäßigkeit, ein Leben mit teilweise brachialen Grenzüberschreitungen. »Weißt du, was ein Monster ist, Johanna?«, fragte sie David einmal. »Das kommt herein, es bricht durch die Tür, die du verschließen wolltest und gegen die du dich gestemmt hast, dass du durch das Zimmer fliegst, und dann ist es da, und es ist dir über, das weißt du ganz genau, und es will über dich herfallen, und wenn es dich hat, dann hast du keine Chance, und du kannst es nicht besänftigen, und nicht beruhigen, und nicht mit ihm reden, riesig ist es und es hat lange Messer in den Händen. So war das, das Monster, das hat bei uns gewohnt, das kam unversehens zum Vorschein, und wenn es kam, war alles zu spät.«

Diese Vergangenheit also, bat David Johanna anzuerkennen, sei es doch, die ihn in seine eigenen Ausraster treibe, deren Heraufdrängen, verursacht durch den siechen Vater, deren Hereinbrechen, verursacht durch die in der Liebe zu Johanna aufweichenden Versiegelungen in den brüchigen Wänden seiner Seele. Wenn Johanna und David nicht kämpften, was gewiss die meiste Zeit war, wenn die beiden nebeneinanderlagen in Johannas Bett und sie ihm nicht das Verhältnis von *lex lata* zu *lex ferenda* erklärte, oder was sie gerade in der Uni beschäftigte, oder ihm auf Youtube eine Choreografie von Pina Bausch zeigte, oder wenn er nicht redete von seiner Arbeit an der Ilias, mit der er begonnen hatte, davon, wie das zentrale Motiv den Rest der Leinwand unter seinen Fingern zu ordnen begann, ohne dass er gewusst hätte, wie das kam – oder wenn sie nicht gerade über irgendwas lachten miteinander oder am Ufer Tischtennis spielten oder auf dem Weg ins Kino waren oder in eine Ausstellung – immer zu zweit, nie mit anderen –, wenn die beiden beieinander waren, dann konnte es vorkommen, ganz manchmal, dass David ohne einen vorhergegangenen Streit, anders und traurig von seinem Vater erzählte, von seinem Vater als einem armen Soldaten, einem kleinen Armenier aus Nagorny Karabach im Krieg, dass er dessen Geschichten aus dem Qualm und Getöse der Artillerie weiterreichte, »das erste Mal, dass was hochging neben uns, da saß ich in einem Bauernhaus und auf dem Acker davor ging was runter, der lauteste Knall, den ich je gehört habe, die Vorhänge flogen hoch von der Druckwelle, und dein Onkel, der Süße, der war damals in der gleichen Kompanie, der saß neben mir und schaute mich an mit Tränen in den Augen und sagte, wie ein Kind wirklich: ›Ich mag das nicht, ich will nach Hause gehen, das ist nichts für mich‹, und ich dachte natürlich genau das Gleiche, aber ich musste ihn trösten« – der Vater, kniend vor dem Mörser im Schlamm, entsetzt von der Gewalt des Rückstoßes, »Feuer!«, Hände auf die Ohren, Kreischen in der Luft, »und wie die Empfänger am anderen Ende dann ausschauen, weiß man ja, die hängen in den Bäumen in Streifen wie Lametta, halbe Gesichter in den Blättern, Arme im Geäst, die rutschen im Traum immer auf mich herab und fallen auf meinen Hals oder mein Haar.« Oder Davids Vater in Stepanakert, mit dem schwappenden Schnapsglas in der Hand, besoffen, Arm in Arm sich wiegend mit den lebendig gebliebenen und den gefallenen Kameraden. Der arme Soldat aus Nagorny Karabach, aus dem Volk der Armenier, die, wenn sie zurückdachten, eigentlich immer verfolgt, gehauen, vertrieben und gequält worden waren, der arme Soldat mit dem bald gefallenen kleinen Soldatenbruder singt Lieder, erzählt mit glänzenden Augen von den Helden von Shushi, die, das Gewehr auf dem Rücken, die Klippen hochgeklettert sind, um die Festung zu nehmen, was kein Mensch für möglich gehalten hatte, besonders nicht diese Mohammedaner aus Aserbaidschan. Und irgendwann, am Grund der Flasche, schwappt es ins Mythische, verlieren die Geschichten des Vaters, des armen Soldaten, an Wirklichkeitsgehalt, und er deliriert, da sind dann plötzlich französische Dragoner im Kaukasus unterwegs, oder der Vater fällt mit Mohammeds Leibstandarte über ein Dorf her, oder er verbirgt sich im Gestrüpp, während Wikinger auf Booten den Fluss Tartar heraufsegeln; denn der Vater studiert, wenn der Pegel es zulässt, seit Kriegsende sozusagen Geschichte der Gewalt, sammelt, obsessiv, könnte man beinahe meinen, Berichte von Massakern und Gräueltaten, die sich im Vollrausch als eine Art mörderischer Zyklon verzerrend oder illustrierend um seine eigene Geschichte drehen, und mit so was schwallt er sein Söhnchen David voll, das da im Donald-Duck-Pyjama großäugig und stumm vor ihm in der nächtlichen Athener Küche steht, nachdem er es, nach Fusel und Kippen stinkend, wach gerüttelt und aus dem Bett gezogen hat, »... und unserem Duc de Lorraine hatten sie den Kopf – abgeschnitten! Mit einer Säge! Der lag da unter all den anderen Toten, der Kopf, unter deren Stiefeln, auf der bloßen Erde, im Staub, mit Sand zwischen den Zähnen und Sand in den offenen Augen! In den Augen, die mich immer so liebevoll angesehen hatten ... Und dann holten sie die Frau, sein Weib, unsere Mutter, die brachten sie zum Generalissimus, denn alle wollten diese haben, das war ja die Schönste« – (der Vater, klein, drahtig, ausgezehrt, schlägt sich zu diesen Worten mit der Faust gegen den eigenen Kopf, so fest er kann) –, »und als sie sie hereinbrachten, stell dir vor, das ganze Haupt, über und über strömte es da an ihr herunter – das Blut!«

Johanna nahm an, dass sie keine akkurate Vorstellung

haben konnte von den Verletzungen, die Davids Vater in der Seele trug und an den Sohn weitergereicht hatte – einmal war David neben ihr stöhnend aus dem Schlaf aufgefahren, das Auge des Vaters hatte im Traum auf ihm gelegen, »du machst dir keine Vorstellungen von diesen Augen, von der Kälte darin, wenn er tobte, es war dann niemand zu Hause, verstehst du, er war gar nicht mehr da, und es war nur noch so eine Art von Wollust darin, so etwas ganz Unaussprechliches.«

Nun aber lag dieser Mann im Sterben, irgendein Krebs, der sich lange über Schleichwege aufgestellt hatte, um nun aus der Deckung zu kommen und in opulent blühenden Metastasen über den Wirt herzufallen. »Ich hoffe«, hatte David zu ihr gesagt, »dass ich nicht so werde gehen müssen, nicht so langsam, mit diesen langsam schwindenden Fakultäten. Ich stelle mir den Tod schnell vor und scharf, als ein fallendes Beil. Aber mein Vater ist zu schwach zu bleiben und zu schwach, um zu gehen. Bestimmt kämpft irgendwas in ihm noch und denkt, dass er dieser unwiderstehlichen Sache von der Schippe springen können wird, dass er alles noch geraderücken kann. Als ich noch zu Hause wohnte, meinte er manchmal, irgendwann werde er wieder in Ordnung kommen und die Promotion abschließen. Er hat sich selbst nie ins Auge sehen wollen. Er hat so viel weggeschoben, er wollte so viel nicht sehen, das habe ich verachtet an ihm. Achilles, weißt du, als der auf die Stadtmauern zurennt, wird der in der Ilias als gleißend beschrieben wie die aufgehende Sonne. Die kann kein Mensch aufhalten. So war das Schicksal meines Vaters, das ging auf, und er hatte keine Macht, sich dagegenzustellen, und es hat ihn fertiggemacht. Stell dir einen Menschen vor, der die Sonne festzuhalten trachtet, sich an sie dranhängt in der Hoffnung, sie am Aufgehen zu hindern: das war er. Und so hofft er bestimmt auch jetzt noch, den Tod aufhalten zu können. Bestimmt hat er Angst.« Und Johanna, die sich fragte, ob das nicht Mitleid war, das David da zum Ausdruck brachte, Liebe vielleicht sogar, die eigentlich dachte, dass er dringend fahren sollte, ahnte, dass der wirkliche Tod des Vaters den Sohn als absolute Katastrophe heimsuchen würde.

»Hast du«, unterbrach Hans ihre Gedanken, »hast du David denn eigentlich schon von dir erzählt? Also, von dir und Joachim?«

»Nein«, sagte Johanna. Aus dem Flur hörte sie, wie der Schlüssel im Schloss ging. Ihre Mutter kam nach Hause, Johanna erhob sich, um ihr entgegenzugehen, drehte sich aber noch mal um und sagte zu Hans, der da auf seinem weißen Sofa unter seiner Gursky-Fotografie saß, in seinem feinen, reichen, geordneten Notarshaus, ganz bitter und ganz böse: »Gibt ja auch nicht so viel zu erzählen, nicht wahr.«

Tags darauf fuhr sie wieder zurück nach Berlin. Sie wollte zu David, sie vermisste ihn.

XV

Der Galerist Max Barnheim kam in einem panzerartigen Geländewagen auf den Hof gerollt. Johanna stand neben David am Fenster des Ateliers und beobachtete, wie das schwarze Gefährt mit getönten Scheiben herankam, einen seltsamen, paradeartigen Bogen über die Pflastersteine des Areals beschrieb, um vor der ehemaligen Fabrik, in der David sein Atelier hatte, zum Halten zu kommen. Durch die Blätter eines staubigen Ahorns, der den Blick halb verstellte, beobachtete Johanna, wie ein Chauffeur in schlecht geschnittenem Anzug um das Auto eilte, um dem hinten sitzenden Barnheim die Türe aufzumachen. Wie kam man, fragte sie sich, darauf, in dieser Stadt mit einem solchen Wagen herumzufahren? »Ich komme runter«, sagte David in sein Handy, und war fast schon zur Türe raus, als er sich zu Johanna umdrehte und seine tagelang kalt wirkende Fassade plötzlich brach, er kriegte so eine helle Stimme, er sagte: »Kannst du nicht doch mit runterkommen?«

Auf dem Gang, im schmutzigen Licht der Drahtglasscheiben des Treppenhauses, spürte Johanna ganz deutlich seine Aufregung und wurde dadurch selbst nervös.

»Scheiß auf ihn«, sagte sie auf den letzten Stufen, beinahe mehr, um sich selbst Mut zu machen, »ist doch egal, was der denkt, du brauchst nichts von ihm«, und David blieb kurz stehen, zog sie fest an sich heran und küsste sie, bevor er die Eingangstür des Gebäudes öffnete.

Barnheim, das war Johannas erster Eindruck von dem Mann, war riesig, bestimmt über zwei Meter groß, breit wie ein Schrank, schwer trainiert, er war tiefbraun gebrannt unter dem kurz rasierten silbernen Schädel. Der sieht wie ein Türsteher aus mit seiner beknackten Sonnenbrille und diesem schwarzen T-Shirt, dachte sie, bevor ihr die weich fallenden Hosen auffielen und die schwarzen Loafer, aus deren wohlgeschnittener Bequemlichkeit ihr die Entspanntheit großen Vermögens entgegenwehte. Barnheim schüttelte David lächelnd die Hand, wandte sich dann, ohne das geringste Anzeichen von Erstaunen, Johanna zu, als hätte er ihre Anwesenheit bei diesem Besuch selbstverständlich erwartet, er zog die Sonnenbrille herunter, um blitzende stahlgraue Augen und ein breites amerikanisches Lächeln zu präsentieren, schüttelte ihr ebenfalls die Hand und sagte, auf Davids Erklärung, dies sei Johanna, seine Partnerin, *»That's cool, pleased to meet you«*, um ihr den Rücken zuzuwenden und kein weiteres Wort mehr an sie zu richten.

»Sollen wir gleich hochgehen«, fragte David, und Barnheim nickte: *»I'm excited, I'm excited«*, sagte er. »Wusstest du, dass ich eigentlich nur für diesen Besuch bei dir nach Berlin gekommen bin?« – »Wirklich«, sagte David. Johanna, die hinter den beiden Männern die Treppe hochstieg, dachte, dass das wahrscheinlich ein Teil war von Barnheims *game*: seine Rolle als Riesennummer im Kunstgeschäft runterzuspielen, sich als den bewundernden Diener des Künstlers erscheinen zu lassen, zu suggerieren, dass er für seine Leute alles tat, extra für sie irgendwo hinflog, dass er also nach all den Jahren und all dem absurden Erfolg noch immer brannte für künstlerische Arbeit. Oder vielleicht hatte Barnheim auch bloß in Erinnerung rufen wollen, dass er in seinem Privatjet reiste, dieses immer wieder über ihn erwähnte Detail gehörte ebenfalls zur öffentlichen Persona: der Galerist mit dem eigenen Flugzeug. Er sei hier, sagte Barnheim, übrigens schon mal gewesen, in diesem Gebäude, vor zehn Jahren vielleicht, damals hätte Ji-Won Cho ihr Atelier hier gehabt, bevor sie zu ihm gekommen und nach New York gezogen sei. »Bist du nervös?«, fragte Barnheim David, als sie vor der blau lackierten Metalltür zum Studio angelangt waren. »Nicht wirklich«, sagte David. »Ich aber«, sagte Barnheim und lachte, und dann machte David auf.

Johanna mochte Davids Studio, diesen großen, hohen Raum, dessen eine Wand fast zur Gänze aus milchigen Fabrikfenstern bestand und in dem ein tiefer Ernst spürbar war, eine Fokussiertheit, in dem zugleich aber die irgendwie lustige, in zahllosen Farbklecksen, Spänen und Schnipseln manifeste Erlaubnis wohnte, malern, beschmieren, rumbasteln zu dürfen ohne große Rücksicht auf das Interieur, und der dadurch eine eigene Freundlichkeit hatte. Dem Atelier war etwas von einer Werkstatt zu eigen, mit einer eigenwilligen, Gewohnheit und Praktik geschuldeten Ordnung – David lüftete, er räumte den Müll in eine gewaltige, offene Tonne, er fegte manchmal durch, aber es war hier nicht ernstlich sauber, in den Metallregalen und Schubkästen entlang der Wände sammelten sich in einer Zusammenstellung, die nur David einleuchtete, die Utensilien seiner Praxis, Farbtuben, Pinsel, Lösungen und Paletten, Hölzer, Metallstifte, Nägel und Bohrmaschinen, neben Stößen von Papier, Bildbänden, Katalogen, Fotografien. Es gab eine sperrmüllreife Sitzgarnitur, bezogen mit durchschossenem, grünlichem Cord, ein Tischchen, auf dem eine angebrochene Crackerpackung und eine lange schon ausgetrunkene Plastikwasserflasche standen.

Johanna hatte ihre Besuche des Studios in erster Linie als aufregend empfunden, weil sie geahnt hatte, dass ihre Anwesenheit zwischen ihnen eine größere Intimität produzieren würde, einen Vertrauensbeweis seinerseits darstellte. Aber erst jetzt, mit Barnheims Eintreten, wurde ihr klar, wie spannungsgeladen diese Situation für David sein musste: ein Blick hinein in sein Gehirn, in seinen Prozess, in seine Gedanken, und der Blickende war nun dieser etwas vulgär anmutende Mann, dessen Galerie mit den Dependancen in New York, London, Shanghai und Sankt Moritz, den ständigen Shows, den eigenen Zeitschriften, millionenfach abonnierten Social-Media-Kanälen und Hunderte Millionen betragenden Umsätzen so eine Art erste Supermacht im Kunstbetrieb darstellte, eine internationale Welt der Helikopterflüge und Penthouses und Freeports und Superstars, und jetzt also setzte sich David, der so winzig, schmal und machtlos erschien neben Barnheim, schutzlos dem Urteil dieses Mannes aus und zeigte ihm Arbeiten, die noch nie gezeigt worden waren oder nie gezeigt werden sollten, die noch nicht fertig waren, die möglicherweise missraten würden.

Johanna und David waren zwei Stunden vor dem Termin mit Barnheim in das Studio gefahren, David hatte gesagt, er wolle noch ein bisschen aufräumen, hatte aber, wie Johanna fand, kaum etwas zum Entstehen größerer Ordnung geleistet, eher Sachen von A nach B getragen, während Johanna im Büro gelesen hatte, und sie begriff jetzt erst, dass er eine Art von Ausstellung kuratiert hatte, versucht hatte, das Studio derart zu arrangieren, dass der Blick des Galeristen auf bestimmte Arbeiten fallen musste, und sie verstand, warum David dabei so konzentriert und angestrengt gewirkt hatte.

Barnheim betrat den Raum, merkte Johanna, sehr vorsichtig. Er ging nicht gleich zu der offensichtlichen Staffelei, die nahe der Fenster stand, sondern blieb stehen, um sich überhaupt umzusehen. »Das ist ein gutes Studio«, sagte er. »Gutes Licht. Angenehmer Raum. Du hast sogar so ein kleines Separee. Das ist toll, was man in dieser Stadt kriegen kann.« Nach einer Pause: »Du bist ziemlich ordentlich, interessant!« Barnheim lachte und bewegte sich langsam auf die Staffelei zu, um erneut innezuhalten und den Arbeitstisch zu betrachten, den David daneben aufgestellt hatte.

»Wow! Tempera? Interessant.«

»Ja«, sagte David. »In diesen kleineren Formaten geht das gut.«

»Und da ist wirklich ein Mörser. Irre. Du bist so streng analog. Was ist das hier, Malachit?«

»Ja.«

»Dann stimmt es also, dass du die Pigmente selbst herstellst?«

»Teilweise. Aber nur aus Spaß, das ist was Körperliches, die industriellen sind meist doch besser.«

»Wo hast du das gelernt?«

»In Athen, als Kind.«

»Da bist du aufgewachsen?«

»Ja, größtenteils. Da gab es einen Ikonenmaler, der ein paar Häuser weiter sein Atelier hatte, und dem habe ich assistiert, ich hab da sehr viel Zeit verbracht.«

»Für Taschengeld?«

»Nein, nein, da gab es kein Geld. Nein, ich mochte den, und ich mochte sein Atelier, das war sehr angenehm da. Sehr friedlich. Und seine Arbeit hat mich interessiert.«

»Schöne Geschichte. Wie alt warst du da?«

»Ich weiß nicht, sieben, acht, als ich hin bin? Und dann für ein paar Jahre, bis ich ihm zu unruhig wurde.«

»Wow. Das ist verrückt, wie so eine Vasari-Biografie. Sehr süß eigentlich.«

Nach diesem Vorspiel, bei dem sich Johanna beschämt daran erinnert hatte, wie sie selbst bei ihren Besuchen stets ganz direkt auf die Arbeiten selbst zugesteuert war, ohne jede Behutsamkeit, baute sich Barnheim vor der Staffelei auf und betrachtete das Bild, an dem David gerade arbeitete.

»Es ist cool, dass du wieder malst«, sagte Barnheim gleich. »Ich finde, da bist du am stärksten. Versteh mich nicht falsch, ich mochte diese Stickersachen auch. Aber die haben sich ja nicht so verkauft, oder? Matthew hat noch ein paar in der Galerie, meinte er. Ist bei dir vielleicht einfach noch früh für solche Spaziergänge, zu *off brand.*«

»Wir waren ganz zufrieden«, sagte David leise, der Johanna gegenüber allerdings bemerkt hatte, dass seine wichtigste Sammlerin keine der Arbeiten aus der Stickerserie gekauft, auch die Schweizerin sich dagegen entschieden hatte, und Johanna durchfuhr ein kleiner Schreck über diese Preisgabe der Rechercheprozesse von Barnheim. David hatte, das wusste sie, seinem Galeristen Matthew Beaumont bislang nichts von Barnheims Avancen erzählt, und nun hatte Barnheim das offenbar selbst lanciert, was Beaumont sicherlich verunsichern und auch David aus der Balance bringen würde. Kurz fühlte sich Johanna, als beobachte sie einen Boxkampf zwischen David und dem Galeristen, als hätte der gerade einen Schlag gelandet, als sei er als Erster durch die Defensive des Malers gekommen.

»Das gefällt mir sehr«, sagte Barnheim vor der Staffelei. »Das ist richtig toll. Ich stehe ja übrigens voll auf Untermalung, manchmal würde ich die Sachen am liebsten so belassen sehen, weißt du?«

»Ja«, sagte David, der wie auf den Mund gefallen wirkte.

»Magst du mir was erzählen dazu?«, fragte Barnheim. »Ist das ein Selbstporträt? Finde ich sehr gut. Was wird das im Hintergrund? Ein Hafen?«

»Das ist ein Selbstporträt als Odysseus«, sagte David, und lachte auf einmal, ließ die Zähne blitzen, dass Barnheim erstaunt aufblickte und ebenfalls zu lachen begann. »Ich mache so eine Serie über die Ilias«, sagte David.

»Homer und so?«

»Ja, genau.«

»Wieder so ein Klassiker. Du hast ja was sehr Altmodisches. Das mag ich, das fehlt irgendwie. Liest du viel, ja?«

»Nicht wirklich. Das ist eher Zufall. Wobei ich jetzt bei der Beschäftigung mit dem Text gemerkt habe, warum das immer noch was gilt, und das ist ja verrückt, das ist ja dreitausend Jahre alt. Aber es geht da um was anderes für mich. Als Kind hat mein Vater mir das Buch gegeben, auf Armenisch noch.«

»Dein Vater hat so was gelesen?«

»Ich weiß nicht, ob er es selbst jemals gelesen hat. Wahrscheinlich. Das war, als wir gerade nach Athen gekommen waren, aus Armenien. Mir geht es um diese Ankunft in dem fremden Land, und um ihn und mich. Und um die Folgen des Krieges. Da sind nur Männer, in der Geschichte. Migration, Kampf.«

»Und warum Odysseus?«

»Der Polymetis. Der Viellistige«, sagte David, »das hat mir als Kind gefallen, dass die Klugheit seine Stärke ist, dass er die physisch Stärkeren mit seinem Geist besiegt. Ich hab mich beim Lesen am meisten mit dem identifiziert.«

»Lustig«, sagte Barnheim, »ich fand immer, Achilles ist der King in der Geschichte.« Er betrachtete noch mal die Leinwand. »Das ist sehr stark, auch das kleine Format. Du kannst ja auch größere Sachen in Öl, das weiß man ja, die Grashalme.«

Barnheim trat weg von der Arbeit und schritt langsam durch den Raum, den Blick auf die Wände gerichtet, an denen fertige Bilder und Entwürfe in unterschiedlichen Stadien hingen, ein Schiff, ein Feuer, ein wirr starrender Agamemnon. Er begutachtete eine kleine Gruppe von Skulpturen, die David noch in London gemacht hatte und »Blimeys« nannte, Balancefiguren, die auf einem winzigen, nadelspitzen Punkt standen: Menschen, die im Begriff schienen zu stolpern, Paare, die im Tanz zu fallen drohten. Johanna liebte diese kleinen, stehaufmännchenartigen Objekte, Barnheim schienen sie nicht sonderlich zu interessieren. Er blieb stehen, um sich zu einem großen Stück glänzender Goldfolie herunterzubeugen, das auf einem Tisch vor dem Fenster lag und das Johanna bislang kaum beachtet hatte, weil sie es für Arbeitsmaterial gehalten hatte. »Ist das von dir?«, fragte Barnheim. »Sehr interessant. Wieder ganz anders.«

»Ja«, sagte David. »Das ist ein Versuch. Ich mag das sehr. Ich mag sowieso sehr Minimalismus, ich finde aber nur selten meinen Zugang.« David blickte zu Johanna, warf ihr, die sich abermals genierte, weil sie das Werk überhaupt nicht als solches hatte identifizieren können, einen blitzenden Blick zu. »Die Arbeit ist eigentlich ein Geschenk, an Johanna, das habe ich vor einer Weile für sie gemacht, aber sie hat es nicht angenommen.« Er blickte zu Johanna herüber und sagte mehr zu ihr als zu Barnheim: »Ich hatte ihr davon mal erzählt, aber sie hat nie darum gebeten, die Arbeit zu sehen, und ich wusste irgendwann nicht mehr, ob die sie überhaupt interessiert.«

Johanna, die nicht verstand, warum David sie vor diesem Fremden so blamierte, fiel die Sache sofort wieder ein: Natürlich, David hatte doch einmal, ganz zu Anfang noch, von einer Arbeit über Johanna gesprochen, oder über sie beide, oder von etwas, das er für sie gemacht hatte, an dem Tag, als sie ihn das erste Mal geküsst hatte, war das doch gewesen. Warum hatte sie das vergessen? Aber warum hatte auch er selbst nie wieder daran erinnert? Aus Stolz? Um diesen Angriff vorzubereiten? Oder hatte sie selbst, unbewusst, David wehtun wollen, war da ein Teil in ihr, der ihn verletzen wollte?

Sie spürte in ihrer Brust, in ihrem Bauch eine wohlbekannte Schwärze wachsen, dieses seltsame Unglück zwischen ihnen wurde wieder spürbar, eine Art von Trauer oder Schmerz, und was war es denn, fragte sie sich, das zwischen den beiden immer wieder hakte? Wir vertrauen einander nicht, dachte sie. Er vertraut mir nicht. Und ich vertraue ihm auch nicht. Nicht wirklich. Ich vertraue niemandem, ich sage niemandem alles, aber ihm sage ich im Grunde nichts. Ich tue vor mir selbst immer so, als ginge es nur um ihn, als sei in dieser Beziehung kein Platz für meine Belange, aber wahrscheinlich stimmt das gar nicht, ich habe auch Angst, von mir zu erzählen.

Barnheim war von dem Tisch weg, er bewegte sich mit

David in Richtung des kleinen Büros, das im Grunde bloß durch eine über und über mit Bildern und Papier beklebte Glaswand vom Rest des Studios getrennt war und neben einem Schreibtisch mit Davids Computer darauf ein Feldbett beherbergte, auf dem David bisweilen übernachtete. Johanna trat nun selbst an die Arbeit heran, es war, so dachte sie auf den ersten Blick, wirklich nur ein rechteckiges Stück Goldfolie, in irgendeinem klassischen Format, A2 oder so, ein wenig zerknittert, oder nein, es waren zwei Stücke Goldfolie beziehungsweise vielleicht sogar zwei Seiten echten Blattgoldes, hauchzart, übereinandergelegt, die untere Seite, erkannte Johanna, spiegelglatt gezogen, und die darauf liegende von hauchzarten, scharfen Knicken und Brüchen durchzogen.

Wir beide, dachte sie, sind das wir beide? Sieht er in der einen Folie sich, in der anderen mich? Aber ich bin ja nicht glatt, das muss er doch verstanden haben? Oder ist immer einer von uns beiden gerade glatt und der andere gebrochen? Oder ist das einfach nur Unterschiedlichkeit, die er da zeigen will? Johanna ging in die Knie und blickte, sie wusste nicht, aus welchem Impuls heraus, in den winzigen Raum hinein, der zwischen den beiden Folien dadurch entstand, dass die obere sich von der unteren, spiegelglatten leicht abhob, der Brüche und Knicke wegen, und es schossen ihr, kaum, dass sie das getan hatte, Tränen in die Augen. Durch den kleinen Spalt, in den sie hineinschauen konnte, tat sich vor ihr winzig, aber seltsam unbegrenzt, so etwas wie ein funkelnder Kosmos auf, eine goldene, endlos tiefe Höhlenwelt, in die das Licht von außen einbrach, um sich in den Kanten zu brechen und zu spiegeln und eine Art bernsteinfarbener Traumlandschaft entstehen zu lassen, ein Gebirge oder eine von unten betrachtete Meeresoberfläche oder so etwas, dachte sie, wie das Himmlische Jerusalem. Je länger man hineinschaute, desto weniger schien diese Welt den wirklichen Gesetzen der eigenen Dimensionen zu gehorchen, und Johanna fiel die Ilias ein, die sie wegen David gerade las, und ein Gespräch mit ihm, in dem sie gemeint hatte, das Leben werde darin gezeigt als etwas dermaßen Nichtiges, Schnellausgelöschtes, Flüchtiges, so schnell gebrochen und zerfetzt auf dem von den Göttern halbernst gelenkten Schlachtfeld, einerseits. Und zugleich erscheine das Leben seinen Trägern, den Menschen, die ihr Dasein durch dieses entsetzliche Toben zu tragen trachteten wie eine Kerzenflamme durch einen Sturm, als etwas so Einmaliges, Unerklärliches, Kostbares und Bedeutsames wie nichts sonst, ein winziges und doch episches Herz des gesamten erlebten Universums. Sie hatte David eine chassidische Geschichte erzählt, die sie im Internat im Religionsunterricht durchgenommen hatten: Der Ausspruch eines Rabbis, der seine Schüler anwies, zwei Taschen in ihrem Rock zu haben, um nach Bedarf in die eine oder andere greifen zu können. In der einen liege das Wort: »Ich bin Erde und Asche.« Und in der anderen: »Um meinetwillen ist die Welt erschaffen worden.« Und David hatte ihr erzählt von einer Beobachtung, die er beim Gigantenrelief auf dem Fries des Pergamonaltars gemacht hatte, als man den noch hatte ansehen können, wie darauf in der Schlacht zwischen Göttern und Giganten die Gesichter der Giganten gezeigt würden voller Wut, Rage, Schmerz, Angst, Entsetzen, während die Götter selbst in jedem Bild vollkommen gleichgültig erschienen, unberührt, ungerührt.

Und war es nicht in dieser Arbeit wieder so, dachte Johanna, und doch auch in den Grashalmen, dass David diesem Gefühl der Zartheit und Würde des flüchtigen Daseins, vielleicht sogar der Heiligkeit des Ephemeren einen Ausdruck zu verleihen imstande war, dass er das irgendwie sehen konnte, und es hier als etwas Zwischenunsgetragenes, zwischen den Menschen, im Ich und Du und dem Spiegel im Spiegel Entstehendes einzufangen versuchte, unsichtbar für jene, die sich zu dem kaum als Kunstwerk Identifizierbaren nicht herabbeugten, und eigentlich bloß zu finden an den Orten, die Brüche trugen? Er hatte manchmal, in seiner Sprache, in seinem Gehabe, etwas Prolliges, er trat gern auf als einer, der keine Selbstzweifel kennt, und war doch, das wusste sie immer besser, nicht bloß furchtbar zerbrechlich, sondern auch ein Geheimnisträger, einer, der direkte Einsicht zu haben schien in diese fantastischen Dichotomien des menschlichen Daseins.

Und in dieser Hinsicht, dachte sie, ist er so viel gläubiger als ich, so viel zuversichtlicher, so viel weniger zynisch. Wie kann er darauf noch hoffen, wie kann er das noch sehen wollen? Und dann muss ich ihn wirklich zu schützen versuchen, dann habe ich vielleicht doch recht, wenn ich mich nicht abwende von ihm, und dann muss ich versuchen, ihm zu vertrauen, und wem überhaupt vertrauen, wenn nicht ihm. Schützt nicht sogar er eher mich, davor, dass ich ganz in Unglauben verfalle und ganz in die Idee eines sinnlosen, bösartigen Lebens, das sich meinem Willen und meinen Bedürfnissen entzieht?

Johanna dachte abermals und wie an etwas lang vor ihrer eigenen Zeit Geschehenes, in einem Gefühl halb des Unglaubens und halb des Entzückens zurück an die Geschichte ihrer ersten Begegnung mit David, die sie offenbar schon im Begriff gewesen war abzuschreiben, als eine im Nachhinein konstruierte Märchenerzählung, oder das Ergebnis einer leise manischen Verrücktheit, als Dichtung, die inzwischen, wo es so oft so schmutzig geworden war zwischen ihnen, endgültig unglaubwürdig geworden war. Aber jetzt fiel ihr die Sache wieder ein als ein Zustand, als der andauernde Eindruck, sich in der Mitte eines fließenden Stromes zu befinden, getragen hin zu einem vorgegebenen Ziel, der Erfüllung ihres Schicksals entgegen – ja, so war das gewesen, so hatte sie die Welt erlebt. Und wenn man sein Schicksal erfüllen kann, dachte sie, wenn diese eigenartige Redewendung irgendeine Verbindung haben sollte mit der Wirklichkeit, dann muss man sein Schicksal ja wohl auch verfehlen können, und müsste man das nicht mehr fürchten als alles andere? Gegen sich zu leben! Vielleicht war es also wirklich so, dass sie zwar nicht gezwungen gewesen war, David zu begegnen, dass das aber, ein feiner Unterschied, in ihrer Bestimmung lag, – und dass sie – wie seltsam, diese Inversion, diese Dialektik, das Spiegelglatte und das Gebrochene! – gar nicht zu ihm gelangt war, um ihn zu retten, sondern um von ihm gerettet zu werden.

Johanna erhob sich, sie wischte sich mit dem Ärmel über die feuchten Augen und begegnete Davids Blick, der sie durch einen Spalt in dem beklebten Fenster zwischen Studio und Büro beobachtet hatte. Johanna sah ihn lächeln, sie lächelte zurück. Sie trat vorsichtig näher und hörte Barnheims tiefe Stimme.

»Kein Mensch interessiert sich für Griechenland oder erst recht Armenien. Keine Ahnung, wo das überhaupt ist, verstehst du, in Shanghai oder Miami jedenfalls nicht. Und ich spüre deine Skepsis, und die ist gesund, weil sich natürlich an deinen Produktionsbedingungen und Möglichkeiten vieles ändern könnte. Aber weißt du, es ist am Ende nicht egal, was Kunst kostet. Das ist unangenehm, aber wahr. Es ist wichtig, dass gute Kunst teuer ist. Wenn etwas keinen finanziellen Wert hat, ist es den Leuten gleichgültig. Kunstwerke überleben nur, wenn sie kommerziellen Wert haben.«

Johanna, an den Türrahmen gelehnt, sagte, bevor sie überhaupt darüber nachdenken konnte, ob das eine gute Idee sei: »Aber das ist doch eine absurde Argumentation. Das klingt so, als sei der Kunstmarkt dazu erfunden worden, die Kunst zu beschützen.«

Barnheim warf ihr einen kurzen, eher amüsierten Blick zu, bevor er sich wieder an David wandte: »Die Frage ist, wie du überleben kannst in der Weißglut des großen Erfolgs. Ob du die ertragen kannst, ob du bei Verstand bleibst, weiter produzieren kannst. Ob du die wirklich willst. Ob du stark genug bist dafür. Das ist die eigentliche Frage.«

XVI

Die Stadt war über Nacht heruntergekühlt, erste Blätter fielen auf die hellen Sandwege um die Zionskirche, der Sommer, bemerkte Johanna, verlor bereits an Fahrt, und sie war in all den warmen Wochen nur einmal verreist gewesen, im Frühling fast noch, auf Ibiza, und inzwischen waren Monate vergangen. Mit David ging alles so schnell, die Intensität des dauernden Zusammenseins, in dem ständig etwas geschah zwischen ihnen oder um sie herum, als spule man einen Film vor. Und zugleich war es bisweilen so entsetzlich zermürbend, heute vor dem Aufbruch aus seiner Wohnung zum Beispiel wieder, diese Ahnung eines heraufziehenden Gewitters zwischen ihnen: seine Unfähigkeit, ihrem Blick zu begegnen, seine Gereiztheit, ihre Angst davor, dass es wieder schlimm werden könnte, und ihre Wut und Lust, sich mit ihm anzulegen, weil er, das fühlte sie dann immer, keinen Platz machen wollte für sie und ihre Belange in seinem Leben.

»Hast du schlechte Laune«, hatte sie ihn gefragt, als sie schon fast in den Schuhen gesteckt hatte, als sie sich schon auf seine Wohnungstüre zubewegt hatte. »Du bist schlecht drauf, weil ich jetzt zu Helena gehe und du die nicht magst, stimmt's?«

»Ich habe keine schlechte Laune«, hatte er gesagt. »Ich denke nur nach.«

»Du nimmst mir übel, dass ich Freunde habe. Weißt du eigentlich, wie wenig ich die gesehen habe in letzter Zeit?«

»Ich habe meine Freunde auch wenig gesehen«, hatte er geantwortet.

»Vielleicht bedeuten die dir auch nicht so viel. Du arbeitest ja nur noch seit Barnheim. Ich sehe dich auch nur, weil ich dich ins Studio begleite.«

»Musst du nicht.«

»Will ich aber. Die Semesterferien sind bald zu Ende, dann geht das sowieso nicht mehr so leicht.«

»Soll ich jetzt mitkommen zu Helena?«

»Ich habe sie echt lange nicht mehr gesehen, weißt du. Ich möchte mich mit der mal in Ruhe unterhalten können.«

»Alles klar.«

»Oder willst du gern mit?«

»Weiß nicht. Nein.« Er hatte sich umgeschaut, angefangen, irgendwelche Sachen vom Boden aufzuheben, in der Wohnung aufzuräumen, immer ein schlechtes Zeichen, als wollte er der innerlich zerbröselnden Struktur eine größere äußere Ordnung entgegensetzen.

»Dir ist unangenehm, dass wir in ihrer Wohnung diese Szene hatten«, hatte Johanna gesagt, und sich dabei gewundert über sich selbst, und ob es nicht einfach sie war, die den Streit suchte, ob nicht sie selbst nervös war. »Das ist dir peinlich.«

Er war stehen geblieben für einen Augenblick, um Johanna einen stechenden Blick zuzuwerfen. »Keine Ahnung, wie das für die ist«, hatte er dann gesagt. »Tut mir leid, dass es in Helenas Hochglanzwelt keine Möglichkeit für echte Gefühlsäußerungen gibt. War der das unangenehm, ja? Peinlich für sie, oder was? Nein, nein, dir ist das peinlich. Mir ist das egal.«

Das war die Wahrheit, dachte Johanna, als sie in die Choriner einbog, es ist mir ja wirklich unangenehm, und mir geht diese Szene immer noch nach, und in Wahrheit bin ich wütend auf ihn, weil er damit gleich dafür gesorgt hat, dass Helena ihn nicht mögen kann, und wie soll sie ihn auch mögen, wenn ich seinetwegen ständig so angestrengt bin und zuletzt so oft unter Vorwand abgesagt habe, weil ich mich mit ihm gestritten hatte und niemanden sehen konnte. Das checkt die doch, dass er der Grund ist, und ich bin ja auch heute wieder nicht in guter Stimmung seinetwegen.

»Wieso greifst du sie denn an«, hatte Johanna gefragt, »du kennst sie überhaupt nicht. Das verletzt mich, wenn du so über sie redest. Du weißt doch, dass sie mir wichtig ist.«

»Und du bist ihr auch wichtig?«, hatte David gefragt. »Meintest du nicht neulich noch, dass du in letzter Zeit das Gefühl gehabt hast, ihr driftet auseinander, und dass die Leute auf ihrer Party dir suspekt waren? Dass sie wenig nach dir fragt?«

»Wenn du alles, was ich dir erzähle, gegen mich verwendest, halte ich vielleicht besser meine Klappe«, hatte Johanna gesagt. »Eigentlich bin es doch eher ich, die sich nicht mehr meldet und die keine Ahnung mehr hat von Helenas Leben.«

»Vielleicht, weil das am Ende auch nicht so wahnsinnig spannend ist«, hatte David gesagt. »Das ist diese komische

Bougie-Welt, aus der du kommst, oder dieser Hans von deiner Mama, diese Internatswelt. Da hast du dich doch immer fremd gefühlt. Du gehörst da überhaupt nicht hin. Ist Helena nicht so ein bisschen lame für deine Verhältnisse? Die ist doch so enorm gesetzt und ängstlich. Mein Gefühl war bei deinen Erzählungen, dass sie dich so ein bisschen wie die kleine Schwester behandelt hat oder einen Schützling. Die tut immer so, als müsse sie auf dich aufpassen, die macht sich lustig über deine Intelligenz. Die hat Angst davor.«

Wie kann es sein, dachte Johanna, die drei Häuser vor Helenas stehen geblieben war, um zu rauchen, die vergeblich versuchte, aus dieser Aufgewühltheit, diesem inneren Rotieren um David herauszufinden, dass er diese Sachen immer so spürt und checkt, wieso ist er so verrückt hellhörig für so was. Ich hab ihm nie gesagt, dass mich das nervt bei Helena, dieses Spiel, wo sie immer die Erwachsene ist und so tut, als sei ihr Leben über alle Erwägungen erhaben in seiner Vorgestanztheit. Und wie kann Helena mit mir so viel lachen über diese ganzen Schießbudenfiguren in ihrer Welt, aber dann macht sie so ernsthaft mit? Sie nimmt mich letztlich nicht ernst, sie findet mich unrealistisch oder kindlich, das war ja immer so, dass sie mir am Ende erklärt hat, wie die Sache läuft, aus dem Modus sind wir nie rausgekommen, seit dem Internat nicht.

Momo war nicht zu Hause, Helena war allein in der Wohnung, sie umarmte Johanna zur Begrüßung lang und fest, sie roch, fand Johanna, so gut, und ihr Pullover fühlte sich enorm weich an, dieses Luxuriöse, unbeirrt Feminine an Helena beneidete Johanna. Die beiden setzten sich in die Küche, Helena machte Johanna einen Kaffee mit Momos neuer Espressomaschine, einem komplizierten italienischen Ding, das Helena routiniert und aufmerksam bediente, während sie Johanna von einer neu entdeckten Rösterei am Helmholtzplatz berichtete, und lachte, als Johanna sagte, Helena könne ihr gern auch Nespresso hinstellen, das schmecke für sie eh alles gleich. Johanna ärgerte sich gleich über den eigenen Witz, der eine Lüge bedeutet hatte und eigentlich verletzend war für Helena und vor allem für Johanna selbst. Ich mache mich ja selbst klein hier, dachte sie.

»Wie läuft es?«, fragte Helena, indem sie sich Johanna gegenüber an den Küchentisch setzte. »Es ist so komisch, dich so fragen zu müssen. Wir haben uns gefühlt wirklich ewig nicht mehr gesehen. Das sind jetzt doch Monate. Ich weiß gar nicht, wie es dir geht derzeit.«

»Ja, ewig«, sagte Johanna. »Es tut mir leid, dass ich die letzten Male so kurzfristig abgesprungen bin.«

»Was war denn da los? Du meintest, du fühlst dich nicht gut, ich hab mir Sorgen gemacht, aber ich wollte nicht bohren.«

»Ach, ich kriege seit einer Weile manchmal so komische Kopfschmerzen«, hörte sich Johanna sagen. Was fasele ich denn da für absurdes Zeug, das ist ja lächerlich. »So in den Schläfen, ich hab das auch schon dem Hausarzt erzählt, der meint, Migräne, und dass sich das nach dem Sommer legen könnte.«

Helena schaute Johanna ernst an. »So schlimm? Das klingt ja scheußlich, Johanna.«

»Ach, es ist halb so wild. An den meisten Tagen merke ich ja nichts, heute zum Beispiel.«

»Du siehst aber schon müde aus, finde ich«, sagte Helena.

»Merci.«

»Na ja, ich meine ja nur. Ist denn sonst alles in Ordnung?«

Johanna wurde ärgerlich, sie hatte das Gefühl, Helena wollte auf etwas hinaus. »Ach, die Uni geht ja bald los, also Repetitorium, ich bin nicht gerade motiviert.«

»Du warst doch so voll dabei zuletzt.«

»Ja, aber im Moment ist irgendwie die Luft raus.« Es trat ein komisches Schweigen ein. »Aber du?«, fragte Johanna. »Wie geht es dir?«

Helena drehte ihren Teebecher vor sich hin und her. »Ja, na ja. Du, bei mir gibt es ehrlich gesagt ziemlich große Neuigkeiten. Oder wie man es nimmt. Ich war gestern mit Momo in Tiergarten, da an der Schöneberger Straße, gleich bei der *Victoria Bar.* Ich hab einen Vertrag unterschrieben für eine Gewerbefläche, da war zuletzt eine alte Kanzlei drin, Hochparterre, ganz tolle, große Räume, das sieht so geil aus da. Also, ich will sagen, ich mache mein eigenes Ding, ich eröffne eine eigene Galerie.«

»Was?«, fragte Johanna, innerlich entsetzt darüber, wie wenig Freude sie angesichts der Aufregung ihrer Freundin empfand. »Mann, Helena! Unglaublich!« Sie erhob sich für eine ungelenke Umarmung, setzte sich wieder, nahm die Hände der Freundin, fand das sofort komisch, ließ los. »Jetzt schon! Als du in Maiori davon erzählt hast, dachte ich, dass du das erst in ein paar Jahren machen wolltest.«

»Na ja, Maiori ist immerhin ein Jahr her«, sagte Helena.

»Stimmt.«

»Also, ich hab über das letzte Jahr gemerkt, dass ich nicht mehr länger warten will. Ich bin jetzt seit fünf Jahren bei *Ys,* und seit dem Bachelor ja auch voll. Ich will nicht mehr die ewige Assistentin sein von Elquebenzy, ich hab das Gefühl, ich bin da rausgewachsen. Ich bin auch oft nicht mehr mit ihm einverstanden. Er macht Fehler, wir fallen so ein bisschen zurück, ich traue seinem Urteil nicht mehr, mir wird das zu sperrig, was er da macht, das ist zu selbstbezogen. Und mir hat das zuletzt mit dem Beraten zu viel Spaß gemacht, diese Selbstständigkeit. Und dann habe ich mir gestern die Räume angesehen, die Momo entdeckt hatte. Ich bin eher aus Spaß hin. Und dann habe ich gleich unterschrieben. Das hat sich sofort absolut richtig angefühlt. Mann, Johanna! Ich muss dir das zeigen. Das wird so genial. Da muss ich natürlich noch viel machen, da ist so Raufaser an den Wänden und so weiter, und das wird jetzt richtig, richtig viel Arbeit werden, aber im Grunde will ich nächsten Sommer eröffnen.«

»Krass«, sagte Johanna und fühlte in sich weiter eine seltsame Leere und eine Art Angst: zurückgelassen zu werden, oder so etwas wie Neid vielleicht. Sie musste an David denken, dessen Aussage, dass reiche Leute nie Angst hätten vor dem Scheitern. »Was meinst du denn mit Beraten«, fragte sie stattdessen, »was für Beratung?«

»Das mache ich doch seit einer Weile, das hatte ich dir doch erzählt, dass ich Leuten dabei helfe, Sammlungen aufzustellen.«

»Ich wusste, dass du so was überlegst, aber ich hatte nicht verstanden, dass du das schon tust. Geht das denn? Also, wissen die bei *Ys* davon?«

»Die ahnen was, glaube ich, aber ich hab bei allen Visits in anderen Galerien immer behauptet, ich sei nur als Freundin aus dem Kunstbetrieb dabei, als Expertin sozusagen. Dass ich die Positionen aussuche und eine Kommission nehme, weiß Elquebenzy natürlich nicht.«

»Kommission? Wow, ach so, so funktioniert das. Das ist

ja krass. Auf den Kaufpreis oder wie? Wer sind denn deine Kunden? Doch nicht deine Käufer von *Ys*?«

»Doch, zum Teil, also zum Teil sind das Leute aus meinem Adressbuch, die ich für die Galerie an Land gezogen habe. Wobei das wirklich top-, topsecret ist, Johanna, und das wissen die auch. Aber hoffentlich werde ich viele von denen mit zu mir nehmen können, und vielleicht auch ein, zwei Künstlerinnen.«

»Und das reicht dann schon?«

»Ich hab ja noch andere Leute beraten. Freunde. Also, zum Beispiel Luisa, Luisa Meierhoff. Von der habe ich überhaupt die Idee, die hat mir kurz nach Venedig geschrieben, dass sie Hilfe bräuchte, und ob ich ihr nicht beim Kauf von ein paar Arbeiten helfen wolle. Und dann kam das über sie ins Rollen.«

»Also die alten Leute vom Internat oder wie?«

»Wieso sagst du das so verächtlich?«, fragte Helena zurück, eine Falte in der Stirn.

»Ich weiß nicht, will ich gar nicht, ich meine das nicht böse oder so. Aber ernsthaft? Ich meine gar nicht, dass du mit denen arbeitest, ich finde das nur so seltsam. So jemand wie Charlie von Todtleben. Dass der auf der Biennale rumläuft, was hat der denn mit Kunst zu tun, ich dachte, der geht nur jagen?«

»Der hat mehr Ahnung, als du denkst.«

»Ist der etwa auch einer von deinen Kunden?«

»Ja, ist er, der ist sogar ein sehr wichtiger.«

»Karl von Todtleben?«

»Ja.«

»Krass.«

»Wieso? Wieso krass, Johanna? Weil der vor Jahren, als Teenager, mal doof zu dir war? Also deswegen kann ich nicht mit ihm arbeiten, oder deswegen ist der für dich für immer ein Idiot?«

»Wenn du es nur doof findest, dass er der ganzen Stufe davon erzählt hat, wie er mich entjungfert hat, und dass ich ›mies im Bett‹ sei und keine Titten hätte, dann ist es vielleicht kleinlich von mir, dass ich den immer noch hasse. Aber ich weiß nicht, was will der denn mit Kunst, der ist doch irgendwie so ein Bauer, so ein Forstwirt oder so.«

Helena schüttelte den Kopf. »Du bist echt immer so süß, Johanna. Und arrogant. Mann, Mann, Mann. Bauer, ja, schon, kann man so nennen, klar. Dem Vater gehört Wald in Kanada, in Ungarn, in Polen, das Gut in Franken selbst ist riesig. Die haben ein enormes Unternehmen aufgebaut, die sind so richtig steinreich. Karl macht jetzt ein Start-up, wo es um Spotmärkte für Holz geht, Momo meint, das sei sehr schlau, sehr interessant. Also, wie dem auch sei, der ist nicht so blöd, wie du denkst. Und der findet Kunst halt spannend, der ist wirklich nicht blind, und seine Freundin auch nicht, die studiert Kuratieren in Antwerpen.«

»Ach. Was mag der denn für Kunst? Warte! Monet? Oder Keith Haring? Nein, ich weiß! Banksy!«

Helena sah Johanna an und schüttelte den Kopf. »Du bist ein richtiger Snob, Johanna. Du bist viel mehr ein Snob als ich.« Sie schwieg eine Weile, bevor sie fortfuhr. »Also, ich hatte ehrlich gesagt vergessen, wie beschissen der zu dir gewesen ist, ich hatte das nur noch so als Teenagerdrama abgespeichert, aber das war ja wirklich richtig ekelhaft. Ich verstehe schon, wenn du Charlie immer noch scheiße findest, und wenn du drauf bestehst, höre ich sofort auf, mit dem zu arbeiten, Ehrensache. Aber ehrlich, wie du dich hier aufspielst, das ärgert mich richtig. Als hätte dich das selbst alles so interessiert, bis du da dein Malerwunder erlebt hast, du fandest das doch selbst bloß immer alles nur albern oder hohl. Deine Lieblingsmaler waren doch so was wie Vermeer und Goya oder so, das ist, mit Verlaub, nicht gerade so viel deeper als Monet. Aber weißt du, soll ich dir mal sagen, über wen Charlie zuletzt mehr wissen wollte? Über so einen Armenier. David Sakadjian. Der so Stickerbilder gemacht hat, die niemand will und die man noch kriegen könnte als Serie, die gefallen Charlie nämlich, und der fragt mich, ob die eine gute Investition wären.«

»Weiß der, dass David und ich zusammen sind?«

»Nein. Das habe ich ihm nicht gesagt, das habe ich für mich behalten.«

»Aha. Und was hast du ihm gesagt?«

»Dass ich mir nicht sicher bin. Dass ich die Arbeiten so ein bisschen gimmicky finde, ein bisschen naiv, ein bisschen gefällig vielleicht und auf jeden Fall auch sehr teuer.«

»Also kein gutes Investment. Vielleicht doch besser noch ein paar Holzaktien kaufen stattdessen. Ist bestimmt besser für den Charlie.«

»Du selbst würdest dein Geld natürlich sofort zum Fenster rauswerfen wollen für das Wahre, Schöne, Gute.« Helena seufzte und zuckte resignierend mit den Schultern. »Es ist natürlich total illegitim, darüber nachzudenken, was Kunst kostet.«

»Ich würde vielleicht nicht als Erstes über die Frage nachdenken, ob das gut angelegtes Geld ist.«

»Das tut er auch nicht. Aber als Zweites denkt er schon nach darüber. Es kommt auch darauf an, von wie viel Geld die Rede ist.«

»Ich dachte, der ist so reich?«

»Vom Geldrausschmeißen ist noch keiner reich geworden, Johanna.«

»Und man will die Sachen schließlich irgendwann anständig weiterverkaufen oder zur Auktion tragen.«

»Vielleicht will er sich ja auch nicht blamieren, indem er als erste größere Position Mist kauft. Und sich später ärgern, oder die Lust verlieren darüber. Ihm gefallen die Bilder ja wie gesagt sehr gut.«

Johanna empfand zum ersten Mal seit Jahren so etwas wie Achtung für Charlie von Todtleben, dessen unerschütterliche Selbstverliebtheit ihr im Internat für eine Weile imponiert hatte. »Mir gefallen die Bilder übrigens auch sehr gut«, sagte sie. »Wenn man die eine Weile hängen sieht, werden die sehr, sehr schön. Die sind nicht gefällig. Aber die sind leise, die wollen nichts.«

»Wie läuft es denn mit David?«

Johanna legte ihre Zigaretten auf den Tisch. »Darf ich?«

»Könnten wir uns nach draußen stellen? Wäre das okay? Momo hasst das.«

»Klar.«

Die beiden Freundinnen öffneten die Küchentür zum Balkon, der auf einen kleinen Hof ging, in dem ein ramponiertes Kindertrampolin und ein paar Fahrräder standen.

»Ich finde das echt schwer, Helena«, sagte Johanna. »Ich weiß überhaupt nicht mehr, mit wem ich rede gerade, ob mit dem Kunstmarkt oder mit meiner Freundin.«

Helena schüttelte langsam den Kopf. »Glaubst du ernsthaft, ich will jetzt deine Einschätzung zu Davids Marktwert hören?«, fragte sie.

»Also, ich würde Charlie jedenfalls dazu raten, sich ranzuhalten. Es könnte gut sein, dass die Sachen von David bald deutlich teurer werden.«

Helena runzelte die Stirn. »Ist etwa was dran an diesen Barnheim-Gerüchten?«

Johanna zuckte zusammen. War diese Welt so klein, oder war Barnheim darin so groß? Sie war plötzlich wirklich unsicher, worum es Helena ging. »Nein, nein«, druckste sie herum, »ich meinte das nur, weil ich an David glaube und Matthew auf ihn setzt. Aber können wir das Thema wechseln, bitte? Das geht hier gerade weit über meine Kompetenzen hinaus.«

»Nur ungern eigentlich«, sagte Helena. »Also, ich meine gerne, sag nichts zu Barnheim und nichts zu den Stickerbildern, das ist mir ganz egal. Aber ich möchte wissen, wie es meiner Freundin Johanna so geht mit ihrem Malerfürsten. Darüber möchte ich gerne was hören.«

»Gut«, sagte Johanna. »Mir geht's gut.«

Sie fühlte sich dabei ungeheuer allein. Sie wusste nicht, wie sie anfangen sollte, davon zu erzählen, wie es mit David wirklich war. Sie glaubte nicht, dass sie ihre Beziehung erklären konnte, und sie glaubte noch weniger, dass Helena sie verstehen würde. Wenn Johanna jetzt andeuten würde, wie brutal es manchmal zwischen den beiden wurde, dass David etwa erst gestern – oder war es vorgestern? – im Streit vor Wut ein Loch in die Wand geschlagen und sich dabei offenbar die Spitze des kleinen Fingers gebrochen hatte, dann *konnte* Helena ihr doch nur raten, ihn auf der Stelle zu verlassen. So wie sie selbst das jeder Freundin sagen würde. Johanna sehnte sich nach jemandem, mit dem sie über diese Geschichten wirklich offen reden konnte, ohne beraten zu werden, nach jemandem, der zuhören würde und verstehen, ohne zu urteilen, oder sich sogar auf ihre, auf Johannas, also auch auf Davids Seite stellen würde, auf die Seite dieser Beziehung, an der sie selbst schon hinlänglich zweifelte. Sie war mit alldem so einsam. Und selbst wenn Helena dazu imstande gewesen wäre, Johanna bloß zuzuhören, war sie jetzt groteskerweise wirtschaftlich mit David verschränkt, oder Johanna hatte das ungute Gefühl, dass sie Davids Karriere schaden könnte, wenn sie etwas aus seinem zerstörten Privatleben nach außen tragen sollte. Ich bin isoliert von Helena, dachte Johanna, wir sind voneinander getrennt durch diese Sache, ich verliere meine Freunde. Sie fühlte sich wie eingesperrt.

»Gut?«, fragte Helena. »Läuft das jetzt ein bisschen runder zwischen euch?«

»Wieso runder?«

»Komm schon.«

»Wir sehen uns fast jeden Tag, ich begleite ihn viel ins Studio.«

»Aha. Kommt der auch mal mit an die Uni? Weiß der denn auch, mit wem er zusammen ist?«

»Wie meinst du?«

»Weiß der, was er an dir hat?«

Helena sah Johanna ernst an, Johanna hielt diesen Blick nicht aus. »Eine verkrachte Jurastudentin, meinst du?«

»Johanna, können wir diese Koketterie mal lassen?«, sagte Helena. »Du bist ... Du warst immer die Schlauste, die Witzigste von uns, und die Unabhängigste auch. Ich mag so nicht reden, ich mag nicht diese Sachen aussprechen, mir ist das unangenehm. Ich erwarte von dir, dass du das selbst weißt, wir sind uns zu nahe, um so was nötig erscheinen zu lassen. Aber ich hasse das, wie du dich selbst immer so kleinmachst.«

Johanna lächelte und blinzelte die Träne weg, die ihr ins Auge steigen wollte. »Du bist süß«, sagte sie. Und dann, auch im Gefühl, die Wahrheit sagen zu können: »Ich glaube, er hält schon viel von mir. Wenn ich erzähle, interessiert es ihn. Aber ich erzähle nicht viel, und ich weiß nicht, Helena, ich bin wieder so ein bisschen lost, meine eigene Bestimmung betreffend.« Sie hob kurz den Blick zum Himmel, der ein sattes Blau anzunehmen begann, und sagte dann, heiterer: »Aber für mich ist es schon auch sehr aufregend, ihm bei seinem Arbeiten zuzusehen. Das kennst du doch bestimmt, das Gefühl, wie da die Sachen auf den Leinwänden entstehen. Der macht was Tolles gerade. Und du hast natürlich recht, ich bin wirklich ahnungslos, also ehrlich, ich mache mich da jetzt nicht klein, sondern das ist wirklich so, ich weiß das, aber ich glaube trotzdem, dass David ein echter Maler ist. Dass der dazu berufen ist, meine ich. Der malt, weil er muss, das klingt so doof, aber der meint das absolut ernst. Der arbeitet enorm viel. Und es ist krass, wie viel der beherrscht von dem, was auf der Leinwand stattfindet. Der hat eine unfassbare Kontrolle, Helena, und ein unfassbares Auge, und einen Willen und eine ganz eigenartige, für mich fast außerirdische Art, die Welt zu erleben, und der kann aber auch alles loslassen.«

»Das glaube ich dir alles«, sagte Helena. Sie nahm sich eine von Johannas Zigaretten. »Ich hätte aber nie gedacht, dass ausgerechnet du so ein Musen-Ding leben würdest.« Sie zündete sich die Zigarette an und schaute Johanna abwartend an.

»Was meinst du damit?«, fragte Johanna interessiert.

»Also mein Eindruck ist, du begleitest ihn, du hilfst ihm, du inspirierst ihn vielleicht ja sogar ... Ich sehe das natürlich nicht so selten, die Girlfriends von Künstlern. Hat der dich schon gemalt?«

Johanna lachte auf. »Nein!« Sie schwieg kurz. »Er hat eine sehr schöne Arbeit gemacht, in der es um uns geht.«

»Keine, in der es um dich allein geht.«

»Worauf willst du eigentlich die ganze Zeit hinaus?«

Helena blickte in den Hof hinunter, runzelte die Stirne. »Vielleicht ist es, weil ich jetzt selbst diese Pläne habe. Aber ich hatte bei dir immer gedacht, dass du deine eigenen Sachen machen würdest. Aus dir selbst heraus.«

Johanna fühlte sich durch diese Worte wie auf eine fehlende Gliedmaße hingewiesen. »Ach, Helena«, sagte sie. »Mann. Das ist ... Ich freue mich wirklich für dich. Es tut mir leid, wenn ich da verhalten wirke. Ich glaube, es ist für mich nicht so leicht zu akzeptieren, dass du jetzt auch ... An David liebe ich, dass er nicht so stumm ist, dass er eine eigene Richtung hat, dass er etwas will. Bei mir kommt nichts, da ist nur Ratlosigkeit.«

»Was ist denn mit Jura?«

Johanna lächelte schief und sagte, den Blick auf den Boden gerichtet: »Ich hab für meine Hausarbeit über Willensfreiheit und Gesetzgebung 16 Punkte gekriegt.«

»Ist das viel?«, fragte Helena, gleich ganz wach.

»Der Professor meinte zu mir, das sei sozusagen unerhört.«

»Siehst du!«, rief Helena.

»Ja«, sagte Johanna. »Das war schon cool. Aber ... das ist ja nur eine Note. Ich weiß ja immer noch nicht, was ... Bei David, der reagiert nicht auf Anforderungen von außen, der folgt einem inneren Gesetz, der vertraut sich selbst. Ich bewundere das. Ich kann nichts dafür, dass er ein Mann ist und ich eine Frau, oder er ein Künstler und ich nicht, das ist halt so.«

»Also du hast endlich jemanden gefunden, den du bewundern kannst.«

»Wäre das denn so falsch, Helena?«

Helena drückte ihre Zigarette aus und sagte unvermittelt: »Ich mache mir Sorgen um dich, weißt du. Ich hab richtig viel an dich gedacht in letzter Zeit und mich gefragt, warum du so abgetaucht bist, und ehrlich gesagt auch, warum du dich nicht mehr nach mir erkundigst. Bei mir war viel los, weißt du. Das hat mich verletzt, dass ich so abgemeldet war bei dir. Aber ich hab geahnt, dass das nicht viel mit mir zu tun hat. Du warst immer schon latent gspinnert, und so selbstzermarternd, aber seit einer Weile habe ich das Gefühl, dich gar nicht mehr zu erreichen. Und du hast mir zuletzt manchmal so in Andeutungen von deinem Vater was gesagt. Du meintest vor einer Weile, dass der in Maiori so eine Rolle gespielt hat oder danach. Ich hab das nicht richtig verstanden, und ich kann das auch nicht richtig verstehen, weil du einfach nie was dazu sagst. Und ich will dich nicht drängen, aber ich will schon, dass du weißt, dass ich darüber nachdenke. Ich wünschte, du würdest mir mal was von dem erzählen. Wir sind jetzt seit acht Jahren so eng miteinander, und ich weiß so gut wie nichts über die Geschichte, und ich ahne, dass du den irgendwie anhimmelst oder dass dein seltsamer Selbsthass mit dem zusammenhängt. Du willst irgendwie unbedingt unterlegen sein.«

»Ich himmele den nicht an«, sagte Johanna, indem sie sich abermals Tränen aus den Augen wischte. »Und da gibt es nicht viel zu sagen, der ist halt tot, und ich frag mich manchmal, was das für ein Typ gewesen ist.« Sie schwieg eine Weile und versuchte, das Weinen, das in ihr aufsteigen wollte, zu unterdrücken. »Es ist schön, dass du an mich denkst.«

»Ach, Johanna«, sagte Helena. Und dann, nach einer Pause, auf einmal selbst mit den Tränen kämpfend: »Weißt du eigentlich, wie schwer das für mich ist, wenn du mich verspottest oder mir nahelegst, ich würde es mir zu leicht machen mit irgendwas, oder dass ich mich mit hohlem Kram beschäftige? Momo war schon richtig sauer auf dich, bevor du aufgetaucht bist, der ist extra aus der Wohnung gegangen – und du weißt, Momo liebt dich auch, wirklich, das tut er. Aber er meinte: pass auf, die Johanna wird das wieder irgendwie scheiße finden mit der Beratung und der Galerie, die wird dir schon sagen, dass das nicht in Ordnung ist.«

»Aber wieso denn?«

»Du bist immer so erhaben über alles. Und ich glaube, du unterschätzt die Wucht deiner Argumente oder deiner Sprache. Du fühlst dich immer schwächer, als du in Wahrheit bist, und wunderst dich über deine Stärke.«

»Mich erstaunt so, dass du so über mich nachdenkst.«

Helena wurde ungeduldig. »Das kannst du doch nicht ernst meinen, Johanna. Vielleicht musst du mal wieder zu deiner Therapeutin, wenn du so was wirklich denkst.«

Johanna schwieg. »Wir fliegen morgen nach New York«, sagte sie endlich. »Für ein paar Tage. David, aber das bleibt unter uns, das ist klar, das verstehst du – David trifft einen berühmten Galeristen, der hat uns zu einem Abendessen eingeladen.« Sie blickte Helena in die Augen. »Aber was ich eigentlich sagen wollte. Hans hat eine Bekannte da, die macht etwas sehr Interessantes. Die hat so eine Organisation gegründet, um transnationale Konzerne vor Gericht zu bringen oder zumindest zur Verantwortung zu ziehen. Da geht es um Arbeitsbedingungen, Giftstoffe, Lebensbedingungen, Zugang zu Land und Wasser und solche Sachen. Die sind wirklich sehr beeindruckend. Und die sitzen in New York. Hans meinte, ich sollte diese Lady doch mal kontaktieren und zum Mittagessen treffen.«

»Das klingt doch spannend, Johanna!« Helena schien ganz aufgeregt. »Wie krass! Das könnte doch genau dein Ding sein?«

»Ja, irgendwie schon, oder? Denke ich auch gerade. Eigentlich hatte ich nicht hingehen wollen, ich meine, wofür denn, ich bin ja noch lange nicht fertig mit der Uni. Und ich mag nicht, dass Hans mir da die Tür öffnet, und ich glaube, dass die Gründerin – das ist eine Deutsche –, also ich glaube, die kannte meinen Vater. Egal. Aber irgendwie denke ich, ich sollte das machen. Vielleicht wirklich ein Praktikum oder so. Irgendwie hast du mir Mut gemacht.«

»Ich?«

»Du hast auf jeden Fall recht, dass ich mich zuletzt sehr um David gedreht habe, und das ist bestimmt nicht klug.«

»Ich hab nichts dergleichen gesagt«, sagte Helena und lächelte.

Schon im Treppenhaus, auf dem Weg hinaus aus Helenas Wohnung, rief Johanna Hans an, um ihn zu bitten, das Treffen in New York zu arrangieren, falls das noch möglich sein sollte. Kurz vor der Bergstraße verlangsamten sich ihre Schritte, ihr fiel die Angespanntheit in der Wohnung wieder ein. So kann man nicht leben, dachte sie unwillkürlich. Aber er war nicht zu Hause. Auf dem Küchentisch lag ein kleiner Zettel: »Bin ins Studio. Du solltest diese Frau von der NGO treffen, wenn wir in NY sind, dachte ich vorhin. Das klingt doch gut! Ist doch egal, dass die deine Familie kennt. Man muss so was nutzen! Meine Meinung. x.«

XVII

Sie war zum ersten Mal in New York. Sie fühlte sich, im Grunde seit dem Moment, in dem die Limousine, mit der man sie am Flughafen abgeholt hatte, aus dem Tunnel auf die Straßen von Manhattan hinaufgefahren war, als tanze eine leise Elektrizität durch ihren Körper, von den Fingerspitzen bis in die Haaransätze, als sei sie eine Spule, die von der Stadt aufgeladen wurde, so voller Lust, alles zu erleben, mitzumachen. *»If I can make it there, I can make it anywhere«*, solche Zeilen summten zu ihrer Irritation in ihrem Kopf, *»The Empire State«*, »Hauptstadt der Welt«, aber wirklich war ihr, als sei sie gerade vom Land gekommen, ein Provinzkind, zum ersten Mal in einer echten Metropole. Am ersten Abend in der Stadt hatte David sie in einen kleinen Jazz- und Soulclub in Harlem mitgenommen, wo sie zu viele Cocktails getrunken hatten und den Musikern zugehört, wie sie in wechselnder Formation Klassiker und Requests spielten auf einem Niveau, von dem man in Berlin noch nicht einmal träumte – Johannas Freundin Tanja spielte in der Berliner Soulkapelle Otis Wedding Bass, und Johanna wusste, dass die für lokale Verhältnisse was galt, dass einige der Mitglieder als Studio- und Sessionmusiker ihr Geld verdienten; aber was hier, auf dieser kleinen, unbedeutenden Bühne, gegeben wurde, flog ganz woanders, ungleich höher. Ganz zum Ende des Abends wurde eine Lady auf die Bühne geschoben von ein paar Stammgästen, sie zierte sich ein bisschen, bevor sie dem Gitarristen zunickte und dann, lediglich von ihm begleitet, »A Case Of You« von Joni Mitchell zu singen begann, einen Song, der zu Johanna in ihrer Dylan-Phase im Internat herübergeweht war, dessen Größe sie aber erst in dieser Darbietung zu verstehen begann, und dessen Text ihr derart genau die eigene Lage zu beschreiben schien, dass sich ihr alle Härchen auf den Armen aufstellten und Tränen in die Augen stiegen. Auch David schien sich wehren zu müssen, auf dem Nachhauseweg versuchte er noch, das Lied selbstironisch nachzusingen, *»Oh I am a lonely painter, I live in a box of paints …«*, aber dann nahm er doch ihre Hand und sagte: *»It is a great song, it really is.«*

So war das in dieser Stadt also, man ging in irgendeinen Keller, um nebenbei zu erleben, wofür die Schlange in Berlin um den Block gegangen wäre, das schien normal, oder der Anspruch, und alle, dachte Johanna, während sie verkatert durch Midtown lief, oder zumindest sehr viele hier wirkten so interessant, so begabt, oder vielleicht auch einfach bloß zuversichtlich, die Gesichter so wach und fokussiert, alle wie Blutkörperchen schwimmend im raschen Puls der Stadt.

Frau Gerster, die Anwältin von der juristischen NGO, erwartete Johanna in einem Fair-Trade-Café auf der West 55th Street. Jeanette, wie sie sich vorstellte, sah mit ihren grauen, offenen Haaren und einem untersetzten Körper, der in Kapuzenpullover, Jeans und Turnschuhen steckte, zwar nicht so eindrucksvoll aus, wie Johanna sich das erhofft hatte, sie hatte, wohl vom Anblick der Geschäftsleute in der Stadt dazu verführt, eine ganz andere Erscheinung erwartet, so eine durchtrainierte Dame in rasiermesserscharfem Kostüm, die schon beim Eintreten Furcht und Zittern auslösen musste bei den *consiglieri* der Erdöl- und Betonkonzerne, mit denen sie sich anlegte. Aber es fehlte ihr vollkommen jener theatralische Weltverbesserungssound, den Johanna befürchtet hatte, weil sie ihn bei der Berührung mit sozial engagierten Milieus fast immer zu hören meinte, Jeanette sprach nüchtern und gewandt von der internationalen Strafgesetzgebung als einer »Architektur der Straflosigkeit für Großkonzerne«, gegen diese Architektur müsse man anarbeiten. Und zwar eben nicht mit Protestaktionen und *social justice movements*; auch nicht, indem man Gesetzesentwürfe ausarbeitete, um mit denen in lobbymäßiger Tätigkeit an die Parlamentarier und Machthaber verschiedener Staaten heranzutreten. Man müsse vielmehr sehr gezielt und hart zuschlagen, Angst verbreiten, Präzedenzfälle schaffen, indem man auf die jeweilige staatliche Gesetzgebung gestützte, robuste Klagen gegen die Konzerne anstrengte.

Dies alles trug Jeanette in einer lebendigen Mischung aus Erschöpfung, Ärger und Begeisterung vor, die Johanna mitzog und aufgeregt machte und erst wieder einigermaßen nüchtern werden ließ, als Jeanette etwas kleinlauter erklärte, sie selbst sehe derzeit keine Möglichkeit, Johanna zu beschäftigen, Praktikumsstellen seien bei ihr, die in erster Linie mit pro bono arbeitenden Großkanzleien kooperiere, leider nicht vorgesehen. Allerdings, dies kam engagierter und, wie Johanna schien, erstaunlich herzlich und warm, bestehe eventuell die Möglichkeit, für Johanna vorzufühlen wegen einer Mitarbeit bei einer Berliner Partnerorganisation, die sehr wendig und aggressiv fokussiert sei auf Strafprozesse gegen das Wirken deutscher Unternehmen in den sogenannten Entwicklungsländern. »Die sitzen gerade an einer Klage gegen einen Textildiscounter, in dessen Sweatshop in Bangladesch bei einem Brand vor zwei Jahren sechsundzwanzig Menschen umgekommen sind – Minderjährige zum Teil. Im Konzern betrachtet man das offenbar als annehmbares Opfer, wenn hernach in Saarlouis oder Bautzen T-Shirts zum Stückpreis von 2,99 vertickt werden können, zumindest haben die nicht vor, da irgendwen zu entschädigen. Die Kollegen aus Berlin machen richtig gute Arbeit, die sind supervernetzt, die bringen solche Sachen sehr schlau ans Licht der deutschen Öffentlichkeit. Das ist schon smart. Und ich kenne Stefan, der das leitet, ganz gut. Ich schreib dem sehr gerne mal mit dir im CC. Dass du im Schwerpunkt jetzt Rechtsetzung hattest, wird er sicher interessant finden.«

Ja, sagte Johanna, verwundert darüber, wie wohlwollend diese Jeanette, die offensichtlich viel zu tun hatte, ihr gegenüber auftrat, das mit dem Praktikum in Berlin klinge gut, und dann, sich besinnend, mit mehr Emphase: das wäre natürlich großartig, wenn Jeanette da mal vorfühlen könnte für sie, sie wäre total dankbar, zumal man einander ja kaum kennen würde.

»Ich kenne aber natürlich Hans, den mag ich sehr«, sagte Jeanette, indem sie sich zurücklehnte, erleichtert, wie es schien, dass dieser formale Teil der Begegnung abgeschlossen war. »Und ich kannte vor allem deinen Vater. Ich habe dich auch schon ein paarmal gesehen, allerdings vor vielen Jahren und das letzte Mal unter sehr traurigen

Umständen, bei Joes Beerdigung. Du wirst dich kaum an mich erinnern.«

»Nein«, sagte Johanna, unangenehm berührt. »Ich hab die ganze Veranstaltung kaum noch im Gedächtnis, ich hab da im Grunde nur versucht, mich um Mami zu kümmern, oder wir haben versucht, uns umeinander zu kümmern.«

Jeanette nickte traurig. »Es war ja wirklich furchtbar. So ein Verlust, und so unsinnig.«

»Ja.« Weil ein Schweigen einzutreten drohte, setzte Johanna sehr widerwillig hinzu: »Woher kanntest du Papi denn?«

»Aus dem Ref in Frankfurt. Da hab ich Wahlstation in seiner Kanzlei gemacht. Ich hab ihn vorher schon enorm bewundert, weißt du. Er hatte was Seltsames, so ein Patriziersohn, durch deinen Großvater und die Gewerkschaftergeschichten, und den Urgroßvater im Exil und so weiter, das war ja leidlich bekannt. Der Name Winkelmann ist ja nicht ganz unbedeutend geblieben im Deutschland des 20. Jahrhunderts, und mich hat diese Geschichte vorher schon beeindruckt, beziehungsweise hat mich später dann beeindruckt, wie dein Vater damit umgegangen ist, dass er das weder anzunehmen noch abzulehnen schien. Und dann war der so ein wahnsinnig gescheiter Jurist, und ich glaube, alle haben darauf gewartet, was aus ihm werden würde. Als ich anfing, ging das mit der SPD los, er war dann ständig im Willy-Brandt-Haus. Ich dachte damals wirklich, also ganz ehrlich, ich dachte, dass dein Vater mindestens Justizminister werden würde. Als ich Referendarin war, ging es gerade um den Fall Yildirim, erinnerst du dich? Hat dir dein Vater von solchen Sachen erzählt?«

»Vielleicht.«

»Ein so irrer Fall. Das war so eine widerlich abgekartete, absolut rassistisch motivierte Scheiße, die wollten den Migranten fertigmachen. Ich war, bevor ich das miterleben durfte, wirklich naiv in solchen Belangen, heute erkennt man so was ja zum Glück, aber damals war das neu, das war wie eine neue Sprache lernen für mich, diesen institutionalisierten Rassismus identifizieren. Aber wie dein Vater so klarsichtig für diese Sache gekämpft hat, dass er nie wütend wurde, aber so gerade und stur dabei blieb, das werde ich nie vergessen, das war inspirierend für mich. Der war in der Zeit kaum zu Hause, vielleicht erinnerst du das noch. Du hast mit deiner Mutter oft im Büro mit uns zu Abend gegessen. Da habe ich dich eigentlich kennengelernt. Wie alt warst du da, zehn?«

»Das weiß ich nicht mehr.«

Jeanette Gerster sah Johanna erstaunt an. Offenbar hatte sie gehofft, mit Johanna in Erinnerungen an Joachim Winkelmann schwelgen zu können, vielleicht war sie verliebt gewesen in den, viele Frauen redeten über den Vater in so einer für Johanna unangenehmen, beinahe schmachtenden Art. Aber für den Austausch von Anekdoten über den Vater war sie, dachte Johanna erst ärgerlich, dann jäh ganz traurig, weil sie Jeanette eigentlich gern etwas zurückgegeben hätte für deren Freundlichkeit, leider die völlig falsche Adresse. Und dann – hier, jetzt, plötzlich, in diesem Café in Midtown – erlebte Johanna einen jähen und kompletten Kontrollverlust. Es war, als sei sie, durch Jeanettes Geschichten und Fragen gezogen und geschoben, unversehens an den bröckelnden Rand einer kiesigen Abbruchkante gelangt, und der Grund unter ihren Füßen gebe nach. In einer Weise, die sie sich später kaum zu erklären vermochte, die sie rückblickend höchstens zu deuten versuchte als so eine Art durch den Jetlag und den emotionalen Dauerstress der vergangenen Zeit induzierten, unvorhersehbaren Schlaganfall in ihrer Seele, hörte Johanna sich auf einmal sprechen, Dinge sagen, die sie noch nie ausgesprochen hatte und die nun, da sie sie derart in Worte fasste, eine vollkommen überwältigende Wucht entfalteten, eine grausige, unleugbare Selbstevidenz.

»Es tut mir leid, Jeanette, aber mit Erinnerungen und Anekdoten meinen Vater betreffend kann ich leider nicht dienen.«

»Willst du nicht über ihn sprechen? Das tut mir leid, ich wollte dir nicht zu nahe treten.«

»Ha«, machte Johanna, »nein, nein, ich würde furchtbar gerne über ihn sprechen.« Es gab einen letzten, winzigen Moment, in dem sie ganz deutlich, seltsam scharfgezogen erlebte, wie sie endgültig aus der Balance geriet, dann stürzte sie, und es brach hervor zunächst mit einem grässlich kalten Zynismus, mit Hass. »Ich kann nur gar nicht, weißt du. Ich habe nämlich, musst du wissen, absolut keine einzige Erinnerung mehr an ihn. Ich hab den Papi komplett vergessen. Unglaublich, oder?«

Jeanette schaute verständnislos.

»Beziehungsweise eine Erinnerung an ihn habe ich, ganz genau weiß ich das noch, ich weiß nämlich noch sehr genau, wie mein Vater gestorben ist. Damit kann ich dienen, wenn wir von Joe sprechen wollen, da war ich nämlich mittendrin statt nur dabei, ja? Wobei ich ein bestimmtes Detail dieser Geschichte noch niemals irgendwem verraten habe, noch nicht einmal meiner Mutter, noch nicht einmal meinem Therapeuten, aber vielleicht sollte ich endlich mal berichten davon, das lastet nämlich wohl auf mir, das merke ich gerade wieder ganz deutlich, dank dir.« Jeanette machte eine beschwichtigende, abwehrende Geste, aber Johanna ignorierte sie und sprach unbeirrt weiter. »Also bekanntlich wurde mein Vater ja von einem Auto erwischt, das wirst du gehört haben, ›unsinnig‹, sagtest du ja, ganz richtig sagtest du das, mir kam es auch so unsinnig, unmöglich kam es mir vor, der saß, vielleicht weißt du das, also der saß da auf seinem Fahrrad, gleich vor mir, so nahe, wie du mir jetzt bist, oder besser gesagt saß er nur so halb, er war mit dem Fahrrad auf dem Gehsteig zum Stehen gekommen, einen Fuß auf der Pedale, den anderen auf dem Trottoir abgestellt, er hatte scharf gebremst und das Rad dabei so gewendet, in einer schnellen Drehung, damit er mich besser angucken konnte, so sauer war der, und ich war ebenfalls zum Stehen gekommen und schaute in sein schönes, wütendes Gesicht, und dann erschien hinter ihm, ja, das materialisierte sich so aus dem Nichts, in meiner Erinnerung taucht das so auf wie ein Umriss auf einem Polaroid, aus dem Hintergrund erscheint das magisch, wie so eine Art Nemesis, da kam das legendäre weiße Auto, ein Volvo, so ein tonnenschweres, widerliches schwedisches Familiengerät, das kam und erwischte meinen Vater am Hinterrad, das nämlich ein Tickchen zu weit über den schmalen Gehsteig hinausschaute, und das Auto erfasste das Fahrrad, und das schlürfte es so in sich hinein und unter sich weg, ja, haha, das klingt so seltsam, da muss man fast lachen, und das hatte auch was Komisches, wie so eine Auster schlürfte es das Rad. Man kann das nicht besser beschreiben, das Auto sog, das zog das Fahrrad, auf dem er saß, wie in Zeitlupe war das, das zog das Rad und ihn so unter sich drunter, und da wurde er natürlich gleich zermalmt, das ging ratzfatz, das sind ja wie gesagt viele Tonnen Stahl und schwere Reifen, bei fünfzig Stundenkilometer, da ist man auf der Stelle tot, richtig weg für immer, *map erased for keeps,* wie die das bei David Foster Wallace immer sagen, kennst du das, das hat sich mir eingeprägt, das ist sehr lustig, diese Formulierung: *map erased for keeps.* Aber weißt du, so unsinnig, ja, so unsinnig zum Stehen gekommen auf dem Gehsteig war mein Vater, weil er sich mit mir, mit seiner einzigen, geliebten Tochter Johanna, mit der hatte er sich nämlich gerade gestritten, oder er hatte sich jedenfalls sehr geärgert über mich und darüber, dass ich, also ich war zwölf, nicht wirklich schuldfähig, würde ich zu meiner eigenen Verteidigung sagen, wobei ich mich, glaube ich, endlich nicht mehr länger verteidigen will, sondern ich liefere hier ein umfassendes Geständnis ab, okay? Also ich hatte meine Mutter, seine Frau, beim Radfahren gerade als »bescheuerte Bitch« bezeichnet, ihm gegenüber, weil sie mir den Besuch einer Party am Wochenende untersagt hatte mit dem mir rückblickend legitim erscheinenden Verweis auf mein zartes, schuldunfähiges Alter. Und mein Vater, neben dem ich hergeradelt war, der wohl ohnehin schon angestrengt war von ganz weltbewegenden, total aufopferungsvollen Strafrechtsprozessen für die Gute Sache des Herrn oder der Frau Yildirim, oder der war einfach angestrengt, weil ich den beiden mit meinem Gezeter schon den gesamten Sonntagmorgen versaut hatte, der stieg bei diesem Ausdruck von mir scharf auf die Bremsen, und ich musste auch bremsen, und ich war selbst so sauer auf meine Mutter und auf ihn, und dann schaute er mich an, sehr wütend, mit so blitzenden Augen, und wollte mich gerade belehren, über meine Sprache, nehme ich an. Johanna, hob er an – *famous last words,* mein Name, aus seinem Mund, mit seinem Blick auf mich gerichtet, und dann kam wie gesagt der Volvo. Und das grässlichste, das allerschlimmste, Jeanette – und dass wir uns gestritten hatten, dieses klitzekleine, aber nicht unwesentliche Detail, das zu seinem Stehen auf dem Trottoir führte, das habe ich wirklich noch niemals jemandem erzählt, noch nicht mal der Therapeutin, das ist dein Privileg, – ja, aber das noch viel schlimmere Detail, das ich erst recht niemandem je erzählt habe, das war der allerletzte Blick meines Vaters, wie er mich anschaute, als das Fahrrad eingesogen wurde, das ging blitzschnell, aber vor meinen Augen, musst du dir vorstellen, ging es unendlich langsam, also da wich sozusagen wie in Zeitlupe aus seinen Augen die Wut, um etwas anderem Platz zu machen, und ich sah einfach nur Schrecken hineinfahren, oder ein Entsetzen, oder vielleicht nur bodenloses, namenloses Staunen, und ich glaube, da war der Tod vor ihn getreten. Und dabei schaute er mich an, und ich – ich war sein Tod.«

Jeanette Gerster hatte sich vorgebeugt und sah Johanna erschüttert an.

»Ja«, fuhr Johanna fort, der die Stimme nun zu zittern begann, »das ist alles bei aller Unsinnigkeit nicht so komisch für mich deswegen, mit meinem Vater und den Storys über ihn, und ich begreife gerade, dass ich deswegen auch so lang gezögert habe, dich anzurufen, Jeanette, weil ich genau davor Angst gehabt habe und weil ich das in meinem ganzen Leben sehr kontrolliere, das Gerede über meinen Vater. Ich habe nämlich außer dieser einen Erinnerung keine einzige andere zu bieten, und von dieser sogenannten systematisierten Amnesie wissen nur ganz wenige Menschen, meine Mutter und Hans und meine Therapeutin und ein paar Ärzte, und allen anderen gegenüber habe ich das bislang verschweigen können, haha, die systematisierte Amnesie, sogar meinen besten Freundinnen gegenüber, weil ich mich für die sehr schäme, entsetzlich schäme ich mich, und ich hasse die sehr, weil mein feiges Gehirn sich aus lauter Scham zwischen uns stellt, meinen offenbar ja wunderbaren, von allen heiliggesprochenen Vater und mich, weil ich also nicht mehr weiß, wer mein Vater war, so eine Scheiße. Ich habe also, bitte verzeih, keinerlei Erinnerung an ihn. Null. Nur diesen einen Moment, den weiß ich noch, den wunderschönen, und die paar Sekunden davor. Wie ich ihn – ich weiß, das darf ich nicht sagen, das ist ganz verboten, das denken aber eh alle, sogar meine Mutter, obwohl die ja nichts weiß von dem Streit, aber es liegt auf der Hand – dass ich ihn umgebracht hab. Das ist so für mich. Und weißt du, ich hab ihn geliebt, das ist mir geblieben, wie so ein Phantomschmerz ist mir diese bodenlose Liebe zu einem Unbekannten geblieben, und der wäre noch da ohne mich, und weißt du, ich wusste schon, als ich das gesagt habe mit der bescheuerten Bitch, dass das lächerliche Sprache war und weit über das Ziel hinausgeschossen und dass ihn das total ärgern würde, das wollte ich ja, ihn ärgern. Weißt du? Also«, sagte Johanna, der die Stimme nun zu versagen begann, »es tut mir leid. Entschuldige bitte. Ich weiß gar nicht, warum. Warum.«

Sie erhob sich, stieß dabei den Hocker um, auf dem sie saß, machte noch eine entschuldigende Geste in Richtung Jeanette Gerster, die sich ebenfalls erhob. Johanna drückte sich krampfhaft die Hand vor den Mund, um eine Art Würgen oder Bellen in sich zu behalten, bevor sie aus dem Café auf die Straße wankte und in einen Laufschritt verfiel, der sie zwischen den übrigen Passanten hindurch einen Block weit trug und bis auf eine Parkbank, die in einem öffentlichen Gärtchen stand zwischen zwei Backsteinhäusern. Rotz und Wasser, den Ausdruck lernte Johanna da wieder begreifen, ihr Gesicht schien sich unter den Händen in einen anderen Aggregatzustand aufzulösen, der Körper geschüttelt, der Atem krampfhaft eingeholt, eine halbe Stunde ging das so. Dann war es plötzlich ausgestanden und vorbei, und sie stand auf und ging in Richtung Hotel, wohin auch sonst, und betrachtete sich selbst dabei, von weit außen, fasziniert, erschrocken, absolut erstaunt über die wundersamen Volten der menschlichen Psyche, erstaunt auch darüber, dass niemand sie aufhielt, dass niemand zu bemerken schien, dass diese junge Frau kurz verrückt geworden war. Johanna erkannte darin zu ihrem Entsetzen die Möglichkeit, diesen Kollaps vergraben zu können, mit niemandem darüber sprechen zu müssen. Sie begriff, dass sie ohne Umstände zurückkehren konnte in den Modus des Ungesagten, und wusste gleich und wie hilflos, dass sie das tun würde; sie würde niemand davon erzählen.

XVIII

Der Galerist hatte für Johanna und David eine Juniorsuite gebucht in einem seltsam pariserisch anmutenden, enorm schicken, vermutlich unbezahlbar teuren Hotel auf der Upper East Side. Als Johanna, die sich im Marmorbad der Lobby einigermaßen herzurichten versucht hatte und sich immer noch in etwa so fühlte, als sei unterwegs neben ihr eine Bombe hochgegangen, die Chipkarte einsteckte und das Vestibül der Suite betrat, sah sie David durch die offene Tür am Fenster des kleinen Salons stehen, den Blick über die Dächer der umliegenden Gebäude gerichtet, und als er sie hörte, drehte er sich um und strahlte, ganz blind für die Blässe ihres Gesichts. »Da bist du ja! Ich hatte mir schon Sorgen gemacht. Du warst so lang weg. Wie war es denn?«

»Gut«, sagte Johanna knapp, indem sie eine kleine Plastikwasserflasche aus dem Kühlschrank zog und sich absolut erschöpft in einen der beiden Bouclé-Sessel fallen ließ, die man hier zum Zusammensitzen arrangiert hatte. »Ja, gut«, wiederholte sie und schloss die Augen, »aber anstrengend. Ich erzähle später.« Sie öffnete die Augen wieder und schaute David an. »Erzähl du lieber erst mal von dir. Das ist bestimmt spannender.«

Dankbar dafür, dass David wirklich nichts zu bemerken schien, lauschte sie seinem Bericht über den eigenen Tag, so gut es ging. Ein Assistent von Barnheim hatte ihn nach dem Frühstück abgeholt und in einem Uber in die nahe gelegenen Galerieräume gefahren, die sich über drei Etagen erstreckten und derzeit zwei verschiedene Shows beherbergten. »Die Atmosphäre da ist absolut die von einem modernen Museum, weißt du, was die Dimensionen angeht, und die Wärter in ihren Uniformen und das Café, in dem man essen und trinken kann, Sandwiches und Cappuccino. Bloß die roten Stickerchen neben den Arbeiten erinnern daran, dass alles zum Verkauf steht.«

Die beiden bei Barnheim derzeit ausgestellten Künstler sagten sogar Johanna etwas, beide produzierten, wusste sie, in fabrikartiger Manier, die eine baute maschinenartige, einigermaßen kitschige Objekte, die sich je nach Wind und Wetter und Licht und Atmosphäre irgendwie animierten – »so Jugend-Forscht-Kunst«, sagte David –, der andere ließ Horden von engagierten Malern auf gewaltige Leinwände los, dirigierte, präzisierte *kaizen*-mäßig die Fertigungsprozesse möglichst einheitlich ausschauender Arbeiten und machte, fand Johanna, ansonsten den Pausenclown, indem er schamlos davon sprach, als Industrieller vor allem sehr teuer verkaufen zu wollen. »Das war alles schon echt pervers«, sagte David. »Ich bin ja nicht zum ersten Mal da gewesen. Aber die haben noch mal aufgestockt, das Café und der dritte Stock sind neu, das sind jetzt noch mal neue Dimensionen. Das ist da wie in so einem Ikea. Mannomannomann. Das kannst du dir nicht vorstellen, da sitzen die Touristen in ihren verschwitzen

T-Shirts und schaufeln sich den Cheesecake rein, während sie auf die Videoarbeiten im Foyer glotzen. Und da könnte ich also auch bald hängen.« David begann zu lachen, Johanna musste zu ihrem eigenen Erstaunen auch lachen und kriegte auf einmal schreckliche Angst, ihn zu verlieren, und wollte sich unbedingt, unbedingt an ihm festhalten und ihre eigene Kaputtheit um jeden Preis versteckt halten vor ihm.

»Du bist ja ganz fröhlich dafür, dass das so scheußlich war«, brachte sie hervor und wischte sich schnell die Tränen aus den Augenwinkeln.

»Na ja«, sagte er, »dieser Assistent, Harry, der war schon immens smooth. Es gibt so smarte, slicke Leute in diesem Land, Johanna, das kenn ich sonst höchstens, allerhöchstens noch aus England. Das ist schon geil an diesem Leinen-Los-Kapitalismus, was der für Maschinen produziert, hier in dieser Stadt mehr als irgendwo sonst. Der führte mich da durch und machte, wirklich sehr schlau, der machte überhaupt keinen Hehl aus seinem eigenen Degout. Der sagte so in etwa, dass man hier sehr schöne Vernissagen machen könne und gute Partys feiern, dass die Räume abends und bei geschlossenen Veranstaltungen ganz anders wirken würden, dass man wochentags aber besser nicht herkommen solle, dann sei es zu schlimm. Der führte mich aus in so ein kleines, schmandiges Dim-Sum-Lokal, und da tranken wir zwei, drei Bier und unterhielten uns über ein paar der Künstler aus der Galerie, weißt du, die Superstars, über die er sehr schön zu erzählen wusste, komplett indiskret, aber keine Sekunde respektlos, sehr angenehm. Und dann sagte er, dass Max, also Barnheim, dass dem besonders wichtig sei, dass ich auch die anderen, die neuesten Räume sähe, BX heißen die, ganz schlimm, also er meinte, dass mir die Show da bestimmt gefallen würde. Das war eine ganze Strecke, die haben einen neuen Space ganz im Süden, im Financial District, in der Beletage von so einem alten Bankgebäude. Drei große, unglaublich schöne Räume mit Blick auf das Wasser, bestimmt fünf Meter hoch und mit so jadefarbener, Art-Déco-mäßiger Ornamentik unter den Decken, und voller Licht vom Wasser, verrückt, so Blade-Runner-mäßig. Und auf dem Weg dahin erklärte mir Harry, was da gerade gezeigt wird. Auch ein Maler, Ken Himura, New Yorker, der ist schon über achtzig Jahre alt. Der war als junger Mann so ein Protegé von Kline, und für eine Weile *hot shit,* bevor er plötzlich von der Bildfläche verschwand. Und Harry meinte, das sei das ebenso Perverse wie Geniale an Barnheim, dass der diesen Himura aufgetan hätte. Weißt du, was der sich für eine Frage gestellt hat, Johanna?«

Johanna zuckte mit den Schultern. Sie war furchtbar müde, ihr war auch ein bisschen schlecht, aber sie wollte auf keinen Fall Davids Erzählung unterbrechen, auf keinen Fall zum Problem werden.

»Barnheim hat sich gefragt: Wer ist der unterbewertetste Maler auf dem amerikanischen Markt? Mit der Frage hat er seine Assistenten losgeschickt! Und eine Kollegin von Harry hatte ein paar von Himuras Arbeiten im Whitney gesehen, von früher, aus den Sixties. Das ist so absurd, weißt du. Also man kennt den, aber man hat ihn vergessen, wirklich, als sei der tot, und alle waren dann ganz geschockt, dass der noch lebt und so weiter. Und die Kollegin hat nach ihm gesucht und ihn einfach im Telefonbuch gefunden und ihn irgendwo in New Jersey aufgetrieben und kapiert, dass der nach wie vor extrem produktiv ist. Der malt da in seinem Garten in so einer Art Jurte.

Und seine neuesten Arbeiten werden also jetzt bei Barnheim gezeigt.«

David schüttelte mit dem Kopf und pfiff durch die Lippen.

»Und wow, Johanna, wow. Absolut unglaublich. Weißt du, ich hab kapiert, als ich die Sachen gesehen habe – ich kann das gar nicht beschreiben, das ist so eine Art weich gewordener Minimalismus, so ein altersmilder, sehr fröhlicher Minimalismus, in so ganz natürlichen Formaten, das ist so crazy, so bescheidene Dimensionen, wie für ein reguläres Zimmer, zart eigentlich fast, Aquarelle, Tuschen, manches auch geritzt oder gestanzt. Und ich hab etwas verstanden, für mich, was ganz Banales, das ich immer schon wusste, aber nie so genau zu greifen verstanden habe. Und zwar durch den Kontrast zu den Blockbustersachen da im Haupthaus. Ich brauche die *Hand.* Ich muss eine Hand sehen in der Kunst, ich muss irgendwie sehen, dass das von einem Menschen angefasst worden ist, dass da eine Seele durch eine Hand gewaltet hat, dass da eine Berührung stattgefunden hat. Wenn das nicht mehr passiert, wenn es maschinell wird oder nur noch so gehirnig ist, dann kann es bestimmt noch toll sein, aber dann wird es für mich uninteressant. Die Sachen waren immens. Immens. Das Beste, was ich seit Ewigkeiten gesehen habe. Bei Barnheim hängt das! Verstehst du? Das ist so wahnsinnig, dass neben dem Kommerz auch substanzielle Sachen gezeigt werden. Wir müssen morgen unbedingt noch einmal hin vor dem Abflug, das ist doch erst nachmittags, das schaffen wir.«

»Gerne«, sagte Johanna, »total gerne.« Sie hielt sich an den Sessellehnen fest. »Ich freue mich, dass das so inspirierend war. Vielleicht hängst du ja mal in dem Raum.«

Er schüttelte ungläubig und lächelnd den Kopf. »Das

kann ich mir gar nicht vorstellen«, sagte er und schien doch genau das zu tun.

»Ich weiß nicht«, fragte Johanna, weil darüber eine Stille eintrat, »geht das, dass ich mich noch einmal eine halbe Stunde hinlege, bevor wir losfahren? Ich bin so, so müde. Ich bin so erschöpft.«

David schaute sie besorgt an. »Ich weiß nicht, Johanna, ob das so eine gute Idee ist. Ich bin ehrlich gesagt eher dagegen. Wir müssen in etwa eineinhalb Stunden los, dann werden wir abgeholt. Wenn du jetzt schläfst, zieht dich der Jetlag so tief, du kommst dann gar nicht mehr auf die Beine. Glaub mir, ich kenne das. Du kommst dann nicht mehr hoch, du wachst um ein Uhr nachts erst wieder auf.« Er zögerte einen Augenblick. »Ich hab eine andere Idee«, sagte er und fischte ein Tütchen mit weißem Pulver aus der Reißverschlusstasche im Ärmel seiner Outdoorjacke.

»Koks?«, fragte Johanna mit sofortigem, physischem Widerwillen. »Oh nein, bitte nicht.«

»Doch, Koks«, sagte David, »aber was für Koks! So was hast du noch nicht gekriegt. Kommt von Harry, der hat mir das zum Abschied zugesteckt, äußerst diskret, er meinte dazu *in case you are tired.* Eine sehr interessante Vorstellung von Gastfreundschaft. Ich hab vorhin, als ich wieder aufs Zimmer kam, also ich bin kurz vor dir hier hoch, und ich war natürlich auch so unglaublich platt, da hab ich eine kleine Line genommen. Das ist wirklich wundervoll, richtig wundervoll, man kriegt sofort wieder alles unter Kontrolle.«

»Ich mochte das wirklich noch nie«, sagte Johanna. »Momo steht da auch drauf, und der hat ein paarmal so angeblich ganz tolles Zeug gehabt, aber mir hat das gar nichts gesagt.«

David schüttelte den Kopf. »Nein, das ist hier wahrscheinlich aus Kolumbien oder so, das ist bestimmt so eingeflogenes Zeugs, das kriegt man in Europa nicht so. Das ist eine richtig mächtige, ernst zu nehmende Substanz, nicht dieser Speed aus Berlin. Komm, ich mache dir eine kleine Line, minimini, zum Probieren. Du hast dann wieder komplett die Beherrschung. Und ich will das so gerne mit dir teilen. Lass mich nicht allein damit. Komm.«

Kontrolle, Beherrschung, das hatte er mehrfach gesagt, das klang nach der richtigen Art von Narkose für ihr Befinden, dachte Johanna auf einmal, und ein bisschen Selbstbestrafung und Gegendeneigenenwillenhandeln hatte ihr, wenn durch den Vater alles wehtat, auch noch nie geschadet. Sie ging zu ihm hin, er hantierte auf der Fensterbank mit dem Pulver und seiner Bankkarte herum, bereitete eine hauchzarte Linie für sie vor und reichte ihr einen zusammengerollten Dollarschein, durch den sie das Pulver vorgebeugt in die Nase zog. Johanna richtete sich auf, schüttelte sich kurz, zog noch einmal durch die sich gleich öffnende Nase hoch, blinzelte in das helle Licht und lachte David erstaunt an. »Auf jeden Fall ein kleiner Energieschub«, sagte sie. Ihr Nacken prickelte, die Zunge wurde nicht unangenehm taub. Er nickte und machte noch zwei kleine Lines. »Noch eine für dich, und noch eine für mich«, sagte er. »Nicht zu viel, wir wollen da nicht völlig derangiert aufschlagen, man muss das kontrollieren, sonst schlägt es um. Auf Linie bleiben, haha.« Johanna zog auch die zweite Line, fühlte sich noch einmal deutlich besser, wie leichter geworden, so schnell ging das, dachte sie und seufzte innerlich, wie ein Gewicht abgeschultert, den Shit, den menschlichen, armseligen, atavistischen Seelenshit einfach mal abschultern, kühl und rational werden, im Körper sich fühlen und in den Augen, bam. »Ja, sehr gut«, sagte sie, »extrem gut. Wow. Krass.« Sie küsste David, entwand sich ihm, um duschen zu gehen und sich für das Dinner bei Barnheim vorzubereiten. Gut, dachte sie unter der Dusche, richtig gut. Wie geil, was diese Leute so haben, solches Doping, *fucking genius.* Die Arschlöcher. Natürlich funktioniert dann alles, mit solchen *power ups.* Wow. Ich wäre ja auch sehr nervös geworden, nach diesem Nachmittag erst recht. Sie schob den Gedanken an ihren Zusammenbruch in dem Café, an ihr haltloses Gerede vor Jeanette abermals mit erstaunlicher Mühelosigkeit von sich und begann, sich lustvoll die Haare einzuschäumen mit dem teuer duftenden Shampoo des Hotels. Sie hatte ein sehr angenehmes Kribbeln in den Beinen und ein sehr angenehmes Gefühl beim Gedanken daran, dass sie hier im zehnten Stock eines Luxushotels in Manhattan duschte, das war lustig, richtig lustig. Sie trat, in ihren weichen, dicken, schneeweißen Bademantel gewickelt, einen gewaltigen Handtuchturban auf dem Kopf, raus auf den kleinen Balkon ihrer Suite, spürte ein Brodeln in ihrem Unterleib, eine gewisse heiße Fahrigkeit in ihren Wangen, sie zündete sich eine Zigarette an und blickte mit messerscharfem Blick in die Straßen und Fenster der in die Dämmerung sinkenden, rasselnden Stadt hinunter. All die Menschen da, wuselnd auf dem Trottoir, das Gehupe und Gedränge, aber ich bin noch so jung und hier mit David, mit meinem Buddy, hier oben, dachte sie, und so beschissen ist mein Leben ja wohl nicht. Sie dachte an Venedig, an den Abend ihrer Ankunft, da hatte sie auch so in eine fremde Stadt hinausgeraucht, aber mit einem sehr, sehr anderen Gefühl.

Er trat neben sie, ebenfalls im Bademantel, nahm ihre Zigarette, rauchte, gegen seine Gewohnheit, mit ihr, zog sie dann an sich heran, die beiden stolperten ins Schlafzimmer, schliefen ohne jedes weitere Vorspiel und ohne zu verhüten miteinander, wobei sie ihn mehr zu begehren meinte als jemals zuvor, »du musst aufpassen«, sagte sie und entzog sich ihm gerade noch, bevor er kam und über ihr zusammenbrach. »Es ist unglaublich«, sagte er, neben ihr sich auf den Rücken drehend, »es ist irgendwie alles so unglaublich mit dir, Johanna. Es fühlt sich durch dich alles so viel echter an. Als sei ich auf die richtige Frequenz gestellt. Du verstehst nicht, wie das ist. Du hast so viel Macht über mich. Ich bin so klein vor dir.«

»Ja«, sagte sie. »Wir sind füreinander gemacht worden.« Das ist die Wahrheit zwischen uns, dachte sie. Das ist das Echte. Das ist keine Lüge der Substanz, sondern das ist die Klarheit der Substanz.

Eine halbe Stunde, eine weitere Dusche, eine weitere Line später stiegen sie in das Auto, das Barnheim für sie geschickt hatte, David in einem nachtblauen Anzug, unter dem er ein wundervolles, plissiertes Hemd aus Armenien trug, Johanna in einem kleinen Schwarzen von Céline, das ihr Helena samt dazu passenden Pumps geliehen hatte. »Du siehst fantastisch aus«, sagte David, während sie durch die dunkel gewordene Stadt glitten, »es ist alles fantastisch. Guck mal, wo wir sind, Alter. Guck mal, wo ich hingekommen bin, der kleine David aus Arzach. Vaaaay.«

XIX

Johanna verbrachte den ersten, stehenden Teil des Abends mit einer Assistentin von Barnheim, die offenbar abgestellt worden war und dazu keine große Lust zu haben schien, vielmehr das ganze schleppende Gespräch über den Blick suchend durch das Rund der etwa zwanzig Anwesenden kreisen ließ, als halte sie nach jemand Ausschau. Aber auch Johanna fand diese junge Frau uninspirierend, und sie ärgerte sich über ihre eigene Aufmachung, die jener der Assistentin unangenehm ähnlich war, über den Anschein, den sie dadurch offenbar erweckte, von so einer dienstbaren, jungen, hübsch anzuschauenden, unbedeutenden weiblichen Person.

Beim Dinner selbst meinte Johanna mehrfach, sie träume, so grotesk waren die Gespräche mit ihren beiden Sitznachbarn. Ein paar Male versuchte sie, David Zeichen zu machen, aber der war am anderen Tischende mit dem Maler Himura in ein brunnentiefes Gespräch versunken. Johanna saß neben einer Lady von Christie's, die ihr ein paar sehr amüsante Anekdoten erzählte über das Leben als geschiedene Ex und sexuell offenbar gänzlich unsichtbar gewordene Über-Vierzig-Jährige, um sich bald darauf jenem greisen Sammler zu widmen, der zu Johannas anderer Seite saß, sodass die beiden die meiste Zeit über sie hinweg miteinander sprachen und dabei Dinge sagten, die Johanna heimlich mit dem Handy aufzunehmen begann.

»Ich will dich was fragen«, – die Sammlerin –, »Elle Mbaye, was denkst du über die.«

»Ja, schön«, sagte der Greis. »Die ist aus Afrika. Afrika kommt.«

»Hier, guck mal«, die Sammlerin schob dem Greis ihr Handy mit der Fotografie eines Gemäldes hinüber, »die Brust, da, die Hand, ist das nicht zum Sterben? Kannst du das aushalten? Diese Zartheit? Die weiße auf der schwarzen Haut?«

»Ja, viel Rot. Rot ist immer gut. Besser als grün. Oder Fische. Sehr schön.«

»Es ist absolut schön. Ich brauche das unbedingt, an meiner eigenen Wand. Ich will das.«

Der Greis, plötzlich interessiert: »Für wie viel sind die letzten Sachen gegangen?«

Oder der Greis: »Ich hab jetzt noch einen Warhol abgeholt, einen letzten, jetzt ist es wirklich genug, aber es war ein zu guter Deal. Ein Schädel, ein ganz saftiger, wirklich schön, sehr saturiert, man muss die saftigen kriegen, die sind was für die wahren Feinschmecker, aber du darfst niemandem verraten, dass es darauf ankommt. Es ist wie bei Kline, da will man auch das üppige Spritzing, nicht diese geizigen Dinger, das braucht es, das macht es fett.« Er schmatzte und schnalzte mit der Zunge, als wolle er die Farbe in den Mund gegossen bekommen.

Oder der Greis, der sich, wie zu großväterlicher Erläuterung, zu Johanna hinüberbeugte, nicht ohne ihr, unter dem aufleuchtenden Blick der Sammlerin, kurz die kalte Hand auf das nackte Knie zu legen: »Ich behandle meine Sammlung im Grunde nicht anders, als ich meinen Hedgefonds behandelt habe. Zweihundert Arbeiten, vierzig Künstler. Man muss sich beschränken, sonst wird es unübersichtlich. Und man muss versuchen, kühl zu bleiben, nichts ist wichtiger beim Sammeln, als leidenschaftslos und nüchtern zu bleiben.«

»Also verkaufen Sie auch immer mal?«, fragte Johanna, die sich ihm lächelnd entwand.

»Ich tausche lieber. Das ist zwar nicht schön für Uncle Sam, aber halt billiger. Keine Steuer.«

Die Lady von Christie's, auch zu Johanna: »Es gibt drei Arten von Menschen auf der Welt. Die, die sehen. Die, die sehen, wenn man es ihnen zeigt. Und die, die immer blind bleiben.«

Der Greis: »Oh ja. Oh ja. Es gibt so viele Leute, die mit den Ohren kaufen, nicht mit den Augen.«

Die Lady, zu Johanna, bedauernd, ohne einen Anflug von Ironie: »Kunst ist leider eine Anlageklasse geworden, Darling.«

Zwischen Hauptgang und Dessert, das Essen wurde von livrierten Dienern aufgetischt, traf Johanna David vor den Toiletten, sie sperrten sich gemeinsam im Damenklo ein und zogen noch eine Line. »Was für eine Bude«, sagte David, »Herrenklo, Damenklo. Hast du die zwei Picassos gesehen im Esszimmer, hinter dir? Und im Kaminzimmer den Rothko, den hat Barnheim mir vorhin vorgeführt, den musst du dir unbedingt anschauen. Alles okay bei dir?«

»Es ist wie in so einem Film«, sagte Johanna. »Es ist verrückt. Mir macht das Angst, wenn ich drüber nachdenke.«

»Nicht drüber nachdenken. Noch nicht heute. Angucken, reinfahren lassen. Denk an Breton! Teufel reinlassen. Wir denken später drüber nach.« Er küsste sie. »Himura ist so unglaublich. Ich stelle euch einander vor nach dem Essen.« Er war so voll in seinem Element. Kurz beneidete sie ihn, kurz hasste sie ihre eigene Rolle, dachte sie an Helena, dachte sie daran, wie sie hier bloß als so eine Art Schmuckstück fungierte, kurz wollte sie weg und so lange weg sein, bis sie selbst etwas gefunden hätte, das sie zog und groß werden lassen würde, es war kurz für sie so ungerecht, dass David, ihr Freund, offenbar ein Berufener war, den das Schicksal bis in diese verschlossenen Welten hinaufhievte, und dann gelang es ihr aber doch, sich wieder zu amüsieren und sich zu sagen: was aus mir wird, das zeigt sich noch, in manchen Belangen bin ich ihm auch überlegen.«

Als Johanna nach dem Dinner in das Kaminzimmer ging, wo ein großes Feuer prasselte und der Rothko dämmrig und seltsam abgründig über einer kleinen Sitzgruppe hing, fand sie dort David und Ken Himura vor, beide ein bisschen betrunken und mit Davids Gedanken von der sichtbaren Hand beschäftigt. »Bei Rembrandt«, sagte Himura, »ist es fast nur das Handgelenk. Flick, flick, flick, aus dem Handgelenk, kleine Schnipser Farbe, unglaublich eigen, das kann man nicht reproduzieren, das hab ich schon oft versucht.«

»Benutzt du eigentlich einen Malstock?«

»Handablage meinst du?«, fragte Himura mit erstauntem Lachen.

»Ja.«

»Nein, niemals! Das muss aus dem Atem kommen. Ausatmen, in der Leere dann die Feinheiten.«

»Ich weiß«, David lachte, »ich gerate immer in Schwierigkeiten, wenn ich an den Rand der Leinwand komme. Findest du das schlechte Technik oder wie?«

»Es geht doch immer nur um Möglichkeit, alles, was Möglichkeit einschränkt, ist schlechte Technik«, sagte Himura.

Der Mann, ein verwittertes, sonnengegerbtes Gesicht, in dem die schmalen, blitzenden Augen von einer Gloriole aus Lachfältchen umgeben waren, sah, fand Johanna, fabelhaft aus, eine ähnliche Physis wie David, schlank, zart, kleiner noch, ganz in Schwarz gekleidet, schwarz auch das Hemd, ein schwarzer, breitkrempiger Hut auf dem Kopf, unter dem das schlohweiße, lange Haar in einem geflochtenen Zopf hervorschaute.

»Das ist meine Partnerin, Johanna«, stellte David sie endlich Himura vor, »sie ist aus Berlin mitgekommen.«

»Pleased to meet you«, sagte Himura.

»Barnheim hat uns beide eingeladen«, sagte David.

»Der will dich haben«, sagte Himura lächelnd.

In diesem Augenblick erschien Barnheim im Kaminzimmer, wie heraufbeschworen. Riesig, dachte Johanna einmal mehr, als sie seine Silhouette im Türrahmen sah, wie ein Schläger wirkte er neben David und erst recht neben Himura, beängstigend. »Ich wollte dich noch einmal kurz entführen«, sagte Barnheim zu David, »ich muss dich jemandem vorstellen, einem Journalisten von *Artnews*«, er legte David eine Hand auf die Schulter und schob ihn aus dem Raum. Johanna blieb mit Himura unter dem Rothko stehen.

Himura betrachtete das Bild schweigend und sagte dann, sehr nüchtern: »Es ist eigentlich vor allem überwältigend.«

Johanna betrachtete eher den Maler als die Arbeit. »Sind Sie Rothko mal begegnet?«

»Nein, nicht wirklich.« Himura studierte weiter das Bild. »Es ist schon sehr schade, dass das ausgerechnet hier hängen muss. So versteckt vor der Welt. Wie so eine vergessene Kathedrale.« Er wandte sich ab und Johanna zu. Er lächelte. »Es ist doch erstaunlich, dass jemand wie Barnheim das überhaupt aushalten kann, finden Sie nicht? Dass ihn das nicht auffrisst?«

»Sie mögen Barnheim nicht?«, fragte Johanna.

»Ach, ›mögen‹. Was heißt mögen? Doch, ich mag ihn. Er hat all meine Bilder verkauft, in bloß ein paar Stunden. Ich habe keine Schulden mehr, ich hab meiner Tochter sogar ein Häuschen kaufen können von dem Erlös. Meine Bilder sind sehr schön, aber man kann nicht darin wohnen. Das ist schon ein Zaubertrick von Barnheim. Sehr beeindruckend.«

»David meinte, Sie wollten mit dem Betrieb nichts mehr zu tun haben«, sagte Johanna. Sie fühlte sich eigenartig hingezogen zu dem alten Mann, er strahlte eine ungeheure Wärme und Freundlichkeit aus, eine große, beruhigte Intelligenz. Vielleicht wird David eines Tages so, dachte sie.

»Das ist so nicht richtig«, sagte Himura und lächelte abermals. »Es war eher umgekehrt. Der Betrieb hat mich ausgespuckt.« Jetzt lachte Himura, ein helles, klares Lachen. »Aber ich klinge wie ein Schulkind, das alle Mitschuld leugnet. Das ist doch sicher Unsinn, oder, was ich da gerade sage?« Er zog ein zerbeultes Zigarettenetui aus der Hosentasche, trat ein paar Schritt zurück vom Rothko und an den Kamin, wo er Johanna eine Zigarette anbot und zu rauchen begann.

»Warum Unsinn?«, fragte Johanna, obwohl sie ihn gleich verstanden hatte.

»Das sind ja zwei Kräfte«, sagte Himura. »Ich habe gespürt, wie sich der Markt von mir zurückzog, und ich habe meinen eigenen Kurs deswegen nicht verändert. Wer sich von wem abgewendet hat und wer angefangen hat mit der Entzweiung, wer weiß das schon?«

Johanna lächelte. »Ich hab in letzter Zeit so viel nachgedacht über Ursache und Wirkung«, sagte sie.

»Ah. Ja. Ja.« Himura schüttelte den Kopf. »Interessant. Wieso?«

»Ich bin Juristin.« Johanna hörte sich diesen Satz zum ersten Mal in ihrem Leben ohne irgendwelche Missstimmung sagen. Es gefiel ihr, Himura das zu sagen.

»Ah, sehr interessant. Das Gesetz – das ist ja ein sehr tiefes Prinzip. Sie haben über die Gesetze hinter den Gesetzen nachgedacht, ja?«

Johanna lachte. »Ja, genau.«

Himura lächelte und schwieg ein bisschen. »In meinem Fall ging es, glaube ich, letztlich nicht um diese Kräfte.«

»Ursache und Wirkung?«

»Genau.«

»Das ist sehr interessant. Welche gibt es denn noch?«

»Oh, ich weiß nicht. Ich bin ja kein Physiker. Wie heißen Sie noch einmal?«

»Johanna.«

»Ah, Johanna. Das ist schön. Wie die Ritterin.«

»Genau.«

»Also ich denke ... ich komme ja aus der Malerei, insofern sind meine Gedanken zu diesen Fragen nicht sonderlich viel wert. Und ganz sicher gibt es so etwas wie Kausalität. Aber es gibt ja auch so etwas wie Magnetismus oder

Ladungen, Anziehung, Abstoßung? Wenn sich zwei magnetisch geladene Stahlblocks gegenseitig anziehen, ist einer von beiden dann ursächlich? Ist es nicht eher der Magnetismus selbst, etwas zwischen ihnen? Vielleicht sogar so etwas wie Schicksal?« Himura klatschte leise die Hände aufeinander, dass die Asche von der Zigarette in seiner Rechten stob. »Ich weiß nicht, warum sich Magneten anziehen. Vermutlich, weil das eben einfach so ist. Verstehen Sie, was ich meine? *That's the way things are.* Mir geht es letztlich um Energien. So erlebe ich die Welt. Wirbel von Energien, die miteinander in Interaktion treten. Vielleicht wie in diesen Bildern vom Kosmos, kennen Sie die, Gravitationskräfte, wo die Himmelskörper gewissermaßen Vertiefungen darstellen, in die ein vorbeifliegendes Objekt hineinstürzen kann, einfach, weil es seine Richtung hat, und einfach, weil die Gravitation vorhanden ist? Was ist da ursächlich? Die Bewegung, die Gravitation sind Kräfte, keine Ursachen, sie können ursächlich wirken, aber sie sind als Kräfte ganz gleichgültig gegenüber der Frage, was sie auslösen und was nicht, sie sind als Potenz ja auch da, wenn sie nichts bewirken.« Himura schaute in den Kamin. »Das ist wahrscheinlich alles sehr unpräzise.« Er lachte wieder. »Aber die Kräfte kommen noch vor Ursache und Wirkung. Es braucht die Möglichkeit von Energie, bevor wir kausale Ordnungssysteme herstellen können.«

»Und Sie meinen«, sagte Johanna, der das Herz schlug, weil ihr ein so anderes Bild für die Welt vorgeschlagen worden war, eine neue, weichere Metapher, »so war das auch mit Ihnen und dem Betrieb, und dass sich die Ladungen irgendwann verändert haben, dass die Anziehung abnahm?«

»Ja«, sagte Himura, »so in etwa ist es gewesen. Wir haben uns für eine Weile angezogen und dann haben wir uns abgestoßen. Und ich glaube interessanterweise nicht, dass sich eine der beiden Seiten wirklich verändert hat. Der Markt ist derselbe geblieben, und ich bin derselbe geblieben, aber die Energien haben nur kurz miteinander korrespondiert. Es gab eine Tangente, ja? Aber meine Kraft war immer Bewegung, und die Kraft des Markts ist eher Gravitation, die ist eher auf Wiederholung bedacht. Und so bin ich auch jetzt wieder in der Schleife.«

Johanna konnte ihm nicht mehr ganz folgen, aber Himura hatte offenbar auch selbst kein Bedürfnis mehr, weiter darüber nachzudenken.

»Ich mag David«, sagte er. »Sehr lebendig, sehr wach. Sehr hungrig. Aggressiv. Sehr schlau! Lustig.«

»Ja?«, meinte Johanna. »Ich habe hier ein bisschen Angst um ihn. Ich finde diese ganze Welt beängstigend.«

»Warum?«

»Weil sie ...« Johanna suchte nach Worten. »Sie ist so dumm, aber so wirklich, und sie ist so mächtig, aber sie ist nicht ernst.«

»How curious, how real«, lachte Himura, und Johanna staunte. »Aber Sie täuschen sich. Diese Welt ist vieles, aber sie ist nicht mächtig.«

»Bilder teuer wie Häuser, andere komplett vergessen, manche schwimmen oben, andere gehen unter. So wie Sie, Sie waren doch lange wie weg.«

»Ich war, soweit ich mich erinnern kann, nie weg. Ich habe nicht verkauft, das stimmt. Aber der Markt hat im engeren Sinne nichts zu tun mit der Kunst, der hat da kein echtes Mitspracherecht, der ist zweiten Ranges. Das sind zwei verschiedene Sachen. Manche meinen, inzwischen sei es anders, oder dass es nie anders gewesen sei, aber ich glaube, das stimmt nicht. Der Markt findet außerhalb des eigentlichen Tempels statt, ante portas. Ganz andere Gesetze.«

»Aber meinen Sie denn nicht, dass jemand wie Barnheim jemanden wie David verschlingen kann?«

»Das habe ich nicht in Abrede gestellt, Johanna. Natürlich kann das passieren. Das sind ja gewaltige Kräfte, denen er sich da aussetzt. Für mich ist das was anderes, ich bin alt, und wenn es morgen wieder vorbei ist, ist mir das egal. Aber ob David unter anderen Umständen weiter malen könnte, ist eine Frage, die er sich selbst stellen muss. Mein Eindruck ist, dass er vom Malen lebt. Dass er explodieren würde, wenn er nicht malen könnte. Ich kenne ihn ja nicht. Was denken denn Sie? Was ist Ihr Eindruck?«

Johanna wusste auf einmal, dass David in Barnheims Welt nicht bloß überleben konnte, sondern dass er vielleicht sogar darin erst wirklich haltlos zu arbeiten beginnen würde. Und sie begriff plötzlich, dass für sie selbst dann womöglich kein Platz bleiben würde.

David kam zurück ins Zimmer, Barnheim hinter sich. Etwas hatte sich, das spürte Johanna, komplett verändert. Barnheim hatte eine tiefe Falte in der Stirn, er wirkte verärgert. David, blass, Augen unruhig, ging auf Johanna zu, fasste sie am Arm, nickte kurz mit knappem Lächeln zu Himura herüber, zog Johanna dann in eine dunkle Ecke des Kaminzimmers. »Ist alles okay? Was ist denn passiert?«, wollte sie wissen, während David sie suchend anschaute, den Kiefer hin- und herschob. »Das Arschloch«, sagte er endlich leise.

»Aber wer denn? Barnheim?« Johanna schaute ängstlich zu dem Galeristen herüber, der mit Himura zu flüstern begonnen hatte.

»Mein Vater«, sagte David.

»Dein Vater?«

»Mein Vater. Mein Vater ist tot. Meine Mutter hat gerade geschrieben. Er ist gestorben, vor ein paar Minuten erst, schön krepiert. Angeblich hat er noch nach mir gefragt. Das musste natürlich heute sein, genau jetzt, die Bombe hochgehen lassen, als hätte er das gewusst. Barnheim hat es natürlich mitgekriegt.«

Sie versuchte, ihn in den Arm zu nehmen.

»Was für ein peinlicher Downer«, sagte er. »Mir ist offensichtlich komplett das Gesicht ausgerutscht, als ich auf die Nachricht geschaut habe. Er war einmal kurz pissen, Barnheim, da musste ich Idiot gleich mein Handy checken.«

»Es tut mir so leid«, sagte Johanna.

»Was tut dir leid?«, fragte er. Er begann plötzlich zu lachen, während ihm Tränen in die Augen traten. »Da gibt es nichts zu bedauern. Ich habe den Menschen gehasst. Aber er ist ja gar nicht tot! In mir wird er niemals sterben. Da bleibt er unsterblich. Hahahaha. Das hat er geschafft, das erkenne ich gerade, das muss man auch respektieren. Hahahaha. Die Sau! Der bleibt lebendig in mir, für immer.«

XX

Die folgende Woche mit David erlebte Johanna als unerträglich. Er schlug um sich in einer Art blinder Rage, in einer vor sich selbst verleugneten Verzweiflung. Schon auf dem Rückflug aus New York erklärte er mit größter Entschiedenheit, die Beerdigung in Athen weder bezahlen noch ihr beiwohnen zu wollen. Vorsichtige Versuche von Johannas Seite, diesen Beschluss zu hinterfragen, wehrte er böse ab. Von ihrer Idee, dass es ihm doch helfen könnte, den Vater zu Grabe zu tragen, wollte er nichts wissen; er sei, sagte David, nicht traurig, höchstens wütend sei er, er würde in den Sarg reintreten wollen.

Zurück in Berlin schien er nachts überhaupt nicht mehr schlafen zu können, schob das auf den Jetlag, tagsüber verkroch er sich in seinem Studio, wo er allerdings nicht zu arbeiten, eher auf seiner Liege zu dämmern schien und seine immer unerträglichere Laune auf Nervosität schob, er warte auf ein offizielles Angebot von Barnheim, das allerdings sehr gut ausbleiben könnte, so elend, wie der Abend gelaufen sei. Wenn Johanna ihn im Studio besuchte oder die beiden sich in Davids Wohnung trafen, war er furchtbar reizbar, steigerte sich anlasslos in absurde Schimpftiraden hinein, die Johanna immer weniger auszuhalten imstande war – eine ehemalige Mitschülerin von David bekam etwa eine Auszeichnung verliehen, und er fing damit an, dass er sagte, er hätte die Arbeiten von dieser Kollegin nie sonderlich beeindruckend gefunden, um sich in ein groteskes Crescendo zu begeben, ohnmächtig, dem eigenen Zorn etwas entgegenzusetzen, bis zu der Aussage, dass man deren Galerie künftig von allen Messen ausschließen müsste, oder die am besten gleich abfackeln, damit das tödliche Gift der Mittelmäßigkeit von dort nicht weiter verbreitet werden könne in der Welt.

Ein bodenloser Zorn schien in ihm zu kochen und sich in einer Tirade nach der anderen Bahn zu brechen; auch Johanna verschonte er nicht mit seinen Verwünschungen, obwohl sie sich enorm vorsichtig bewegte, ihn nirgends seelisch zu stoßen versuchte, sich untersagte, ihm sein ständiges Abkotzen vorzuwerfen. Der Gedanke, ihm vom eigenen Trauma zu erzählen, erschien ihr gänzlich absurd. Sie berichtete auch nicht von dem Mailaustausch mit Jeanette Gerster, in dem die Anwältin zunächst besorgt nach Johannas Befinden gefragt, um Entschuldigung gebeten hatte für ihr möglicherweise grob unsensibles Verhalten, und auf Johannas ebenfalls entschuldigende Antwort hin Kontakt herstellte mit der Berliner NGO, von der sie in New York gesprochen hatte, sodass Johanna diese Leute bald schon in Friedrichshain treffen sollte. Johanna hatte das Gefühl, sich vor David endlos kleinmachen zu müssen, durchsichtig, profil- und bedürfnislos zu erscheinen, was sie, wie sie merkte, zunehmend ungeduldig machte, zunehmend anstrengte. Dennoch bezeichnete er sie als dumm, als gefühllos, er nannte sie ohne Zögern grob, sentimentalisch, invasiv, zerschmiss in der ihm eigenen Unart Gläser und Teller vor ihren Füßen, verpasste sich selbst danach schreckliche Ohrfeigen – »*stupid, stupid!*« –, mehrfach verließ sie seine Wohnung unter Tränen, erstaunt darüber, dass sie auf der Straße wirklich kaum einen Fuß vor den anderen zu setzen vermochte, dass ihr Inneres so theatralisch nach außen zu drängen verlangte, lächerlich war das, und zugleich konnte sie nicht glauben, nicht begreifen, dass es ihm so leichtzufallen schien, so schwere Sachen zu sagen. Wenn er halb gar um Entschuldigung bat, dann ohne jede Bereitschaft, mit ihr über sein wirkliches Befinden oder den Quell seiner Wut zu sprechen, der, wie sie meinte, doch auch ihm bewusst sein musste. Er sprach immer nur von Barnheim.

Sie fühlte sich von David zunehmend getrennt, meinte, zu ersticken in seiner Gegenwart, an der Angst, ihn wieder wütend zu machen, dachte immer wieder, dass es mit ihm nicht auszuhalten sei, dass sie isoliert sei, weil sie diese Zustände niemandem zu beschreiben in der Lage war. Dann kam stets der Gedanke, dass sie morgen wieder alles vergessen haben und wieder zu ihm gehen würde, dass sie, so defekt, wie sie sei, ohnehin höchstens mit so schwierigen Typen wie David Beziehungen würde führen können, dann, dass ihr Defekt genau in solch depressivem Defätismus läge, und endlich, dass Davids Vater gerade gestorben sei, diese Zeit also ohnehin eine schwierige sein musste, in der Geduld von ihr kaum zu viel verlangt war. Sie drehte sich im Kreis um ihn, er ist wie ein brennendes Zimmer, das ich nicht verlassen kann, dachte sie.

»Wann warst du eigentlich«, fragte sie David am Ende dieser Woche, ängstlich, wie er reagieren könnte, in eine brütende Stille hinein, als sie in seiner Wohnung gemeinsam zu Abend aßen, schon bei Kerzenschein, denn die Tage waren kürzer geworden, und bald sollte das Wintersemester losgehen, »wann warst du eigentlich das letzte Mal in Nagorny Karabach?«

Er schwieg, schien aufzutauchen aus einem anderen Zustand, erst durch die Frage wieder in der Wohnung zu landen. »Weiß ich nicht«, sagte er, »als Kind, bevor wir gegangen sind. 1994? Als ich sechs war, so?«

»Hast du noch Erinnerungen?«

»Oh ja. Viele Bilder. Die Berge. Das Haus meiner Großeltern, das war so ein schönes, geräumiges Bauernhaus.«

»Welche Großeltern?«

»Die Eltern meines Vaters. Die Eltern meiner Mutter sind aus Jerewan, hatte ich dir mal erzählt.«

»Leben die noch, deine Großeltern?«

»Die Großmutter in Jerewan lebt noch. Glaube ich. Mein Großvater mütterlicherseits ist gestorben, bevor ich auf die Welt kam. Und die Eltern meines Vaters sind im Krieg umgekommen.«

»Was? Das hast du nie erzählt.«

»Na ja, umgekommen. Offiziell sind die verschwunden. Was aber nur heißt, dass man ihre Leichen nie gefunden hat. Es gab Gefechte um das Dorf herum, danach waren beide weg. Zu der Zeit war ich mit den Geschwistern und Mama in Jerewan. Papa war noch bei der Armee.«

Johanna schwieg eine Weile erschrocken. »Aber wolltest du nie zurück?«, fragte sie dann.

»Wie meinst du?«

»Na zurück. Da noch einmal hin.«

Er schaute sie erstaunt an. »Nein. Nein. Ich wollte immer bloß möglichst weit weg davon. Nach New York, nach Paris.«

»Schade«, sagte Johanna. »Ich würde das gerne mal sehen.«

David lachte. »Ist, glaube ich, ein bisschen ein Loch.«

»Wirklich? Ist es nicht schön da?«

»Doch, schön auch. Nicht die Städte, aber die Natur. Die Wälder und Flüsse. Es gibt ein paar Klöster, an die kann ich mich sogar noch erinnern.« Er stocherte in seinen Nudeln herum. »Vielleicht fahren wir wirklich mal gemeinsam hin?«, fragte er dann. »Ich hab über Facebook sogar wieder Kontakt zu einem Cousin da, Aram, der war als Kind mein bester Freund, der hat mir geschrieben, nachdem der Alte krepiert ist.«

»Vielleicht«, sagte Johanna, erschrocken über seine Sprache, voller Angst bei der Vorstellung, mit ihm irgendwo hinzufahren und sich ihm ununterbrochen aussetzen zu müssen. Allerdings schien in seiner Idee die erste Möglichkeit von Bewegung auf seit Langem, ein erster Wunsch nach etwas Kommendem, nachdem er sich wund gelegen hatte in seiner Unfähigkeit, dem Tod des Vaters zu begegnen. Sie wollte das nicht ersticken, »vielleicht in den nächsten Semesterferien«, sagte Johanna also.

»Im Winter ist es, glaube ich, viel zu hart«, antwortete er. Er stocherte abermals in seinem Essen. Dann sagte er: »Aber wir könnten jetzt noch, oder?«

»Ich bin pleite«, versuchte Johanna es noch.

»Ich würde dich mitnehmen«, sagte er. »Ohne dich kann ich das nicht.«

XXI

Er hatte einen Fahrer organisiert. Sie landeten mittags in Jerewan, und der Fahrer stand schon am Gate mit einem Schild, »Sakadjian« in armenischen Lettern. Der Toyota, in den er ihr Gepäck gehievt hatte, fuhr auf eine Autobahn, die unter dem zugezogenen Himmel mitten durch die Stadt zu führen schien, vorbei an einem großen, bunt bestuhlten Stadion, an brutalistischen Betonburgen und gesichtslosen Wohnblocks. Johanna und David, die auf dem Flug die meiste Zeit geschwiegen hatten, schwiegen weiter, starrten durch ihr jeweiliges Fenster, Johanna voll innerer Anspannung, erschrocken über die Unansehnlichkeit der Kulisse. Als sie nach einer halben Stunde Fahrt die Stadt hinter sich zu lassen begannen, eine steppenartige Landschaft sich vor ihnen ausbreitete, der Fahrer nach rechts wies, »Ararat« sagte – der mythische Berg, auf dem, so hieß es, Noahs Arche mit dem Ende der biblischen Flut zum Ruhen gekommen war, zeigte sich ihnen als eine kegelförmige Erhebung in der Ferne –, als es zur ersten von vielen weiteren Straßenkontrollen kam, ein kleiner, hungrig ausschauender Polizist von ihnen ein Bakschisch verlangte für die Erlaubnis zur Fortsetzung ihrer Passage gen Osten, gen Stepanakert – da sah Johanna ein Lächeln über Davids Gesicht huschen, ein Aufblitzen, das erste, dachte sie, seit fast zwei Wochen, seit dem Abend bei Barnheim, und ihr eigener Blick öffnete sich allmählich für dieses fremde Land, das sie so oft schon sich vorzustellen versucht hatte, und nun war sie wirklich hier, mit ihm.

Zum Nachmittag kletterte das Auto ins Gebirge, die Landschaft, lange weit und trocken, wurde wilder und zerklüfteter, es ging vorbei an steilen Klippen und bizarren Felsformationen, verlassen wirkenden, ehemaligen Kolchosen, sie fuhren durch ärmlich wirkende Dörfer, um nach einer Wegbiegung in den flackernden Schatten silbriger Wälder zu gelangen, sie überholten auf schlechten Straßen Männer auf Eselskarren und streunende Hunde. Zur Dämmerung erreichten sie Stepanakert. Die Straßenlaternen brannten bereits, man sah nicht mehr viel von der Stadt.

Die Terrasse des kleinen Cafés, in dem sie Aram, Davids Cousin, unter funzelnden Lichterketten zum Abendessen trafen, lag mit dem Blick auf einen kleinen Stadtpark und ein Wasserspiel, das nun, da die Nacht hereingebrochen war, in wechselnden Neonfarben angestrahlt wurde. Grüppchen junger Männer schritten darum herum, langsam und endlos im Kreis, um scheu zu beäugen und scheu beäugt zu werden von den Grüppchen junger Frauen, die sich in die Gegenrichtung drehten. Die Gesichter der Liebesuchenden versanken im blauen Schatten der dunkelnden Bäume, tauchten wieder auf, in das farbige Licht des Wasserspiels getaucht, versanken wieder, eine seltsam karusselartige, eigenartig an alte Gesellschaftstänze erinnernde Balz, der Johanna von ihrem Platz auf der Terrasse lange und leise bewegt zuschaute. Die Luft war lau, es lag ein Geruch von Staub, Flieder und Benzin darin. Johanna, ihren Pullover über die Schultern gelegt, staunte nicht mehr nur darüber, dass sie wirklich hier war, an diesem ihr so völlig unbekannten Ort, so gänzlich in seiner Welt und seiner Hand, sondern fühlte darüber langsam das Glück und die Aufregung des Reisens in sich aufsteigen. Ihr kam der Gedanke, dass man fremde Orte eigentlich wirklich erst bei Nacht begreifen konnte, dass erst die Dunkelheit die Wahrheit einer Stadt, eines Landstrichs offenbarte. Stepanakert, dachte sie, wirkte bittersüß, schmerzhaft, südlich, östlich, stolz, verletzt.

Aram und David staunten einander lange an, brachen immer wieder in kurzes Gelächter aus, um gleich weiterzusprechen, anfänglich auf Englisch, das Aram nur radebrechend beherrschte, wobei Johanna immerhin erfuhr, dass er für ein Telekom-Unternehmen Antennen aufstellte, ein sehr guter Job, dass er, das bekannte er beim Anblick des unverheirateten Paares vor sich, auf der Suche sei nach einer Frau. Irgendwann rutschten David und er in jenen ostarmenischen Dialekt, der David am Flughafen noch amüsierte Blicke hatte ernten lassen, hier nun aber ganz selbstverständlich sein Echo fand, und Johanna, die ihn bislang kaum in dieser fremden, wie Kiesel über den Gaumen rollenden Zunge hatte sprechen hören, die beobachten konnte, wie er sich darin zunehmend besser zurechtfand, sich mit jeder vergehenden Minute mehr animierte, wie seine Züge auftauten, fühlte selbst etwas tauen in ihrem eigenen Herz, und bemerkte einmal mehr und zu ihrem unersättlich neuen Erstaunen, dass sie diesen Mann, diesen David, so herrlich und funkelnd finden konnte wie einen dunklen Saphir, wie er da wieder zu lachen begann, dass die weißen Zähne blitzten, den Kopf in den Nacken warf, die Augen strahlten, er so voller Lebendigkeit und Präsenz zu sein vermochte. Vielleicht, dachte sie, und legte dieses neueste Puzzleteilchen auf den endlos bindenden Rätseltisch ihres Verhältnisses zu David, vielleicht ist es ja auch das, dass er sich mir immer wieder aufs Neue zu entziehen scheint, um sich mir dann wieder zu zeigen, oder wir einander immer wieder aufs Neue verlieren, um einander dann doch wiederzufinden, ja, wirklich, wie ein an- und abschwellender Magnetismus, ein immer wieder fliehender, niemals eingefangener Eros. Vielleicht, dachte sie, werde ich davon irgendwann genug haben, und erschrak über diesen jähen Gedanken.

Die beiden waren in einem seltsam toten, offenbar gerade erst eröffneten Luxushotel untergebracht, in der Auffahrt standen drei teure, glänzende Autos mit verdunkelten Scheiben, in der Lobby saßen fünf Männer in schweren Jacken, rauchten und redeten, sonst war das Gebäude wie ausgestorben. Ein verschlafenes Kerlchen brachte sie von der Lobby hoch in ihr Zimmer mit getrennten Betten, der Raum fühlte sich steril an, als seien sie die ersten Gäste, die ihn betraten. Johanna und David lachten über dieses eigenartige Schlafzimmer, er fing darüber an zu erzählen, kam in ein lange ausgebliebenes, ausdauerndes Reden, es fielen ihm alte Geschichten ein mit Aram, mit anderen Cousins, die ebenfalls noch in der Stadt lebten; endlich erzählte er von einem Brot, einem herrlichen Brot, das ihm der Cousin in Erinnerung gerufen hatte, gleich morgen als Erstes, sagte David, müssten sie dieses Brot finden an einem ganz bestimmten Stand auf dem Markt, den Aram ihm beschrieben hätte. Außerdem, erklärte er, würden sie sich dort auf die Suche nach einem Zelt machen müssen. Aram wolle sie übermorgen zum Campen in die Berge mitnehmen.

Die Sonne schien sehr hell, als sie das Hotel am kommenden Vormittag verließen und David sich zum Marktplatz durchzufragen begann. Johanna fühlte den bereits heißen Asphalt unter den Sohlen ihrer Chucks, sie spürte Davids Aufgeregtheit, wie der mit großen, wachen Augen sich umguckte: dies war die Hauptstadt seiner sogenannten Heimat, Beton, Platten, geschichts- und gesichtslos wirkte die Stadt auf sie, deutlicher als in der weichen Nacht zuvor schien alles schmerzdurchzogen, ganz so, als säße den Gebäuden der Schreck des inzwischen lange schon vergangenen Krieges noch immer in den Knochen. »Warum ist das so?«, wollte sie von David wissen. »Spürst du das auch?«

»Klar spüre ich das auch. Aber es ist ja auch kein Frieden hier, kein echter. Wir sind umgeben von Aserbaidschan, die bauen Panzer und Raketen wie bescheuert. Es gibt keinen offiziellen Frieden, nur einen Waffenstillstand, und die wollen sich das hier zurückholen. Das sagen sie jedenfalls ständig, auch wenn sie beim letzten Mal so aufs Maul bekommen haben.« Er lief eine Weile schweigend neben ihr her. »Es fallen an der Grenze immer wieder Schüsse, weißt du? Die Zukunft kommt hier nur sehr zögerlich daher.«

Auf dem Markt viele Menschen, klein, schwarzäugig, hart, drahtig, auch die sehr schönen jungen Leute alle schon mit Dellen, Anzeichen früher Abnutzung, rauen Händen, fehlenden Zähnen, abgetragenen Kleidern: Armut, Schufterei, wenig Lohn, Träume vom Fortkommen in den Johanna und David neugierig folgenden Blicken.

Dann saßen David und sie unter einer quer über die

Straße gespannten Leine, an der bunte Wäsche trocknete, und bissen in das mit Kräutern gefüllte Brot, »das Brot der Kindheit«, sagte er, und diese einfache Speise, über einen kleinen, grob gezimmerten Tresen gereicht von einer Marktfrau, deren zahnloses, uraltes Gesicht Johanna an einen Bratapfel erinnert hatte, war wirklich so köstlich, weiß und gefleckt mit schwarz verkohlten, knusprigen Blasen, innen weich, beinahe ungebacken, gefüllt mit Spinat, Petersilie, Koriander. Johanna betrachtete David, wie er mit geschlossenen Augen in der Sonne saß, seufzend, konzentriert kaute, und strich ihm unversehens über die Wange, worauf er die Stirne runzelte, ein wenig zurückwich, um dann doch ihre Hand zu nehmen, die erste Zärtlichkeit zwischen ihnen seit New York.

Sie suchten stundenlang nach einem Zelt, wurden von einem Ladenbesitzer zum nächsten weitergereicht, keiner hatte eines, jeder meinte aber jemanden zu kennen, der eines verkaufen würde. Am Ende – Laufen durch die Mittagshitze, Laufen über geborstenen Asphalt, geplatztes Trottoir, vorbei an unverputzten Fassaden, höhlenartigen Garagen, die als Geschäfte fungierten, und von überall das Geschepper blecherner Musik und rollender Stimmen, und von überall Blicke – am Ende erstanden sie in einem Jagdgeschäft eine Art Spielzeugzelt, nichts Sicheres, aber für ein, zwei warme Nächte, meinte David, hoffentlich genug.

Abends holte Aram sie im Hotel ab. In der Lobby schaute er konzentriert weg von den Männern in den schlechten Anzügen, »Mafia-Place«, sagte er kopfschüttelnd, als sie auf die Straße hinaustraten und unter gelbem Laternenlicht in die Wohnung seiner Mutter liefen, Davids Tante. Unterwegs sprachen die Cousins lachend miteinander, und bisweilen warf David Johanna kurze Zusammenfassungen dessen zu, was gerade gesagt worden war, oder wies sie hin auf ein Monument, ein Denkmal, aber er ging, dachte sie, vollkommen leicht und so unbedacht, dabei führte dieser Weg doch zur Schwester seines toten Vaters, mitten hinein in das Herz seiner Vergangenheit – dass er keine Angst zu haben schien, wunderte sie, dass er so aufgeräumt wirkte, an dem Ort, den er so lange hatte hinter sich lassen wollen. Im Treppenhaus des Plattenbaus, in dem die Tante ihre Wohnung hatte, verlangsamten sich seine Schritte doch, die Exaltiertheit, die ihn herangetragen hatte, schien aus ihm zu weichen, dann stand da eine Frau in der leuchtenden Türe, erst auf den zweiten Blick nicht mehr ganz jung, eine Schönheit, mit Davids Augen, schlank, gerade, hart bloß um den Mund, die Tante, und begann zu schreien und zu lachen und zu weinen, als sie David sah, und umarmte ihn lang und fest und küsste ihm die Augen, und umarmte auch Johanna überschwänglich, um sie an den Schultern festzuhalten, anzuschauen, »aaaah, Daaavidiiiiik!« auszurufen und abermals zu herzen.

Die Tante führte sie durch den winzigen Flur ihrer winzigen Wohnung in ein Wohnzimmerchen, in dem zwei weitere Cousins warteten sowie Anna, Arams geradezu unterwürfig scheue Schwester. Der niedrige, furnierte Esstisch war überreich gedeckt, viel zu viel Essen, dachte Johanna, als sie aus dem winzigen, beige gekachelten Bad zurückkehrte, in dem sie sich kurz versteckt hatte, um für einen Augenblick Luft zu holen und anzukommen. Aber dann dauerte das Essen – verschiedenes Fleisch, gegrillt, gekocht, gebraten, Teigtaschen, Kräuter, Pasten, Salate, eingelegtes und gefülltes Gemüse, Nüsse, Granatapfelkerne, Reis, Brot, Joghurt, Crème Brûle, und die Tante kochte fantastisch – dauerte das Essen doch sehr lange, und es wurde viel Wein und viel Maulbeerwodka getrunken, und geraucht und geredet bis spät in die Nacht. Anna, die sich neben Johanna gesetzt hatte und sich als Englischdolmetscherin der lokalen Regierung herausstellte, übersetzte geduldig und demütig jedes Wort. Alte Geschichten zum Teil – Erinnerungen an David als Kind, an Unfälle und Streiche –, dann die Gegenwart, die politische und wirtschaftliche Lage, die Arbeit der Cousins und Annas eigene Arbeit – Annas Augen, die immer wieder an Johanna auf- und abwanderten, voller Fragen. Man verlangte Auskunft nach Davids und Johannas Leben, ihre Antworten wurden unterbrochen durch Ausrufe offenen Erstaunens, durch helles Gelächter. Erst ganz am Ende Erinnerungen an den Krieg – ein Blick auf die an der Blumentapete hängenden Bilder, da war ein Schwarz-Weiß-Foto im Holzrahmen, darauf ein in die Kamera lachender junger Mann mit dichten Augenbrauen, die Uniformmütze lustig schräg auf dem Kopf, Davids Tante brach sofort die Stimme, als sie Johanna auf dieses Foto hinwies, ihr Mann, der Vater von Aram und Anna, gefallen bei Agdam, Kopfschuss; daneben ein Kahlkopf, wie eine träge, weiche Version von David, der kleine Onkel, gefallen bei Istisu, Mine; ein Foto von einem unfassbar wild ausschauenden Alten in Anzug und Schiebermütze neben einer schönen Dame unter weißer Spitzenhaube, ihre Augen kannte Johanna: Davids Großeltern, ermordet, wie Anna übersetzte, in der Region Martakert. »Ich will den Aseris nichts Böses mehr«, sagte die Tante irgendwann. »Ich bin müde. Der Krieg ist vorbei.« – »Aber wenn sie sich noch einmal regen«, sagte Aram, »dann essen wir das nächste Mal zusammen in Baku!« Und Johanna sah David ins Gesicht und sah darin Begeisterung, Einverständnis, Rage, Lust, er stieß mit seinen Vettern an, sie verstand ihn nicht.

Über Davids Vater fiel kein einziges Wort. Er war präsent, aber man vermied ihn, das fühlte Johanna, die nicht verstand, ob das aus Rücksicht auf David erfolgte oder aus anderen, ihr unbekannten Gründen. Auch in den endlosen Trinksprüchen, die man den Lebenden, den Toten widmete, fand dieser Vater keinen Platz. Auch hier ein Loch, ängstlich verschwiegen.

Als sich David und Johanna aus der Wohnung verabschiedeten, wollten alle drei Cousins sie noch bis zum Hotel begleiten. Tante und Cousine blieben zurück, um das leer getafelte, zugequalmte Esszimmer zu versorgen, selbstverständlich Frauensache. Zum Abschied gab die Tante Johanna einen Kuss auf die Stirne, strich ihr mit rauer Hand erst über die Wange, dann, in unreflektierter Übergriffigkeit, über den Unterleib, Worte flüsternd, die Anna, errötend, zu übersetzen unterließ; und Johanna, die alleine die Treppe herunterlief, um zu den Cousins aufzuschließen, dachte noch lange, halb schockiert, halb verärgert, über diese Berührung und deren Bedeutung nach.

Sie schlief in dieser Nacht kaum. Sie dachte an New York, wie unvorsichtig sie da gewesen waren, so fahrlässig, so was durfte ihr nicht wieder passieren. Ein Kind kriegen von David, lief nicht alles letztlich darauf zu, noch nie hatte sie über diese Möglichkeit auch nur für eine Sekunde ernsthaft nachgedacht, jetzt machte sie ihr nur Angst.

XXII

Aram und Anna holten sie früh am nächsten Morgen in einem kleinen Geländewagen ab, der in erster Linie mit den Leftovers des Vorabends beladen zu sein schien. »Ich habe Aram dazu überredet, dass wir nach Gtchavank fahren«, rief Anna über das Dröhnen des Motors Johanna auf der Rückbank zu. »Es ist weiter weg, aber ich dachte, das würde euch gefallen! Da gab es schon im 6. Jahrhundert Mönche, und da steht noch immer eine sehr schöne Klosterruine aus dem 13. Jahrhundert, mit einem herrlichen Steinkreuz in der Fassade.«

Die Fahrt ging stundenlang, über immer schlechtere Straßen in immer verlassener wirkende Höhen, mehrfach schlief Johanna ein, um, von einem Schlagloch geweckt, die Augen zu öffnen und auf vorbeiziehende Birkenwäldchen zu sehen oder auf Auen, durch die schnell fließende, weidenumstande Bächlein gingen. Später fielen ihr die vielen rostenden Panzerwracks am Straßenrand auf und die teilweise entsetzlich zerschossenen Ruinen. Menschen begegneten ihnen kaum noch, sie waren, so wirkte das auf Johanna, allesamt verschwunden, vom Erdboden verschluckt. »Schwarzer Garten im Gebirge«, so hieß dieses Land doch in deutscher Übersetzung, was für ein unglaublicher, tiefer Name, dachte Johanna, der Schwarze Garten. Wie gesegnet diese Erde wirkte, und wie schrecklich.

Am frühen Nachmittag bog Aram auf eine trampelpfadartig schmale Waldstraße ab, die steil den Berg hinaufführte, das Auto jaulte über Wurzelwerk, die Insassen wurden durchgeschüttelt, bis sich zwischen den hier auch schon deutlich herbstlich verfärbten Buchen, Birken und Eichen eine weite Lichtung, ein lang gezogener Bergrücken auftat, auf dem schweigend und wie von Gottes Hand selbst heraufgetragen ein geducktes, steinernes Haus stand und eine puppenhaft zarte, schon auf den ersten Blick zutiefst anrührende Kapelle aus graubraunem Stein.

Aram hielt das Auto an, David stieg, ohne ein Wort zu verlieren, aus, um langsam, die Hände in den Taschen vergraben, durch das hohe Gras auf die Kapelle zuzulaufen. Er konnte, dachte Johanna, so seltsam deutlich machen, was er wollte, ohne ein Wort zu sagen: alleine sein jetzt hier. Johanna, die hinter ihm aus dem Auto geklettert war und ebenfalls ein wenig fortging von Aram und Anna, schaute zunächst zurück, über das Tal, aus dem sie hochgekommen waren, und fühlte sich erschauern in der leisen Brise, die ihr über die Haut strich.

Das Licht vor allem. War es nicht dieses Licht gewesen, das in Davids Kinderaugen gefallen war? Dieses Strahlen der Welt, das in dem Geist des kleinen Jungen solche Wonne auszulösen vermocht hatte und viel später zu jenen Bildern geführt hatte, in denen der junge Mann so viel mehr abzubilden in der Lage schien als bloß sich selbst? Es kam von einem hohen Himmel, in dem eine lockere Wolkendecke die Strahlen der Sonne quecksilbrig brach, Silber alles oben und unten volles, schattiges Grün der bis an den Horizont gestaffelten, scharf umrissenen Bergrücken, die Hänge bedeckt von Wäldern, über die bisweilen der Wind strich, und keine Menschenseele und Siedlung weit und breit, bloß die zwei Farben Silber und Grün und ein Zittern der gehaltenen Spannung zwischen Himmel und Erde. Johanna kam die Natur sehr alt vor, in sich abgeschlossen, ihr gegenüber gleichgültig, als sei sie nicht so recht darin anwesend, es regte sich auch so wenig, bloß der Wind ging ab und zu leise durch die Blätter, trug den Geruch von Erde, von Chlorophyll und Frische, schob, hoch oben, langsam die Silberwolken vor sich her, um bald diesen, dann jenen Gipfel in der Ferne aufglänzen zu lassen.

Dass sie hier war, wie unglaublich, dachte Johanna. So alleine und weit weg von allem, das sie gekannt hatte, so unterworfen den unbekannten Kräften in der Welt, wie ein Pfeil auf seiner Flugbahn. Etwas trägt mich voran durch die Zeit, dachte sie, ein Wind schiebt mich machtvoll von hinten, eine Zukunft zieht mich unerbittlich heran.

Sie hielt Ausschau nach David und sah ihn, wie er sich gerade beugte, um durch ein niedriges Portal in die Kapelle zu treten. So schmal war er, ganz in Schwarz, diese abgewetzte Kappe auf dem Kopf. Sein Anblick rührte sie. Sie erinnerte sich daran, wie sie über dieses Land, diese Erde hatte nachlesen wollen, ausgerechnet an dem Abend, an dem er sie dann angeschrieben hatte. Das war erst ein halbes Jahr her, das schien ihr vollkommen unglaublich. Sie kannte den Menschen, der sie davor gewesen war, nicht mehr.

Aram ging David nun hinterher, Anna hatte angefangen, auf einem Baumstamm am Rand des Waldes ein Picknick anzurichten. »Wie schön es hier ist«, sagte Johanna, indem sie sich neben ihr zu schaffen machte, »was für eine unglaubliche Landschaft, so zart und so wild zugleich irgendwie.« Anna, offensichtlich erfreut, lächelte sie an. »Kennst du die kleine Geschichte, die man sich hier erzählt?«, fragte sie. »Die Geschichte mit Gott, der die Schöpfung verteilt?«

»Nein«, sagte Johanna.

»Also, Gott, so sagt es diese Geschichte, Gott ist fertig mit seiner Schöpfung. Nun versammelt er alle Völker der Welt vor sich, und er beginnt, ihnen Land zu geben. ›Hier, ihr Deutschen, ist Deutschland, für euch; hier, liebe Chinesen, ist euer Land China; hier, liebe Finnen, euer Finnland‹, und so weiter. Ein Volk nach dem anderen ruft er auf, bis alle etwas bekommen haben. Nur uns, die Ostarmenier, die hat er vergessen. ›Was ist mit uns, Herr?‹, fragen wir. ›Uns hast Du nichts gegeben.‹ ›Oje‹, sagt Gott, ›das tut mir leid. Und nun habe ich alle Länder der Welt schon verteilt. Aber weil ihr nicht leer ausgehen sollt, so will ich euch mein eigenes Teil geben. Ihr sollt meinen Garten haben.‹«

»Ja«, sagte Johanna. »Der Garten. Schön.«

»Ja, vielleicht auch schön«, sagte Anna. »Aber man erkennt darin außerdem, dass wir uns gottverlassen vorkommen. Oder dass für uns keine andere Erde mehr übrig zu sein scheint als diese allerletzte und dass wir sie über alles lieben und niemals hergeben werden.«

Johanna dachte an den Vorabend, die Kriegsgeschichten, auch Anna schien ihr in dieser Deutung einverstanden mit der Idee, dass man für ein Land sterben konnte, Blut darauf vergießen.

»Du sagtest gestern«, diese Erinnerung leuchtete plötzlich grell in Johanna auf, »als deine Tante über deine Großeltern gesprochen hat, da hast du mir das übersetzt, und da sagtest du das Wort ›ermordet‹. David meinte aber kürzlich zu mir, die seien verschwunden. Wieso sagtest du ›ermordet‹? Ist inzwischen etwas herausgefunden worden über ihr Schicksal?«

»Herausgefunden? Wie meinst du?«

»Na, was mit ihnen passiert ist.«

»Aber wieso denn? Ich verstehe, glaube ich, nicht. *Disappeared?* Die sind doch nicht verschwunden.«

Johannas Herz begann plötzlich, schneller zu schlagen, ihre Hände wurden schwitzig. »David sagte das. Also, er meinte, ihr geht alle davon aus, dass sie umgekommen sind, aber dass man das nicht sicher weiß, weil sie eben, na ja, weil sie verschwunden sind.«

»Das ist komisch.« Anna arbeitete für ein paar Atemzüge still, die Stirn gefurcht, schnitt Brot auf, stellte Wasser, Becher, Limonade auf. »Vielleicht«, sagte sie dann, »vielleicht weiß David das ja auch gar nicht. Vielleicht hat Nikol es ihm nie erzählt.«

»Nikol?«

»Nikol. Davids Vater. Mein Onkel.«

»Kanntest du den eigentlich?«

»Kaum. Ich war ja noch ein Kind, als die weg sind, acht oder neun.«

»Aber mochtest du ihn?«

»Ja. Sehr. Er war sehr lustig. Als ich klein war. Auch als Soldat noch. So erinnere ich ihn. In Uniform, lachend. Aber irgendwann war er halt nicht mehr lustig.«

»Aber was meinst du, wenn du sagst, das hat er nicht erzählt?«

Anna unterbrach ihr Zubereiten, richtete sich auf, wandte sich Johanna zu. »Das, was ich dir übersetzt habe. Dass die Großeltern ermordet worden sind. Und dass er selbst es war, der sie gefunden hat. Vielleicht hat er das David nicht erzählt. Er war danach für eine Weile verrückt.« Anna machte eine Pause, dann sagte sie: »Nikol war ein Lieblingssohn, weißt du, das wusste ich als Kind schon, das habe ich gespürt, dass er das Lieblingskind seiner Eltern war, und meine Mutter hat das auch erzählt, kennst du diesen Typus, die haben dadurch so was Strahlendes. Und der hat seine Eltern, unsere Großeltern im Gegenzug verehrt. Die waren fast wie Heilige für ihn. Und das waren ja auch besondere Menschen. Du hast ja das Foto gesehen. Die waren sehr stolz. Ich hätte die sehr gerne besser kennengelernt.« Abermals schwieg Anna, stellte Becher um, drehte den Deckel von der Thermoskanne, nahm einen Granatapfel in die Hand. »Nikol hat ihre Leichen gefunden«, sagte sie. »Und diese Entdeckung hat er nicht verkraftet. Er war dann in so einer Einrichtung in Jerewan, so ein Militärkrankenhaus. Mindestens für ein paar Monate, glaube ich, vielleicht länger. Wir haben ihn da besucht, das weiß ich auch noch, mit David zusammen sogar. Ich verstand damals nicht, was das heißen sollte, dass er krank sei. Er sah ganz gesund aus, er wirkte nur furchtbar müde. Und als er entlassen wurde, wollte er nicht mehr bleiben, da wollte er fort. Er meinte, dieser Satz hat sich meiner Mutter eingeprägt, und sie hat ihn mir ein paarmal gesagt, ich glaube, weil sie ihn verstehen konnte – er meinte, die Eltern seien die Sonne gewesen, um die sein Leben gekreist sei, und nun sei sie erloschen, und nichts halte ihn mehr. Also sind sie nach dem Krieg weggegangen. Offenbar hat man damals in Piräus nach Ingenieuren gesucht.«

»Hat Nikol auf einer Werft gearbeitet?«

Anna musterte Johanna erstaunt. »Das weißt du alles nicht?«

»David spricht nicht viel über seinen Vater. Nikol. Den Namen kannte ich noch nicht einmal. Nikol. Nikol Sakadjian.«

»David ist ihm wie aus dem Gesicht geschnitten, wusstest du das?«

»Nein. Ich hab noch nie ein Bild von ihm gesehen.«

Johanna hatte sich auf einen Baumstumpf gesetzt. Eine ungeheure, bodenlose Trauer öffnete sich in ihr, dieser ihr so endlos vertraute, endlos sie verschlingen wollende Schmerz der Unwiederbringlichkeit, des endgültigen Verlustes durch den Tod. Ich verschmelze mit denen, dachte sie. Ich werde durchlässig für deren Gefühle. Ich kann das nicht aushalten, ich schaffe das nicht noch einmal. Ich kann nicht auch noch all seinen Schmerz auf mich laden, ich kann das nicht an seiner statt schultern, dieses ganze Schweigen, diese ganze Gewalt, diese ganzen Geheimnisse und Abgründe und Wunden.

Ich will das nicht, dachte sie. Ich muss auch für mich leben.

»Wahrscheinlich weiß David das mit den Großeltern wirklich nicht«, sagte Anna, fast mehr zu sich selbst als zu Johanna. »Er hat das ja gestern Abend offenbar nicht registriert, als Mama das gesagt hat.«

Johanna holte Luft, bevor sie ihre Frage stellte. »Wie hat Nikol sie denn gefunden?«

Anna schüttelte sofort den Kopf. »Frag lieber Aram«, sagte sie. »Oder besser frag ihn nicht. Wahrscheinlich wollte Nikol das alles nicht für David, wahrscheinlich dachte er, der hält das nicht aus. David ist ja sensibel, und Nikol war auch sensibel, zu sensibel. Der Krieg war so schlimm. Es ist besser, nicht an diese Geschichten zu rühren. Glaub mir, Johanna, es ist besser, wenn du das nicht weißt und David das nicht erfährt. Du willst dieses Geheimnis nicht, glaub mir.«

Johanna schaute Anna dabei zu, wie sie den Granatapfel aufschnitt. »Sag es mir bitte, wenn es dir irgendwie möglich ist«, sagte sie dann. »Ich möchte das hören. Jetzt ist David nicht hier. Sag es mir.« Sie wusste selbst nicht, warum sie das wollte.

Anna begann, die Kerne aus dem Apfel zu lösen, roter Saft troff über ihre Finger, sie hatte die Stirne gefurcht, dann sagte sie: »Ich kenne die Geschichte nicht genau. Ich muss das rekonstruieren. Das ist alles nicht so sicher, was ich dir jetzt sage. Aber die Sache muss 1992 oder 1993 gewesen sein, im letzten oder vorletzten Kriegsjahr. Nikols Einheit war gerade ganz in der Nähe des Hauses der Großeltern, der hatte in der vorigen Nacht sogar noch dort geschlafen, und dann kam per Funk durch, dass die Aseris unser Heimatdorf überfallen hatten, oder so was wie ein Rückzug der Unseren aus dem Dorf, weil die Aseris näher kamen, ich weiß das nicht genau. Aber Nikol wollte sofort hin, zu den Eltern, er durfte aber nicht. Sein Offizier erlaubte es ihm nicht. Also ist er nachts heimlich los, und als er ankam … Na ja. Johanna. Wir reden hier nicht über so was. Ich hab das nur ein einziges Mal gehört, als alle besoffen waren, da wurde das erzählt.« Anna sammelte sich, bevor sie fortfuhr. »Es war so schlimm, dass ich nicht mehr weiß, ob ich es überhaupt richtig erinnere. Aber Nikol kam da an, und ein paar Häuser brannten noch, und dann hat er in der Dorfkirche die Alten gefunden, einen Berg von Leichen, und er dachte, da seien vielleicht auch seine Eltern dabei, und hat diese Toten auseinandergezogen. Und ganz unten, unter diesem grausigen Berg, unter all den Leichen der Nachbarn, der Freunde, der Bekannten, lag der Kopf seines Vaters, und der hatte Sand im Mund und Bart und Sand in den offenen Augen, das weiß ich noch, dieses Detail. Und meine Großmutter … Die lag woanders, hinter dem Haus. Die hatte man erschossen, und die Leiche, also, die war halb nackt. Du verstehst. Sie war damals schon eine ältere Frau.« Annas Stimme zitterte. »Aber ich habe dir das nie erzählt, hörst du? Jetzt kommen die beiden zurück. Bitte, ja? Nicht noch mal die Geschichten, nicht hier, das endet nur schlimm.«

David kam zurück, er wollte von Anna, deren Verstörtheit ihm nicht auffiel, alles wissen, was sie über das Kloster sagen konnte, was freilich nicht viel war, »es war einmal sehr bedeutend, aber es ist seit langer Zeit schon tot, Cousin«, sagte sie mit Tränen in den Augen, die er ebenfalls nicht zu bemerken schien. David goss sich einen Kaffee ein, setzte sich neben Johanna auf den Baumstumpf, sie spürte seine Schulter an ihrer und wollte fast sich erbrechen vor Entsetzen über das, was sie gerade gehört hatte. Was waren das denn, wehrte sie sich innerlich in seltsam törichten Worten gegen das Grausen, das in ihr aufsteigen wollte, für absolut furchtbare, schreckliche Geschichten, oder wie konnte es sein, dass sie all das in seiner Drastik so wenig geahnt hatte, obwohl sie es doch irgendwie schon gewusst hatte, von dem traumatisierten Vater und all den Toten, all diesen vielen verlorenen Toten auf Davids Rücken. Wie kam es, dass es David mit all diesem Schrecken, all diesen absoluten Katastrophen in seiner Familie, die er doch sprichwörtlich am eigenen Leib hatte erfahren müssen, wie kam es, fragte sie sich, dass es David überhaupt gab, dass er daran nicht komplett zerbrochen war? Was trug ihn?

Aber er saß da neben ihr und schwieg, in Gedanken versunken, blickte nur mit seinen blauen Augen zur Kapelle hin und sagte dann irgendwann leise zu ihr: »Kommst du auch einmal mit rein? Jetzt?«

Sie holte tief Luft, sie versuchte, ihn anzulächeln, sie versuchte ein Nicken.

Sie lief hinter ihm durch das hohe Gras, an dem niedrig gezogenen Gebäude vorbei, das den Mönchen als Schlafraum oder Refektorium gedient haben mochte, zu der Kapelle hin, sie sah ihn vor sich gehen, den Blick auf diese zierliche Anbetungsstätte gerichtet, und alles wirkte wie traumartig auf sie, dieser schmale Mensch, dem sie durch die Schneise der gebrochenen Halme folgte, die er hinter sich herzog, dessen Gesicht sich abgewendet hatte von ihr, und der sanfte Wind, der über ihre Haut ging, und das Singen einer Amsel aus einem Bäumchen, das nahe der Apsis aus der Erde wuchs.

Jäh und machtvoll erkannte Johanna in sich das Gefühl aus Maiori wieder. Das war es, was in ihr heraufkam. Es war alles so furchtbar und so zwingend richtig, es war so wirklich, sie gehörte in diesen Augenblick hinein, sie war am rechten Ort. Und plötzlich hörte sie, als spräche er in ihr selbst die Worte, die fremde Stimme eines Mannes, den sie als Whitman identifizierte:

There was never any more inception than there is now,
Nor any more youth or age than there is now,
And will never be any more perfection than there is now,
Nor any more heaven or hell than there is now

Was war das für ein Kreis, der sich an diesem Ort in ihr zu schließen begonnen hatte? Des Kindes Feuerreif, geschlagen durch die Nacht? Das Jahr, ein Jahr, seit sie seine Bilder betrachtet hatte. Wer spricht da in mir, wollte sie wissen, wer ist dieses Ich, von dem Whitman singt? Wir alle, dachte sie, es ist der Mensch, die Menschheit, das Menschsein. Alle Dinge sind an uns geschrieben, und wir müssen die Bedeutung entziffern.

An der Kapelle angelangt erkannte Johanna, dass frühere Besucher die Außenwände beschrieben hatten mit weißer und roter Farbe, politische Slogans wahrscheinlich, Arzach, das Wort meinte sie, lesen zu können, und Miatsum, Einheit. David führte sie zur Südseite der Fassade. »Schau«, sagte er leise, »das ist ein Khachkar, so nennt man diese Dinger«, und er beobachtete, neben ihr stehend, die Regungen in ihrem Gesicht, während sie dieses kleine, in den Stein gehauene Kreuz betrachtete, das in einem byzantinisch anmutenden, dreilagigen Gewebe zu schweben schien aus fantastisch filigranen, steinernen Linien, und Johanna begriff nicht, wie jemand das Geschick und die Geduld für solch inhuman mühselige Arbeit hatte aufbringen können, und verstand es dann doch – ein Akt der Unterwerfung, der Anbetung, der Aufladung. Sie schaute David an, und er lächelte, ohne ein Wort zu sagen, fast so, als sei er zufrieden mit ihrer Reaktion.

Sie ging hinter ihm in die Kapelle hinein. Innen roch es klamm, der Steinboden war teilweise herausgerissen worden, wüst sah es aus, die Wände bis hoch oben mit Graffiti in bunten Farben beschmiert, aber etwas in ihr schien auffliegen zu wollen, und als Johanna in die Mitte des Raumes trat, überwältigte sie fast der Impuls, auf die Knie zu fallen, zu beten.

Draußen, auf der Wiese, wartete David auf sie. Sie schauten einander an, ihr war, als sähe sie ihn das erste Mal, oder als erkenne sie ihn zum ersten Mal, und dieser Moment senkte sich in sie wie ein Lot in die Tiefe, und sie meinte fast, sie löse sich langsam auf. »Du spürst das auch, oder?«, fragte er sie leise, indem er sich neben sie stellte, ohne sie zu berühren, und mit ihr gemeinsam abermals die Kapelle anschaute.

»Du wirst hierbleiben, oder?«, sagte sie nach einer Weile. Es fühlte sich klar an, richtig, es tat nicht weh.

»Ja«, sagte er. »Weißt du noch diese alte Baracke in Kanada, meine Residency, so etwas will ich hier machen, aber in Richtig.«

»Ja«, sagte sie bloß.

»Mit Barnheim«, sagte er. »Das mache ich als erste Arbeit für ihn.«

»Hat der sich gemeldet?«, fragte Johanna, obwohl sie die Antwort kaum interessierte.

»Nein«, sagte David, »aber er wird sich melden, das spüre ich. Wenn nicht, ist es auch egal. Aber er wird sich melden.«

Die Sonne schob die Wolken am Himmel, die Kapelle verdunkelte sich, erhellte sich wieder.

»Gehst du dann nach New York?«, fragte sie ihn.

»Ich glaube«, sagte er. »Aber erst mal nicht. Ich muss erst mal hierbleiben, ich weiß noch nicht, wie lange.«

Nun nahm er doch ihre Hand, zog sie zu sich heran, er küsste ihre Schläfen, ihre Augen, sie ließ es geschehen. Sie fragte sich, ob sie jemals wieder so eine Liebe haben würde. Vielleicht, dachte sie. Vielleicht, aber eher nicht, aber andere werde ich noch erfahren. Sie schob ihn sachte von sich.

»Es gibt etwas«, sagte er, »das ich dir schon länger sagen wollte. Aber ich habe es nicht über mich gebracht. Und zuletzt – du hast in Berlin immer gemeint, ich sei wegen meines Vaters so zerstört und nicht wegen Barnheim, und du hattest natürlich recht, aber es war eigentlich beides oder sogar noch mehr. Ich habe, glaube ich, gespürt, dass etwas in mir zu Ende geht, und um mich herum, dass ich etwas verliere, oder loslassen muss, oder von was losgelassen werde. Das ist nichts Schlimmes, nur muss ich mich häuten. Und ich kann nicht so viele Kämpfe austragen, Johanna. Das habe ich da zu spüren angefangen. Ich bin am Ende wirklich alleine, das stimmt, aber auch nicht ganz, weil ich ja das hier habe. Vielleicht bin ich auch nur gut für das hier.« Er wies mit dem Kinn auf die Kapelle. »Das ist natürlich traurig, das zu verstehen. Aber es ist auch so – es ist auch so unfassbar schön. Es ist irgendwie erleichternd, zu begreifen, dass ich nicht alles kann, aber dass ich das hier muss. Verstehst du? Das will durch mich durch.« Er schwieg. »Wenn ich einmal in mir etwas so Tiefes finden könnte wie dieses Kreuz«, sagte er. »Und es ist lustig, das amüsiert mich fast, dass ich halt doch von hier bin. Das ist so wild für mich. Diese Einsicht. Wie tief das alles in mir sitzt.«

»Glaubst du denn«, fragte sie, indem sie das Haar in seinem Nacken zu streicheln begann, »dass du das alles halten können wirst? Vorsichtig musst du sein.«

»Ich bin nicht groß genug für alles gleichzeitig«, sagte er. »Und ich glaube auch, dass ich das nur mit mir selbst ausmachen kann. Aber das hier allein kann ich halten, ja. Du meinst, ob ich es schaffen kann, hier etwas zu machen, richtig?«

»Ja.«

»Wenn ich nur das hier mache, bin ich stark genug. Und es ist einfach, weil ich verstehe, dass ich auch nur das hier machen kann, ich habe gar keine Wahl.«

»Ich weiß«, sagte sie, »Ich glaube dir das. Aber du hattest mir eigentlich etwas sagen wollen über mich.«

Er lächelte sie an. »Interessiert dich das jetzt also doch einmal? Das ist, glaube ich, das erste Mal.«

Sie lachte leise. »Ja, ich hör' dich.«

»Also, was ich dachte, Johanna – es ist doch so. Ich weiß das doch auch, mit uns. Ich kann nicht sagen, dass ich an dem Abend in den *Würgeengel* gegangen bin und gedacht habe, gleich passiert irgendwas. Aber ich habe dich dann wirklich sofort erkannt. Ich hab das auch sofort gespürt. Im ersten Moment. Und ich habe das auch – ich dachte immer, dass ich nicht wirklich erträglich sein kann für jemanden. Insofern war das für mich enorm. Du bist wirklich oft wie ein Geschenk für mich. Aber ... Du trägst ein Geheimnis mit dir rum, das weiß ich natürlich. Irgendwas mit deinem Vater. Ich sehe dich schon auch. Ich bin ja nicht blind. Manchmal hat mich das geärgert, dass du mir so wenig zutraust. Aber das ist deine Sache, und das ist okay.« Er holte Luft. »Nur, es gibt so was an dir, oder nicht an dir, aber so eine Sache mit dir, die finde ich falsch, oder ich wünschte, du könntest das ablegen. Ich hab ein paarmal versucht, mit dir darüber zu sprechen, aber ich konnte es nie richtig zu fassen kriegen. Aber ich weiß jetzt, wie ich dir das sagen kann. Und das war es, was mich nach New York und dem Tod vom Alten so fertiggemacht hat und mir so wehgetan hat, weil ich natürlich – natürlich gibt es so einen Teil von mir, aber das ist ein kleinlicher Teil von mir, den man nicht beachten darf, aber natürlich gibt es einen geizigen, ängstlichen Teil von mir, der dich festhalten will, und nicht loslassen, obwohl ich weiß, dass du mich loslässt. Aber jedenfalls. Du hast so was Eigenartiges. Du siehst alle Menschen, sogar mich, oder vielleicht zuletzt vor allem mich, so unfrei. Du machst nie irgendwen für irgendwas verantwortlich, und deswegen kannst du auch immer alles verstehen, und nichts ist ausgeschlossen oder geht zu weit, es ist alles immer irgendwie okay für dich, weil alles, was wir tun, in deiner Wahrnehmung doch nur unkontrollierte Folgen sind aus der Vergangenheit. Was übrigens manchmal fast so aussieht, als sei dir ganz gleichgültig, wie die Leute sich verhalten. Du nimmst alle Verantwortung für alles auf dich. Alles ist deine Aufgabe, deine Schuld. Und das ist paradox. Niemand ist frei, außer dir, du bist als Einzige verantwortlich, als Einzige kannst du Schuld auf dich laden, und weil du als Einzige verantwortlich bist, musst du alle anderen retten und darfst nichts für dich selbst tun. Verstehst du, was ich meine?«

Ihr trat ein Lächeln auf die Lippen. »Ja«, sagte sie. »Aber das stimmt so auch nicht mehr. Das ist richtig, was du sagst, aber es ist nicht mehr wirklich so. Ich sehe das nicht mehr so.«

»Wirklich?«

»Ja. Das ändert sich in mir, das merke ich.«

»Du warst immer die Einzige, die sich entscheiden kann, die klar sehen soll, und das Richtige tun muss. Das ist eitel, Johanna. Aber vor allem ist es so schade.«

»Ich weiß«, sagte sie. »Du meintest mal, man muss sich selbst ernst nehmen. Und ich dachte immer, ich tu das, aber auf eine Weise war es nicht so. Man muss alle ernst nehmen, sich selbst und die anderen auch.«

Er lachte glücklich. »Ja!«, sagte er. »Und man kann sich selbst auch erst ernst nehmen, wenn man die anderen ernst nimmt.«

»Ja«, sagte sie und lachte auch. Sie begriff nicht mehr so richtig, was sie da miteinander redeten, aber das Verstehen war vielleicht nicht mehr wichtig.

»Ikonen«, sagte er nach einer Weile. »Oder Geschichten vielleicht. Oh Mann. Das wird so schwer. So viel Platz.«

»Aber wer wird das überhaupt sehen können?«

»Keine Ahnung«, sagte er. »Ist auch nicht so wichtig.«

Als sie nebeneinander zurückgegangen waren zum Auto und mit Anna und Aram das Picknick verzehrt hatten, zunächst eher schweigend, dann, von Aram, der von diesem Ort am wenigsten berührt zu sein schien, langsam wieder in Gerede und Gelächter zurückgezogen, – als David und Aram sich mit dem Aufbau der Zelte zu beschäftigen begonnen hatten, ging Johanna mit Anna in der einsetzenden Abenddämmerung zurück zu der Kapelle, über der erste Sterne im verlaufenden Firmament zu leuchten anfingen.

Es war kühler geworden. Johanna hatte sich einen uralten Fleecepullover übergezogen, der ihrem Vater gehört hatte. Anna blieb vor dem Khachkar stehen, Johanna trat alleine durch das Portal in den Innenraum, in dem der Staub durch die Säulen schwindenden Lichts tanzte. Sie stellte sich abermals in die Mitte des Raumes, holte tief Luft, schaute hoch an den Wänden und versuchte, zu sehen, sich vorzustellen, was David wohl mit diesem Ort machen würde. Ikonen, hatte er gesagt, Geschichten. Johannas Blick wanderte langsam über die Wände, bis er an der Stelle über dem kleinen, steinernen Altar hängen blieb, auf die gerade das letzte direkte Licht zu fallen schien, und dann sah sie dort, im Halbdunkel, etwas hervortreten, bevor die Kapelle um sie verschwand.

Ein Bild, ein Mann im Halbprofil, ein Instrument in der Hand, der Blick erhoben, der Mund leicht geöffnet, das Haupt von einer goldglänzenden Gloriole umgeben.

Die Tauben flogen über den Markusplatz, sie lief unter den fliegenden Tauben an jemandes Hand hinein in die verwinkelten Gassen, über lustige kleine Brücken und

Wasser. Die Mutter wollte in eine Kirche hinein und legte Blumen ab an einem Grab.

Bevor sie alle zusammen ein gelb gestrichenes Gebäude betraten, »Museo delle Icone«.

»Und schau, Johanna«, sagte er, ihre Hand in der seinen, und beugte sich zu ihr hinunter, um aus ihrer Warte zu dem dunklen Bild aufzublicken, das in einer Glasvitrine hing. »Siehst du, was er in den Händen trägt? Das ist die Leier. Wer ist das wohl? Erkennst du ihn? Du kennst ihn. Das ist König David. Siehst du, wie er den Mund öffnet – siehst du, wie er singt?«

DANKSAGUNG

Der Autor dankt Elke Herz, Massimo Marano, Maja und Arne von Kittlitz, Ilja Gruen, Julius Heinemann, Karin Graf, Olaf Petersenn, Paul-Philipp Hanske, Moritz von Herzogenberg, Lars Gaede, Benedikt Sarreiter; und er dankt immer Shou.